后宮を乱す虎
―神獣異聞―

月《げっ》宮《きゅう》を乱《みだ》す虎《とら》

～神獣異聞《しんじゅういぶん》～

和泉《いずみ》 桂《かつら》

ILLUSTRATION

佐々成美《さっさなるみ》

CONTENTS

月宮を乱す虎 ～神獣異聞～

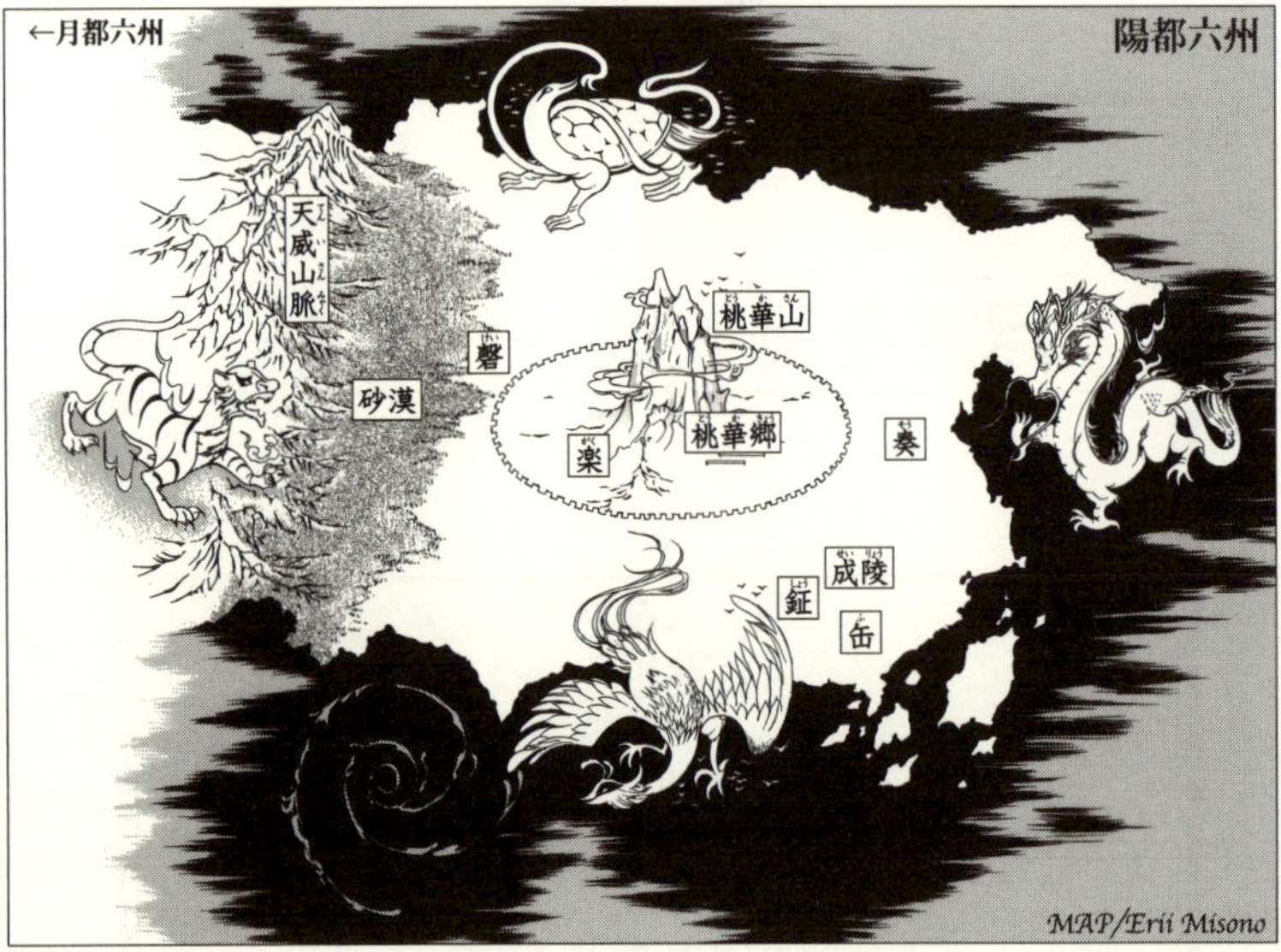

天帝《てんてい》の命により、神獣《しんじゅう》は陽都《ようと》に降臨す。
神獣、己《おの》が守護する土地をそれぞれに定《さだ》む。
人より王を選び、正しきものに玉座を貸し与えん。
東方を司りし青龍《せいりょう》は、あらゆる刃《やいば》から王を守護せんとす。
西方を司りし白虎《びゃっこ》は、王の心に宿る正義を試さんとす。

『陽都六州史』

月宮を乱す虎

陽都《ようと》六州で最も西方に位置する磬《けい》は南北に長く、天威《てんい》山脈の麓《ふもと》にあたる国土の西側は、広大な砂漠に覆《おお》われている。首都である磬都《けいと》は東寄りにあり、国は貧しいが王宮の庭園は手入れを欠かさず、季節には美しい花が咲き乱れていた。

「父上、お願いです。どうか、金花《きんか》を辞めさせないでください」

史翠蘭《しすいらん》は父で磬王である史壮達《そうたつ》に、必死で取り縋《すが》る。園林を散策中の壮達は、必死で己を追いかける、齢《よわい》十となる一人息子を冷然と見下ろした。

「ああ、そなたが懐《なつ》いていた女官か。あれは政敵に唆《そそのか》され、そなたを拐《かどわ》かそうと機会を狙っていたのだ。本来ならば刑に処するところだが、国元へ帰したのがせめてもの温情だ」

「金花はそんなことはいたしません！」

「そなたは私の判断を疑うのか？」

王に冷然と問われ、翠蘭は竦《すく》み上がる。

黒髪を肩より下で切り揃《そろ》えた翠蘭は、少女めいた華《はな》やいだ美貌《びぼう》の持ち主と評判で、年齢も手伝ってどこか性別不詳に見えた。

「そなたの周りは敵だらけなのだ、翠蘭。皆が王子であるそなたを欺《あざむ》き、嘘をつき、陥《おとしい》れようとする。誰にも心を許してはならぬ」

厳しい現実を伝える父の言葉に、翠蘭は俯《うつむ》いた。

「そなたには奎真《けいしん》がいるのだから、よいだろう？　わざわざそなたが遠く北州《ほくしゅう》県から呼び寄せた学友だ。あれを大事にすればよい」

政《まつりごと》を行う場である外朝《がいちょう》と後宮などのある内朝《ないちょう》の境に二人がさしかかると、繋《つな》がれていた番犬が、唐突に激しい声で唸《うな》りだした。狼狽《うろた》えて縮《ちぢ》こまる翠蘭に、王が冷たい視線を向ける。

「また動物を怖がっているのか、翠蘭」

「申し訳ありません、父上」

「怖がるからこそ、侮《あなど》られるのだ。まったく、そなたはいつまでも惰弱《だじゃく》だな。誰に似たのか」

責められることにいたたまれなくなった翠蘭は辞去の言葉を述べ、肩を落として四阿《あずまや》に向かう。

「翠蘭様！　やはりこちらでしたか」

顔を上げると、ゆったりとした足取りで現れた劉《りゅう》奎真は人懐《ひとなつ》っこい笑みを浮かべた。

奎真は六歳年上で、翠蘭が名ばかりの父の名代として式典に出向いた北州県で初めて出会った。

先ほどのように番犬に吠《ほ》えられ怯《おび》えていた翠蘭を、奎真が助けてくれたのだ。

凛々《りり》しく涼やかな顔立ちに、間近で見ると金色にも黒にも見える不思議な瞳の色をした少年は、翠蘭の大切な友人だった。

「どうしたのです？　翠蘭様のお姿が見えないと、師父《せんせい》が困っておられましたよ」

無言のままの翠蘭の気持ちを読んだのか、奎真は「ああ」と呟《つぶや》いた。

「仲の良かった、あの女官が辞めたせいですか？」

「うん。ずっとそばにいると、約束したのに……」

これで何人の女官や側仕えが、翠蘭の許《もと》を去っただろう。彼らは様々な理由で、翠蘭が心を許した頃《ころ》にはいなくなってしまうのだ。

「――奎真も、いつか、いなくなってしまう？」

恐れていたことを、翠蘭はおずおずと問う。

「私が？」

「私が我《わ》が儘《まま》を申して、そなたを都に連れてきてしまった。郷里を離れて淋《さび》しいだろう？　だから……」

言葉を濁《にご》した翠蘭の問いに、彼は屈託《くったく》なく笑った。

奎真が都に来て一月近く経《た》つのに、奎真を学友にと望んだ当の翠蘭が毎日同じことばかり問うのがおかしいのかもしれない。

「翠蘭様直々《じきじき》に私を望んでくださったと知り、本当に嬉しかった。北州に視察に訪れたあなたと過ごせたのは、三日だけで……一介《いっかい》の役人見習いにすぎぬ私のことなどお忘れとばかり思っていましたから」

「そなたを忘れることなど、できるわけがない」

翠蘭は大きな瞳を見開いて、素直に告げた。

「翠蘭様が都にお帰りになってからはとても淋しく、これを生涯の記念にして暮らすとばかり思っていました。ですから、学友として召し抱えたいと知らせをいただいたときは天にも昇る心地でした。師父《しふ》についてて学問をやり直せるのですから、素晴らしいことです」

微笑む奎真は帯の狭間から、佩環《はいかん》代わりに下げた翡翠《ひすい》の腕輪を見せる。初対面のときに翠蘭が与えたものをいつも持ち歩いているのだと思うと、とても嬉しかったが、気分は晴れない。

「それはいいのだ」

「では、何が不安なのです？　今日こそはっきりおっしゃってください」

彼の言葉に勇気づけられ、翠蘭は顔を上げた。

「——奎真、そなたがいなければ淋しがる者もいるだろう？　なのに、私は……自分のためだけに、そなたを呼び寄せてしまった」

「ああ、そのことでしたか。心配をおかけすると思い、翠蘭様には話していませんでしたが、私に両親はおりません」

「そうなのか……？」

「はい」

知らなかった。

母は早くに亡くしたし、父は近寄り難いうえに常に多忙で、翠蘭も同じように孤独だった。

だからよけいに、同じような孤独を抱える奎真に惹《ひ》きつけられたのか。

淋しくて淋しくて、震える心に彼が触れたから。

「何かと辛《つら》いこともありましたが、こうして翠蘭様のおそばに上がれるのですから、今は不幸中の幸いに思えます。寧《むし》ろ、年齢が違いすぎて翠蘭様に退屈されないかと、そればかりが心配です」

「まさか！　私の周りにいるのは大人ばかりだから、おまえがいてくれて嬉しい」

「おそばにいられることが、とても幸せです。あなたはいつも我慢しすぎなのだから……少しくらい、我が儘をおっしゃってもいいんですよ」

珍しく素直に頷《うなず》いた翠蘭は、奎真の腕を摑《つか》んだ。

「——ずっと……そばに、いてくれるか」

「ええ。あなたがそう望む限り」

奎真の腕を握り締める翠蘭の掌《てのひら》に、彼は自分のそれをそっと重ねる。

あたたかい。

穏やかな光を湛《たた》える澄んだ瞳に、翠蘭の顔が映っていた。

「嘘はつかない？」

翠蘭を勇気づけるように、奎真は大きく頷く。

「最初に、翠蘭様に嘘は申さないと約束しました」

「どんなときも？」

「どんなときでも、です」

奎真の表情は真剣そのものだった。

「父上は、誰もが私を陥れようとするのだという。だが、父上は間違っていると思うのだ」

そうでなくては、人を信じる心を失ってしまう。誰も信じられない、暗い世界に生きるのは嫌だった。

「陛下《へいか》のおっしゃることは、必ずしも間違いではないかもしれません。ですが、私のことだけは信じてください」

奎真の心が、優しく心に染み込んでくる。

「では、言ってくれ……私を裏切らないと」

「決してあなたを裏切りません、翠蘭様」

「私もおまえを裏切ったりしない、奎真」

言いしれぬ孤独を縁《よすが》に二つの魂《たましい》はめぐり逢《あ》い、そしてここに結びついたのだ。

「ほら、小鳥が心配そうにあなたを見ていますよ。可愛い翠蘭様のお顔が曇っているせいで」

「そなたを心配しているのであろう？　私は動物には嫌われているから……」

「どちらなのか、小鳥を呼んで聞いてみましょう」

特技である鳥寄せをするために、奎真が両腕を空に向けて伸ばす。

大好きな奎真。

絶対に嘘をつかず、翠蘭を欺くことのない、無私《むし》の精神を持った友人。

彼は翠蘭に尽きせぬ慈愛を注いでくれた。

翠蘭に、笑うことを教えてくれた。

だからこそ、その年月は、翠蘭にとって最も愛しく美しい、かけがえのない日々だった。

一

「……六年ぶり、か」

榻《ながいす》にかけた史翠蘭《しすいらん》がため息混じりに呟くのを聞き咎《とが》め、北州県《ほくしゅう》の新しい県令でこの役宅の新しい主《あるじ》である管嶺《かんれい》が訝《いぶか》しげに顔を上げる。

「何かございましたか、翠蘭様」

頭上で束《たば》ねた翠蘭の長めの黒髪は闇《やみ》よりも黒く、二重のきつい目は黒曜石《こくようせき》のようだ。陽都《ようと》の正装にあたる袖《そで》がゆったりとした衫《さん》は仕立てがよく、翠蘭の美貌を引き立てている。その玉容《ぎょくよう》を知らぬ者はこの国にはおらぬと噂《うわさ》されるほど、翠蘭の娟麗《けんれい》な容姿は広く知られていた。

「いや」

以前にここを訪れたのは十歳の時分であったから、今回の再訪はおよそ六年ぶりとなる。

十六になった翠蘭は軍人として鍛錬に明け暮れ、王宮には殆《ほとん》ど寄りつかなかった。しかし、父王の代理を務めてほしいと言われれば、断ることはできない。陽都では成人する年齢は国や身分によって異なるが、磬《けい》は十四歳で成人するのが通例で、翠蘭は立派な大人と見なされていた。

陽都において、大概《たいがい》の国は領土を地方ごとに郡や県として分割し、その下に町、邑《むら》が置かれている。県令は王の意を汲《く》んで行政を司《つかさど》るが、前《さき》の県令だった白良林《はくりょうりん》という男は不届きにも地位を私物化し、汚職三昧《ざんまい》だった。その咎を良林の副官だった管嶺が告発し、先日、良林は死罪が決まったのだ。

新県令の管嶺が用意した宴《うたげ》は、一国の王子を迎えるにしては退屈な代物《しろもの》だった。必要以上に歓待しないところを見ると、今回の県令が真面目《まじめ》な人物という前評判と違《たが》わぬようだ。任官前に面接をしただけではわからぬと心配していただけに、父にそう報告すれば、安心して眠れるに違いない。

「それで、足りぬものはございませんか」

恭《うやうや》しくお辞儀《じぎ》をする管嶺は質素な衣で、さも実直そうな雰囲気《ふんいき》を纏《まと》うが、時折鋭い表情を覗《のぞ》かせる。

「特に、何も」

「かしこまりました。お呼びくださいませ。今宵《こよい》は随分冷えます。気が向かれましたら、お呼びくださいませ」

その裏にある意図を読み取った翠蘭は紅唇《こうしん》を綻《ほころ》ばせ、艶《つや》を含んだ瞳で相手を見やった。

「今宵は確かに褥《しとね》も冷えよう。私をあたためるのに、どちらを用意した？」

「お望みとあらば如何様《いかよう》にでも」

「私は抱くのは好みではないと言えば？」

実際にそんな趣味はないが、管嶺の目に自分がどう映っているのか、知りたかった。

手を伸ばした翠蘭がつうっと男の首から顎《あご》にかけてを指先で辿《たど》ると、県令は顔色一つ変えずに応じた。

「桃華郷《とうかきょう》のようにはいきませぬが、それなりに心得のある者を手配してございます」

翠蘭の手を包み込む掌は、皺《しわ》だらけだった。

客人を酒色でもてなすのは常套《じょうとう》手段だし、それを咎めるほど狭量《きょうりょう》ではないつもりだ。宴を質素にしながら閨《ねや》の手配を欠かさぬあたり、実直そうな顔に似合わずかなりのやり手と判断できた。

ただ、翠蘭を抱けるような男も用意していたという管嶺の言葉が、翠蘭の自尊心をいたく傷つけた。これで翠蘭がむくつけき大男であれば、美女か、さもなくば小姓《こしょう》や見目麗しい美男でも用意しただろう。翠蘭が男に抱かれるなどという発想すら、しなかったに違いない。

誰が男に抱かれたいなどと思うものか。

かつて、生涯の師と慕《した》っていた師父《しふ》が翠蘭を組み敷き、狼藉《ろうぜき》を働こうとしたことを思い出すと、おぞましさに吐き気がする。

――ぬめぬめと膚《はだ》を這《は》い回る男の舌と、獣《けだもの》じみた息遣い。一転し、斬《き》り捨てられた男の肉体から降り注いだ血の臭気《しゅうき》。

己が肉欲に淡泊で一向に妻を娶《めと》ろうとしないのは、かつての一件に原因があるのだと、今の翠蘭には、はっきりとわかっていた。

「いかがでしょう、翠蘭様」

「……殊勝な心がけ、覚えておこう。だが、今日は特に必要ない」

尤《もっと》も、管嶺なりに翠蘭をもてなそうとした結果なのだし、己も彼の人となりを試したのだから、それを侮辱《ぶじょく》と受け取るのはあまりに狭量すぎる。

「ですが」

言い淀《よど》む管嶺の様子に父のことを案じているのだと気づき、翠蘭は内心で苦笑する。

「国王陛下には、そなたがよくしてくれたと必ず伝えよう。案ずることはない」

管嶺は見るからにほっとしたような表情になり、口許《くちもと》を綻《ほころ》ばせた。

「かしこまりました。では、ごゆるりとお休みくださいませ」

管嶺が姿を消し、翠蘭は漸《ようや》く一息ついた。

「まったく、失礼な男だ！　翠蘭様に男を宛《あてが》おうとするとは！」

腹心で幼い頃《ころ》から護衛を務め、今や翠蘭にとって片腕である阿南《あなん》がぶつぶつと文句を口にしたため、翠蘭は穏やかに首を振る。

「怒るな、阿南。意地悪なことを聞いた私が悪い。それに、私は妻もなく、見た目がこのようだから、管嶺は誤解したのだろう」

「翠蘭様は、そこがまだ甘いのです。それでは、いつか悪い輩《やから》につけ込まれると、陛下が心配なさるのもごもっともです」

翠蘭は王子に相応《ふさわ》しくあろうと、冷静に振る舞っているつもりだ。

「わかっているが、父上ゆえに、かえって人々が私に気を遣うのが嫌なだけだ。気にせずとも、父上に告げ口などせぬ。私は私だ」

「陛下は——厳しいお方ですから」

阿南は言葉を濁した。

王になるために壮達《そうたつ》が築いた屍体《したい》の山は夥《おびただ》しく、数えきれぬほどだったと人は陰口を叩《たた》く。独裁者と評される王にめぼしい親族がないのも、その過程で斬り捨てねばならなかったせいだと聞いた。

翠蘭は施政者としての壮達を敬ってはいるが、私人としての父は、人を容易には信じぬ狷介《けんかい》な人物であった。それでも父は翠蘭を可愛がっている。我が子が師父に襲われてからというもの、息子に粘《ねば》ついた視線を向ける連中のみならず、単に近づこうとする輩でさえもことごとく憎み、追放したほどだ。

そして、翠蘭に常に言い聞かせたものだ。

弱さは罪でしかない。人につけ込まれ、舐《な》められる脆《もろ》さを作ってはいけない。そうでなければ、人は必ず他人を利用するものなのだ——と。

父の言い分は嫌と言うほど聞かされていたが、翠蘭はそれに必ずしも共感できなかった。

ただ、自分に隙《すき》があれば、周囲は過ちを繰り返す。だからこそ、気をつけねばならないと、翠蘭は息をつくことのできぬ日々を送っていた。

「それより、奎真《けいしん》の消息はわかったのか」

「——いえ……それは、まだ」

「そうか」

翠蘭は落胆を表に出さぬように取り繕《つくろ》ったが、阿南は気遣わしげな視線を向けてきた。

「誰にも内密で探らせよとのことで、なかなか手がかりが見つかりません。そうでなくとも、劉《りゅう》という姓はありふれております」

「元気かどうか知りたいだけだ。わからぬのなら、それでよい」

地方でも役人であれば名簿は王宮で把握しているが、都でもわからなかった。それで、この地でも引き続き調べるよう、阿南に頼んだのである。

「かしこまりました。余人には漏れぬようにしておりますので、ご安心を」

「ありがとう、阿南」

身を翻した翠蘭は、己に与えられた寝間へ足を踏み入れた。

六年前。

この地を訪れた幼い翠蘭は、役人の見習いである劉奎真と初めて出会った。犬に襲われそうになった自分を救ってくれた奎真と、翠蘭はすぐに打ち解けた。滞在中に何度か彼を呼び、親しく語らううちに、彼と離れたくないという願いは強いものになった。

奎真をそばに置きたいというのは、普段我が儘一つ言おうとしない、内気な翠蘭のたっての願いだった。都に戻った翠蘭の希望を父は珍しく聞き届け、すぐに奎真を取り立ててくれた。調査に出向いた使いに、奎真は己には身寄りがないと申告し、厄介《やっかい》なしがらみもないと判断されたからだ。

王宮で暮らすことになった奎真は翠蘭の面倒を見る傍ら、自身も師父について勉学に励んでいた。

夢のように幸福な日々は永遠に続くものと、稚《いとけな》い翠蘭は信じ切っていた。

ある日突然、奎真が「仕事で故郷へ帰ることになりました」との書き置きを一枚残し、翠蘭の目の前から消えるまでは。

以後、音信は途絶《とだ》えたままだ。

翠蘭はひどく落胆したが、帰郷を父が許したのならば、文句は言えなかった。これまでにも、翠蘭の女官や護衛は何人も交替している。それと同じだと諦めようとしたけれど、別れの言葉を告げられなかったことだけが、悔いとなった。

奎真は今頃《いまごろ》結婚し、何人も子供をなして幸せに暮らしているに違いない。翠蘭のことなど、記憶の片隅にすらなくてもかまわない。

なのに……何度も、何度も夢に見る。

「奎真……」

だからせめて、彼の消息だけは知りたい。

その思いは募り、今回、翠蘭は初めて奎真の行方を調べさせたのだ。

翠蘭は懐《ふところ》に手を入れ、納めてあった帯飾りを取り出す。玉《ぎょく》でできた佩玉《おびだま》は奎真がくれたもので、翠蘭にとっては大切なお守りのようなものだ。

握り締めた飾りに、翠蘭はそっと唇を寄せる。

奎真と過ごしたかけがえのない日々の美しい記憶が、色褪《あ》せぬことを祈ろう。

人は必ず、変わる。

それが父の教えで、十数年生きた翠蘭の学んだことだったが、奎真だけは変わらずにいてほしかった。

嘘はつかないと、言ってくれた。

この世界には信じるに足る真実があると、奎真は教えてくれた。

裏切りと謀略《ぼうりゃく》の渦巻《うずま》く戦乱の世で、奎真の言葉だけが翠蘭にとっては支えだった。

そしてこれからも、磬《けい》を背負って立つ以上は、思い出だけを支えに強く生きねばならない。

「大丈夫だ、奎真……私は信じている……」

己に言い聞かせるように、翠蘭は呟く。

奎真がいるからこそ、この世界は暗黒ではないと、信じていられる。

いにしえより天帝《てんてい》と神獣《しんじゅう》に守られしこの大陸は、聳《そび》え立つ天威《てんい》山脈によって中央部分を二つに分断され、東半分を陽都六州、西半分を月都《げっと》六州という。二つの地は交じわり合うことはなく、人間には決して天威山脈を越えられないといわれている。

国生みの頃は陽都には文字どおり六国しかなかったが、ここ数百年というもの戦乱が続き、大小様々な国が興亡を繰り返している。その数は百とも二百とも言われ、正確な数を知る者はなかった。

多くの国々は貧しく、戦乱が止《や》む気配はない。それでも、神獣の中でも青龍《せいりょう》、朱雀《すざく》、白虎《びゃっこ》、玄武《げんぶ》のそれぞれが加護する四つの国と大陸の中央に位置する楽《がく》は、状況がましだった。神獣に守られし国は、神獣が王に相応しいと認める人間が王位に就けば、豊《ほう》穣《じょう》と繁栄を約束されるからだ。王は神獣から玉座を借り受けるが、偽《いつわ》りの王が玉座に就けば、国は荒廃するさだめだった。また、神獣に王として認められる条件は、国によって違う。王になるためには、神意を問う儀式を必要とする国もある。

磬は即位に際して白虎の意思を問う儀式が必要であったが、王位が血脈によって繋《つな》がるものでないため、代々の磬王はその方式をひた隠しにしていた。儀式の方法を他者に知られれば、民の中にはそれを試し、王になろうとする者も出るかもしれない。己の足許《あしもと》が揺らぐ可能性が増えるからだ。尤も、王の座が空位であることは国の混乱を招くため、王位継承者は世襲で、秘密裏に儀式を行うのが慣例だった。

従って、翠蘭も今は儀式の内容を知らぬものの、いずれは磬の王となることが定められている。

　前王は神意を問わずに王位に就いたため、白虎に護《まも》られる国でありながら、磬は荒れ果てた。見かねた壮達が偽王《ぎおう》を討ち、代わりに王位に就いたのだ。白虎の加護を受けたと壮語《そうご》する壮達が統治を始め、国は順調に復興するはずだったが、遅々としてなかなか進まない。それが翠蘭の心配の種であった。


「翠蘭様。……翠蘭様」

　寝返りを打った翠蘭は、阿南が控えめに呼びかける声にはっと目を覚ます。

「阿南……何用だ」

　簾《すだれ》の向こうから、彼はくぐもった声で続けた。

「お目通りを願い出ている者がいるのですが、いかがいたしましょうか」

「斯様《かよう》な時間に目通りだと……？」

「人目を避けて忍び込んだようですが……」

　阿南は声を落とす。


「誰だ」

「これをお見せすれば、おわかりになると」

　跪《ひざまず》いた阿南は、布に包まれたものを恭《うやうや》しく差し出す。

「…………」

　半信半疑で布を広げたところ、中には翡翠の腕輪が納められていた。

　ずきりと、心臓が震えた。

　見間違えるはずもない。

　確かにこれは、自分がかつて奎真に与えたものだ。まさか、奎真がここに来ているのか。

「いかがなさいますか」

「よかろう、通せ」

「お通しするのですか⁉」

　滅多にないことに、阿南の声音が上擦《うわず》る。

　他人を警戒せよという父の教えを尊《たっと》ぶ翠蘭は、こういった手合いはまず相手にしないからだ。

「ああ。その男こそ、奎真だ」

　年上の阿南は長年翠蘭の護衛を務めているが、奎真と入れ違いに翠蘭の許《もと》にやってきた。だから、彼が奎真の顔を知らないのは当然のことだった。

「着替えるから、少し待たせておけ」

「ですが」

「心配するな。つけ込まれないよう気をつける」

躊躇《ちゅうちょ》したが、阿南は渋々翠蘭の言葉に従った。

衣服を整えた翠蘭に、「お連れしました」と阿南が声をかける。

ややあって室内に入ってきた男は翠蘭に拝跪《はいき》し、面を下げたまま口上を述べた。

「久しぶりにお目にかかります、翠蘭様」

広い肩。布地の上からでも、男の肉体にしなやかな筋肉がついていることが窺《うかが》える。

「顔を上げよ、奎真」

「は」

一呼吸置いてから己の言葉に従った奎真の顔貌《がんぼう》を確かめ、翠蘭は密《ひそ》かに息を呑《の》んだ。

少年時代の姿から想像するよりも、ずっと見事な男ぶりだった。


奎真の理知的な漆黒《しっこく》の瞳が翠蘭を捉《とら》え、一瞬、感情の光が煌《きら》めく。

そこに浮かぶ感情は驚きか、それとも喜びか、長く彼と離れていた翠蘭には摑みかねた。

切れ長な目から放たれる奎真の視線は鋭く、他人を圧する迫力がある。今はわからぬが、間近では、その瞳はわずかに金色がかった不思議な色合いにも見えるはずだ。忍び込むためであろう、彼は磬の民特有の裾や袖が短く締まった袍《ほう》を身につけ、袴《はかま》を合わせている。衣服を見るに官位はそう高くはないが、挙措《きょそ》は堂々として優雅に思えた。

ただ美男というのみならず精悍《せいかん》さを兼ね備えており、線が細い翠蘭とはまるで違う。武芸の腕もそれなりであろうことは、奎真の隙のない身のこなしから容易《たやす》く想像がついた。

奎真もまた翠蘭に見惚《みほ》れていたのか、彼の視線が夢を見るように翠蘭の膚を撫《な》でる。それから、彼は我に返ったように平伏した。

「ご無礼をお許しください。覚えていていただけて光栄です、翠蘭様」

よく通る声は、かつてのように心地よく響いた。

「この県での知り合いはそなたしかおらぬ」

わずかでも見惚れてしまったことを気取《けど》られるのが恥ずかしく、翠蘭は殊更《ことさら》素っ気なく告げる。

態度とは裏腹に、先ほどからうるさいくらいに心臓がざわめき、痛いほどに胸が締めつけられた。

嬉しい。

もう一度会えたことが。

こうして彼に、再会できたことが。

少年時代に過ごしたやわらかで穏やかな日々が、翠蘭の中で瞬く間に甦《よみがえ》る。

王子としての威厳を保とうとしているが、内心では嬉しくてならない。できることならすぐそばに駆け寄り、膝《ひざ》を突いてその手を取りたかった。

「どうしてもお目にかかりたく、女中に手引きを頼みました」

口許に笑みを湛《たた》えてはいるものの、奎真の言葉遣いはどこかよそよそしい。


「そうか」

立場上、あまりに嬉しそうな態度を見せるのもどうかと思い、翠蘭はなるべく平静を装った。

「翠蘭様もご健勝と存じ、ほっといたしました」

「それで、何用だ」

「前の県令の白良林のことでございます」

表情を引き締めた奎真の目は、深刻なものになる。

用向きが政治の話とは無粋《ぶすい》すぎると些《いささ》か気分を害しかけたが、翠蘭はすぐに気を取り直した。

「白良林ならば、都の牢《ろう》にいる。商人からの税収を誤魔化して着服し、私腹を肥やしていたと聞くが」

私情を交じえぬよう、翠蘭は淡々と返す。

「それは根も葉もない讒言《ざんげん》でございます」

奎真は真剣そのものの顔つきで言った。

「——なぜ、そんなことがわかる?」

「白良林は私の養父《ようふ》です」

不意を突かれ、翠蘭の表情が動く。

——どういうことだ……?

「そなたには、身寄りはいないはずだ。結婚でもしたのか」

「いえ、私は良林の養い子です」

一瞬、世界が色を失ったような気がした。

奎真は孤児のはずだ。だからこそ、孤独だった幼い翠蘭とも共感し合えたのだ。

「養い子……？」

あまりのことに、翠蘭は呆然と呟く。

「養父は私の亡父の親友です。赤子の私を引き取り、我が子として育て、劉家の姓を絶やさぬように尽力《じんりょく》してくれました。その恩義《おんぎ》に報《むく》いたいのです」

「——では……私をずっと謀《たばか》っていたのか？」

眩暈《めまい》に耐え、翠蘭は押し殺した声で問うた。

身寄りのない奎真だからこそ、六年前、父は彼をそばに置くことを許したのだ。

なのに、あのときから、奎真は翠蘭を騙していたというのか。

「過去、出自を偽ったことについては、どのような罰も受けます。ですが、今は時間がない。父の裁きをやり直していただきたいのです」


一息に述べてから額《ぬか》ずく奎真を目にし、心臓に刃《やいば》を突き立てられたように、胸がきりきりと痛む。

「面《おもて》を、上げよ」

……奎真が嘘をついていた。

そのことが、翠蘭に何よりも大きな衝撃を与えていた。

絶対に嘘をつかないと約束したくせに、出会ったときから彼は偽りを述べていたのだ。

一体、何のために？　いつの日か、翠蘭を利用できると思っていたからか？

奎真にとって、自分は友人ではなく、道具だったのだ。幼少の頃の清らかな思い出が、醜く汚されていく。土足で踏みにじられるような絶望に、息もできない。

——誰も信じてはならぬ。この世には、そなたを利用しようとする者ばかりなのだからな……翠蘭。

父の言葉が、脳裏で谺《こだま》する。

嘘だと思いたかった。奎真だけは信じられると思いたい。なのに……！

「父は私腹を肥やすような者ではありません」

「何か手は打たなかったのか」

内心では落胆に震えつつも、懸命に冷静を装った翠蘭が尋ねると、奎真は言葉を重ねた。

「張《ちょう》氏に取りなしを頼みましたが、陛下は聞き入れてはくださらぬご様子。今一度、調べ直していただきたいと存じます」

王府《おうふ》の周囲に広大な領地を保有する張氏は有力な豪族の一人で、磐王を脅《おびや》かし得る厄介な存在だ。

「王に頼みとあらば、王府に来るがいい」

たとえ王が奎真の嘆願を聞き入れぬとわかっていても、勝手な答えは出せない。

特に県令の処刑は大事であるだけに、多忙な父が詮議《せんぎ》の上で結論をくだす。従って、裁きのやり直しを要求することは、王の決定に不服があるという意思表示でもある。他の豪族がつけ込む余地を与えかねないため、それを翠蘭から申し立てることはできなかった。

王の判断は、絶対でなくてはいけない。

王権が揺らぐことがあってはならぬのだ。

「何度も陳情いたしましたが、無駄でした。処刑は十日後に迫っております」

奎真の表情は、更に硬く強張《こわば》ったものになる。

「周囲の者は端《はな》から養父が不正を行ったと主張するばかりで、王が派遣なさった役人たちはそれを鵜呑《うの》みにし、取り調べも十分なものとは思えません。どうか、翠蘭様のご命令で調べ直しを」

「……張一族とは昵懇《じっこん》なのか」

「はい。今の当主が養父の従兄《いとこ》で、父とは兄弟のように育った仲と聞いております」

当主はともかく、張家の跡取りは切れ者で厄介な男だ。壮達の言いなりになる大臣ばかり揃《そろ》えた宮廷に異を唱え、急進的な改革を望んでいる。いずれ翠蘭がこの国を治めるにあたり、邪魔になるのは間違いないだろう。父が良林と張氏の繋がりを知れば、それを利用して彼らを罰するのは目に見えていた。

「そなたは、それを言いにきたのか」

「無論、それもありますが……ずっと、翠蘭様にお目にかかりとうございました」

床に跪いたままの奎真は唇を綻ばせ、優しい笑みを浮かべた。

今更、そんなことを言われても信じられるわけがなかった。

どの面を下げて、口に出せるというのか。

翠蘭が一番大切にしていた思い出を、たった今、奎真自身が踏みにじったばかりだというのに。

この世には、信じるに足るものなど何一つない。図らずも、今ここで、奎真がそれを教えてくれた。父の言葉に逆らおうと足掻《あが》いてきた翠蘭の努力は、ほかならぬ奎真の手で否定されたのだ。

わかっている。大切な養親を処刑されるかもしれぬという大事になれば、たとえどんな高潔な人間であっても、微《かす》かな縁にでも縋《すが》りたくなるだろう。だからこそ、奎真はここにやってきたのだ。

問題がそこにあるのではなかった。

翠蘭はすうっと表情を消す。

おそらく阿南は、このことを知っていたがゆえに、奎真の消息を黙っていたのだろう。傍らに控える彼は、不安げな顔で翠蘭を見つめていた。


ここ数日来北州県の県都は雨が続き、じめじめとした不快な空気が奎真の膚にまとわりつく。

政敵の讒言によって笞刑《ちけい》——笞《むち》で打たれて処刑された養父・白良林の遺体は都から運ばれ、引き回された挙げ句広場に放置され、埋葬することさえも許されなかった。屍体を朽《く》ちるに任せよというのは、死者に対する最大の辱《はずかし》め以外の何ものでもない。

「畜生……！」

壺酒《こしゅ》を呷《あお》った奎真は、粗末な卓に椀《わん》を置く。卓が揺れたせいで、羹《あつもの》の椀が傾《かし》いで汁が零れた。

奎真の心は今、嵐のように荒れ狂っている。それを表に出さずに堪《こら》えているにすぎなかった。

「すまぬ、奎真。今宵ばかりは、俺《おれ》もおまえを慰められそうにない」

向かいに座す親友の王烈《おうれつ》は、同情の籠《こも》ったまなざしを向ける。居酒屋は混《こ》んでおり、いつもならば浮かれ女《め》たちがいい男二人に秋波《しゅうは》を送るのだが、今宵はそんなこともなかった。

「気にするな。王烈、おまえこそ、私と一緒にいては出世の妨《さまた》げになる。そろそろ帰ってはどうだ」

普段は落ち着き払った奎真も、平常心でいられなかった。荒れた心境から、自嘲《じちょう》めいた口調になる。

「俺はこの腕一本でのし上がると決めたんだ。それに、休暇中に誰と酒を飲もうと、俺の勝手だ。幼馴《おさなな》染《じ》みと酒を飲むことが、どんな罪になるっていうんだよ」

王烈は己の力を示すように、ぐっと自分の掌を握り締めた。

「だが、今のこの国は……正論が正論として通らぬ世の中だ」

王烈は天下無双の槍《やり》の遣い手で、軍功を上げている。奎真が都に行っていたため多少の空白はあるが、長年の友情は変わらなかった。

白氏の一族は代々役人を輩出し、良林も県令に上り詰めた能吏《のうり》だった。それが、野心家の管嶺に無実の罪で陥《おとしい》れられ、あえなく処刑されたのだ。

厳罰には中央の思惑《おもわく》も絡《から》んでいるのはわかっていたが、それで納得できるわけがない。

不敬罪を覚悟して翠蘭に会いに行ったことも、無駄になってしまった。

父の裁きがやり直されることになれば、改めて彼に挨拶をするつもりだった。彼の努力の甲斐《かい》なく良林が処刑されたことで、今は武人とはいえ繊細《せんさい》そうな翠蘭に心痛を与えてしまったに違いない。そのことも、奎真が後悔してやまない原因であった。

翠蘭は、想像していたよりも遥《はる》かに美しかった。艶のある黒い髪に、澄んだ瞳。露《つゆ》を含んだかの如く瑞々《みずみず》しい桜色の唇。力を込めれば壊れてしまいそうな頤《おとがい》。いずれも繊細で匂《にお》やかで、差し迫った用向きであることも忘れて彼に見惚れたほどだ。

今もなお、翠蘭のことを忘れられない。あの玉姿《ぎょくし》は瞼《まぶた》に焼きつき、声は耳に響き続けて消えそうにないのだ。悲嘆の淵にある、この瞬間でさえも。

そんな彼にも、心痛を与えてしまっただろう。

許せない。父を陥れた管嶺が。そして、さしたる取り調べもなく管嶺の讒言を信じ、処刑した国王が。

沸々《ふつふつ》と湧き起こる怒りが、腹の中で蜷局《とぐろ》を巻く。

いくら呑んでも、頭の芯《しん》が妙に冴《さ》え冴《ざ》えとしており、酔うことができない。

「もうそのあたりでやめておけ、奎真」

「放《ほう》っておいてくれ……どうせどんな美酒の力を借りても、今宵は酔えはしない」

ただの養い子とはいえ、前の県令の一族が今まで と同じように役人でいられるわけがなく、奎真は職を失った。残された養母やまだ幼い弟妹は役宅を追われ、彼らを養うためにも明日からは職を探さねばならぬ。しかし、罪科者《ざいかもの》の息子を取り立ててくれるところなどあるだろうか。

壮達の治世に疑問を抱きつつも、民の生活を安定させることが先決と、奎真自身が目を瞑《つぶ》ってきたつけが回ってきたような気がした。

「それより、恐ろしい話を聞いたぞ」

不意に、王烈が声を一段低いものにする。

「おまえ、俺の妹の菊花《きっか》に翠蘭様の寝所への手引きを頼んだろう」

「知っていたのか」

王烈に迷惑をかけたくないと思いつつも、県令の役宅で働く菊花に取り次ぎを頼んだが、それが彼の耳に届いているとは思ってもみなかった。

「此度《こたび》の処刑……予定よりも日限が早まったのは、翠蘭様のご命令なのだとか」

「何？」

信じ難い台詞《せりふ》に、奎真はぴくりと肩を揺らした。

「馬鹿《ばか》な。そんなことがあるわけがない」

「俺の妹を疑う気か？」

六年前、奎真が翠蘭と知り合ったのは、ほんの偶然だった。

幼い日、庭園で会った少年は美しくて——奎真は一瞬にして心を奪われた。淋しげな彼が気にかかって滞在中は何度も様子を見に行き、言葉を交わした。翠蘭が都に帰ってからも、彼を忘れられなかった。

だからこそ、帰還した翠蘭が奎真を学友にしたがっていると聞いたとき、願ってもない僥倖《ぎょうこう》だと承諾したのだ。

偶然の邂逅《かいこう》が己のみならず、翠蘭にも意味があったと知り、若き奎真は感動すら覚えたものだ。そして、奎真を学友に望んだことが翠蘭のたった一つの我が儘だと聞かされ、つくづく不憫《ふびん》に感じた。結果的には一年足らずのあいだしか共にいられなかったが、優しく聡明な翠蘭が可愛く、彼のよき友であろうと努め、翠蘭を実の弟のように慈しんだ。

養親のことを隠していたのも、手配をした大臣が、「養い親のことは知っているが、建前としてはみなし子のほうがいい」と良林を説得したからだ。真面目《まじめ》な良林は嘘をつくことに難色を示したが、県令の息子では学友として中立でないと追い返されるかもしれぬと考えたようで、最後は同意した。

ゆえに、養親がいると知れ、その咎《とが》で故郷に追い返されたときも、嘘をつくよう唆《そそのか》した大臣が庇ってくれなかったことが悔しかった。だが、結局は小役人で終わる奎真との関《かか》わりなど翠蘭にはないほうがいいのだと、何とか諦《あきら》めたのだ。

以後、二度と彼と関わるつもりはなかったし、翠蘭もそれを望まないだろうとわかっていた。

自分がいなくなったせいで、翠蘭を深く悲しませたかもしれない。あるいは怒らせたかもしれない。別離を直に告げることも許されなかったが、己の嘘が悪いのだから、言い訳はできない。そう思うがゆえに、再び相見《あいまみ》えることはないようにしようと決めていたが、どうしても養父を助けたくて、信念を曲げてまで翠蘭に会いに行ったのだ。

その翠蘭が、父の処刑を早めるという非情な命令をくだしたというのか。

「それは確かなのか」

詰問する口調になり、自然と声が震えた。

「屋敷中の者が口止めされたが、菊花本人が王の使いを県令に取り次いだのだから、間違いがない」

全身の血の気が引いていくような気がした。

「——なぜ……あの方が」

滾《たぎ》る怒りにかえって思考停止していた頭が、急に輪郭を取り戻す。

確かに、再会した晩、翠蘭は以前とはどこかが違うのではないかという疑念を抱いたのだ。

奎真を懐かしんでくれているようだったが、養父の話をした途端、すうっと一枚の薄い膜《まく》で覆われてしまったように、彼は心を閉ざしたのを感じた。

「どのみち、こんな真似《まね》をしてるくらいだ。今の王の治世も長くは続くまい」

奎真の思索《しさく》を遮《さえぎ》り、王烈は過激な言葉を吐いた。

「そう言われ続けて既に十数年だ」

「だが、みんな気づき始めている……王は……」

そこで王烈が不自然に言葉を切ったのは、制服を着た警邏《けいら》の足が戸口に見えたためだ。

このところ『目』『耳』と呼ばれる見回りの連中の数が増えた。国王に対する不満を漏らした者を捕まえ、処刑すべく街中を練り歩いているのだ。

民草の声は、あの美しい王子の元へ届かない。

翠蘭は、奎真の嘆願を無視し、あえて養父の命を奪ったというのか……！

なぜ？　どうして父は死なねばならなかった。

どうして翠蘭はそんな残酷な真似をしたのか。

奎真は無言で椀を握り締める。

どうか教えてくれ、翠蘭……。

そうでなくては、この心が憎悪で染まってしまう。

善良で真面目だった良林を殺された悲しみと、養父を奪った者への憎しみは募り、翠蘭にその矛先を向けてしまいそうだ。

「……どうした、奎真」

「いや……」

――知りたい。

人間が持つ本来の資質は、そう簡単には消えてなくならないはずだ。

素直で心優しく、おとなしかった翠蘭。

翠蘭は本当に、骨の髄まで変わってしまったのだろうか。そうだとしたら、その理由を知りたい。

己の中に強い願望が生まれつつあることに気づき、奎真ははっとする。

父を刑に処されたことへの恨み辛《つら》みは無論大きなものだったが、翠蘭の変化の理由を知りたいと願う自分自身も、確かにここにいるのだ。

己はとんだ親不孝者だと奎真は心中で自嘲する。

どうして翠蘭の存在がこんなにも心を占め、忘れられぬのか。

あの、誰よりも美しい匂やかな少年のことが。

「気を落とすなよ。俺たちがついてる」

「……ありがとう」

奎真が気落ちしていると思った王烈が頻《しき》りに慰めてくれたが、酔いはすっかり醒《さ》めてしまっていた。

二

「それでは、翠蘭《すいらん》。奏王《そうおう》への挨拶を頼んだぞ」

烏木《うぼく》で設《しつら》え玉で飾られた椅子《いす》の手摺《てすり》を叩いていた壮達《そうたつ》は、太い声で告げた。階《きざはし》の遥か上に設えられた玉座は暗く、王の顔はよく見えない。

磬《けい》の宮殿は北方の岩山から切り出した赤みを帯びた大理石によって造られ、華やいだ印象がある。

「そなたは殊《こと》に美しい。磬の恥とならぬよう振る舞い、くれぐれも我が国の名を汚したりせぬように」

二十歳《はたち》にもなって、父にこう念を押されるほど不出来な息子ではないつもりだが、信用されていないということか。もしくは父は、四年前の北州県《ほくしゅう》での白良林《はくりょうりん》の一件を、未だに覚えているのかもしれない。

「御意《ぎょい》」

内心で自嘲しつつも頭を下げると、翠蘭の漆黒の髪がさらりと揺れる。

「そういえば、先頃《さきごろ》も、そなたに言い寄った不届きな輩がいたとか」

「そういうことはございませぬ」

「ほう。来発《らいはつ》が予《よ》に嘘をつくとでも？」

ひくりと王のこめかみが動く。このままでは、自身のせいで父の数少ない側近《そっきん》の首が飛びかねぬと、翠蘭は慎重に言葉を選んだ。

「いいえ。来発が嘘をつくような者でないことは、私もよく存じております。ですが、言い寄った男というのは単なる噂にすぎません」

「――気をつけるがいい、翠蘭。他人にはゆめゆめ心を許してはならぬ」

「肝に銘じております」

もともと壮達は猜疑心《さいぎしん》が強いうえ、一代で王位を手にした代償が大きかった。腹心に裏切られ、妻を暗殺された身であれば、他人を信じられなくなる気持ちも理解できぬわけではない。王座と引き替えに、父は孤独を友とすることになった。


壮達のようにはなりたくないと思いつつも、翠蘭もまた父の影響を強く受けている。それは、誰よりも自分自身が一番よく知っていた。翠蘭が他人に心を許さず、それを閉ざすようになったのは、奎真との一件が原因の一つであることも。

――思い出してはいけない。奎真のことなど、忘れてしまわなくては。あの男の行方も消息も、今となっては知れなかった。すべては、過去だ。

「無事に国に戻るように」

「はい、陛下」

壮達が退出するまで石造りの床に片膝《かたひざ》を突き、翠蘭は微動だにしなかった。

父は王宮の敷地内にある『月宮《げっきゅう》』という玉でできた見事な建物に数名の美姫《びき》を囲っていたが、生憎《あいにく》、生まれた跡《あと》継《つ》ぎは翠蘭だけだ。

壮達は母譲りの翠蘭の容貌《ようぼう》を愛《め》でるあまり、一人息子が武人として凛々《りり》しい格好をすることを好まない。しかし、外見上の美しさなど、国を統治するためにどんな意味があろうか。

翠蘭が己の容姿を厭《いと》い、立派な武人になるべく人一倍鍛錬に励んだのも、美貌ゆえに与《くみ》しやすしと甘く見られるのが不本意だったからだ。

　国を統治するだけの実力が翠蘭にあることを、周囲に示したかった。

　壮達は、翠蘭が武将として生きることに、暗に反対しているのだろう。それは、父が与えた煌《きら》びやかな武具《ぶぐ》の類《たぐい》にも現れていた。鎧《よろい》は革製の軽く丈夫に仕上げられているが、留め具やあちこちに宝玉で飾りが施された絢爛《けんらん》なものだ。必要以上に華美なものに嫌気が差すが、狷介孤高《けんかいここう》な父の心がそれで慰められるならと、少々のことは我慢するよう努めていた。

　立ち上がった翠蘭は、傍らに侍《じ》していた父の腹心である来発に「阿南《あなん》を呼べ」と声をかける。老齢の来発の顔には、先ほどは翠蘭のおかげで命拾いをしたと書いてあるかのようだった。

「かしこまりました」

　なおも彼が何か言いたそうに立ち止まったので、翠蘭は来発を一瞥《いちべつ》し、冷然と口を開いた。

「そなたの能筆《のうひつ》は、陽都《ようと》中に知れ渡っている。失われれば、磐にとっても大きな損失となろう。命が惜しくば、そなたも迂闊《うかつ》な発言をせぬことだ」

「翠蘭様」

　がっしりとした体躯《たいく》の阿南がやってきたため、翠蘭は物言いたげな来発を無視し、「出立する」と短く伝えた。来発のことは、幼い時分から知っているが、それだけにどうしても苦手でもあった。

「支度は整ってございます、翠蘭様」

「ご苦労」

　阿南に労《ねぎら》いの言葉を告げ、沓音《くつおと》を響かせて門前へ向かうと、既に翠蘭の愛馬・白蓮《びゃくれん》の姿がある。随行《ずいこう》の騎兵たちも一揃いの革製の鎧に刀を提《さ》げ、準備を整えて待ち構えいた。

「長旅になるな、白蓮」

　鬣《たてがみ》を撫でると、美しい鞍《くら》を載せた白蓮は嬉しげに鼻を鳴らす。昔から翠蘭は動物は苦手だが、白蓮だけは別だった。白虎の加護を受けるはずなのにと思うと情けないものの、事実なのだから仕方がない。

この地では王宮を中心とする様々な施設を城壁で囲み、その地域を城と呼ぶ。そして、城の周囲に広がる街を郭《かく》と呼び、城郭を合わせて磬都と定められた。騎兵に囲まれた翠蘭は、城門を出る寸前に何気なく振り返る。

二か月以上留守をするあいだ、本国で何もなければよいのだが。

「翠蘭様、いかがなされました」

轡《くつわ》を並べる阿南に声をかけられ、翠蘭は「長く都を離れることになる」と返した。

「いつものことではありませんか」

「だが、国を離れるのは初めてだ」

「今回の旅で、磬に翠蘭様ありと知らしめてやりましょう」

阿南が快活に告げたので、翠蘭は無表情に「ああ」と相槌《あいづち》を打った。

一体いつになれば、父は翠蘭を一人前の息子として認めてくれるのだろう。

翠蘭が政に意見しても、父は聞こうともしない。しかし、翠蘭も今では父の政策が最善でないことはわかっている。大臣はかたちばかりの傀儡《かいらい》どもで、国を安定させるために有力者の首を次々に刎《は》ねていくやり方は、反発しか招かない。

ともあれ、外交上重要な意味を持つ奏への訪問を任された以上は、務めを果たさねばならない。

幼い頃に攫《さら》われ、長らく行方不明だった奏の王子である江戒焔《こうかいえん》が見つかったのが、一年ほど前のこととなる。戒焔は勉強のため暫《しばら》く各地を旅していたが、準備を整え、ついに即位することになったのだ。

類を見ない慶事《けいじ》に際し、翠蘭を磬の代表として遣わしてくれた父に感謝し、奏との国交を安定させねばならなかった。

一つ一つ積み重ね、壮達の信頼を得れば、政策についても意見できるようになるはずだ。

でなければ、いつか袂《たもと》を分かち、父を討つ日が来るかもしれない。

心はとうに捨てた。

顔色一つ変えずに他人を斬り捨てることくらい、

今となっては難しくない。

ここにいる史翠蘭は、国家のためには冷酷非情に振る舞う、磬の王子——それだけだ。

しかし、父を斬れるかと言われれば、また別の問題だ。それが己に残ったささやかな甘さなのだと、翠蘭は自嘲の笑みを口許に刻んだ。


陽都の東方に位置する奏《そう》は温和な気候で、常に乾いた砂混じりの風が吹きつける磬とは違い、女官の衣服も身軽なものだ。

前王の治世を嫌って都から逃げ出す者も多かったが、代替わりすることになってから城下に人が戻り、奏都《そうと》は賑《にぎ》やかで活気が満ちていた。

翠蘭はここ一年は南方の砦《とりで》に詰め、実際に磬都《けいと》の城下を歩いたのは一年近く前になる。従って都の最近の実情をあまり把握していないが、己が国情を子細に知らぬのは、治世者となるにはゆゆしき問題だ。国に戻ったら暫く軍務から離れ、視察する許可を父にもらおう。奏までの旅の途中に自国の街道沿いを見る限りでは、そこかしこに復興の息吹を感じ、翠蘭は父の治世に満足を覚えていた。しかし、奏に来ると故国との違いを実感してしまう。

奏の城内にある庭園は夜露《よつゆ》を含む鮮やかな花が咲き乱れており、水音が鼓膜《こまく》を擽《くすぐ》る。生憎見頃は終わってしまったが、牡丹《ぼたん》を植えた一角もあり、時季になれば王者の花に相応しく咲き誇るだろう。

此度《こたび》の祝宴には、多くの客が詰めかけていた。時間がないため謁見を願い出た翠蘭たちとのやりとりもごく簡潔で、国交云々《うんぬん》を話すことなど無理な相談だった。せめて人波が途切れたところで戒焰を捕まえ、きちんと挨拶をしなくてはならなかった。

かつて戒焰が養い子として世話になっていた江一族は、磬でも有数の商人で、その話題を糸口にすれば戒焰も親しみを覚えてくれるかもしれない。

「あのお美しい貴公子は、いずこの国の?」

「磬の翠蘭殿だろう。噂に違わぬ匂やかさだ《ざ》」

「しかし、心根が氷のように冷たいとの戯れ歌も、あながち間違いではないかもしれぬ。あれでは、美しすぎて怖いくらいだ」

密やかな噂話が耳に届いたが、取り合うつもりは毛頭なかった。

「翠蘭殿」

振り返った翠蘭の視界に、黒色のゆったりとした衣服に身を包んだ戒焔の姿が飛び込んでくる。青龍の加護を受ける新しき奏王・戒焔は、男らしい容貌の青年で、体格も立派だった。

「このたびは王位に就かれましたことを、磬を代表して、改めてお祝い申し上げます」

翠蘭が優麗に笑んで軽く一礼すると、貴石で飾られた華美な釵《かんざし》が音を立てて揺れる。女物のそれは、今宵使うようにと父に命ぜられたものだ。

「遠くからいらしていただいたというのに、慌《あわ》ただしいばかりで失礼申した」

戒焔は肉厚の唇を綻ばせ、翠蘭の瞳を見つめる。

至近であれば確認できるどこか金色がかった瞳の煌《きら》めきは、誰かによく似ていた。


……そうだ。

奎真《けいしん》の瞳もこんなふうだった。静謐《せいひつ》を湛えつつも、心の奥底には燃え盛る炎が潜むと思わせる色。

なぜ、こんなときでも彼のことを思い出してしまうのだろう。

「それにしても、翠蘭殿は評判に違《たが》わぬ美しさだな。『西国《さいごく》に佳人《かじん》有り　玉容は陽都に知らしむ』との戯れ歌のとおりだ」

「その続きもございます。『性は冷酷無比《れいこくむひ》　氷の如き心溶けること無し』と」

翠蘭の冷たい性情をあげつらう戯れ歌を自ら口にすると、戒焔は「そうだったな」と遠慮なく頷く。嫌みと受け取られないかとひやりとしたが、彼は気にしていないようだった。

「戒焔様」

二人から一歩退《ひ》いた場所に立っていた華奢《きゃしゃ》な少年が近寄り、戒焔の服をくいっと引っ張った。

「何だ、雪花《せっか》」

咎めるような仕種《しぐさ》から察するに、大方、今の態度が翠蘭に失礼だとでも言いたいのだろう。

　雪花と呼ばれた少年は、昼の謁見の際も戒焔の近くに控えていたから、戒焔が可愛がっている小姓に違いないと睨《にら》んでいた。

　雪花は金に近い白っぽい髪に瞳も薄青《うすあお》という外見で、膚は透けるように白い。はじめは髪を染めているのかと思ったが、どうやら地毛のようだ。黒髪に黒目の者が大半を占める陽都で、このような異相《いそう》の人物を見たことはなく、最初は翠蘭も動揺した。外見を問わずに人材を取り立てることが、戒焔の闊達《かったつ》な人となりを端的に示しているのだろう。

「失礼、翠蘭殿。あなたの美貌を褒めるのはよくないことのようだ」

　年少の人物に窘《たしな》められても怒るふうでもなく、戒焔は鷹揚《おうよう》に笑んだ。

「褒められて嬉しくない者などおりません」

「いや、あなたが磬国《けいこく》でも指折りの武人なのを失念していた。容貌より剣の腕を褒められたほうが、さぞや嬉しかろう」

　一国の王とも思えぬ率直な謝罪に、さすがに翠蘭は目を瞠《みは》った。

「お気遣いなく、戒焔様。目に見えるかたちから、耳に聞こえる音から、相対する者を判断することが普通でございましょう」

「いかにも」

「それに、いかに評判が先走ろうとも、私の腕をご覧にならなければ武人としての判断はできぬはず。陛下が私の容姿をお褒めになるのも、無理からぬことと存じます」

　淡々とした翠蘭の言葉がおかしかったのか、「そうだな」と彼は声を立てて笑った。

「では、翠蘭殿。よければ明日にでも手合わせを願いたい」

「手合わせでございますか」

　唐突な発言に、またも翠蘭は面食らった。

「噂に名高い磬の王子の腕を知るためには、それが一番の近道であろう。どうだ？」

「戒焔！」

鋭い声で雪花が言葉を差し挟んだのを聞き、翠蘭は更なる驚愕《きょうがく》に打たれた。

たかだか小姓風情が一国の王を呼び捨てにするとは、一体どういう了見なのか。

「いけないか、雪花」

「いくら何でも腕試しなど、翠蘭様に失礼です」

雪花が厳しい口調で戒焔に小言を言う様に更に困惑し、翠蘭は口を噤《つぐ》んで立ち尽くす。

「そう怒るな。角《つの》を立てると、おまえの可愛い顔が台無しだ」

「角なんて立ちません」

「喩《たと》えだよ、喩え」

「もう……」

ぷうっと唇を尖《とが》らせる雪花を凝視する翠蘭の視線に気づいたのか、戒焔は「酒を持ってきてくれ」と雪花に告げた。

「はい、戒焔…様」

どこかぎこちなく「様」までつけ、雪花は一礼して宮殿の方角へと足早に向かう。

その後ろ姿を愛しげに眺めながら、戒焔は相好《そうごう》を崩した。

「驚いたろう、翠蘭殿」

「……ええ」

「俺は王子になる前は、商人をしていたからな。そのせいで、どうも礼儀というやつに疎《うと》い。雪花はいいところの御曹子《おんぞうし》なんで、あれこれ教えを乞《こ》うているんだが……俺は王にはまだまだらしい」

打って変わって砕けた口調で、こちらのほうが戒焔には楽なようだ。

「教えを、あの少年に?」

「雪花は成陵《せいりょう》の長の息子でな。成人はしているし、今じゃ俺の教育係だ」

成陵は陽都では珍しい都市国家で、気候が温和な地域のため住民の寿命も長く、成人するのは十六になってからだ。

清廉居士《せいれんこじ》と時に揶揄《やゆ》されるほど実直な成陵の市長のことは、翠蘭の耳にも届いている。雪花がその息子ならば、さぞや高潔な志の人物に違いない。

「そうでしたか。それは失礼いたしました」

「なに、あの可愛らしさでは無理もあるまい。雪花は可愛かろう、翠蘭殿」

戒焔の口調はからっとしており、あくまでも明るい。彼が心底雪花を可愛がっているのは、言葉の端々からも窺《うかが》える。

「はい。……しかし目立つお姿ですね」

「実の親は天帝の気まぐれと言っていたが、俺はそうは思わぬ。もしただの気まぐれであれば、天帝とは不可解なことをなさる」

「神の考えは人にはわからぬものです」

「なるほど」

戒焔は呵々《かか》と笑い、声を潜めて告げた。

「じつはな、翠蘭殿。雪花は俺と恋仲なんだ」

「恋仲……でございますか」

そうだ、と戒焔は自慢げに胸を張る。

男同士、だと……？

「では、お世継ぎは」

「世継ぎなどいらん。この国は青龍によって加護されているし、必要とあらば、次の王は龍が選んでくれる。神獣に護られた国は、その点が有り難い。子供がなくとも、新しい王に相応しいと神獣が見なす者が現れれば、人々もそれを認めるからな」

「ええ、そうですね」

師父に襲われかけて以来、翠蘭は同性同士の交わりには嫌悪感しか抱けぬが、戒焔と雪花の二人には微笑《ほほえ》ましさすら感じた。そのせいか、戒焔に秘密を明かされても、不快感はまるでない。

「ですが、そのような大事を、なぜ私に？」

「磐は奏と友好を結びたいのだろう。だから、俺の一番の秘密をしゃべった。このことを知るのは、翠蘭殿だけだ」

あまりにも開けっ広げな戒焔の態度に、翠蘭は呆《ぼう》然《ぜん》とする。

「雪花はあくまで、俺の小姓の一人ということになっている。雪花に何か危害を加える奴《やつ》がいれば、それは俺と雪花の関係を知っている者の仕業ということになる」

そうなれば、真っ先に磬が疑われるわけか。

「それに、俺は美人には弱いんだ。雪花も将来綺麗になりそうだろ？　翠蘭殿を見習ってほしいから、仲良くさせたいんだ」

破天荒《はてんこう》な男であったが、悪びれぬ態度は寧《むし》ろ気持ちいい。奏の王は器の大きな人物なのだろう、と翠蘭は己と比べて羨望《せんぼう》さえも覚えた。

「同じように神獣に加護される国同士……親しくおつき合いしたいと存じます」

「では、明日は手合わせをしてくれるか？」

「喜んで」

翠蘭にしては珍しく、本心から同意を示した。


宴は一晩で終わったが、翠蘭は奏都に七日にわたって滞在した。

「お名残《なごり》惜しいです、翠蘭様」

別れの朝、雪花は心底悲しげな顔で白蓮の鬣《たてがみ》を撫でた。そろそろ王宮を発《た》つ時間だが、彼を見ると後ろ髪を引かれる思いがした。

利発《りはつ》で聡明《そうめい》な雪花は翠蘭に好意を持ったらしく、滞在中は磬のことを質問しどおしだった。当初は世間話に交えて機密事項を探られるかもしれぬと身構えたが、雪花にそんな思惑など毛頭ないようで、寧ろ、己の醜い心根を自嘲《じちょう》する羽目になった。

「私もですよ、雪花様」

「まさかあの戒焔様から一本取るなんて！　そんな方、初めて見ました。ずっとこちらにいらしてくだされればいいのに」

「どうしてですか？」

「そうしたら、戒焔様が王宮をこっそり抜け出すときも、引き留めてもらえます」

雪花が真摯《しんし》な面持ちで告げたので、翠蘭は思わず唇を綻ばせた。その艶めいた表情に見惚れたらしく、雪花が白皙《はくせき》の頰を染める。

「あなたも鍛錬すればすぐに腕を上げますよ、雪花殿」

「私は全然……躰《からだ》を動かすのは苦手なんです。奏に来る前は、ずっと屋敷に閉じ籠っていたので」

「そうでしたか」

どんな事情があるにせよ、悪いことを言ってしまったと、翠蘭は曖昧《あいまい》に相槌《あいづち》を打つ。

「翠蘭様はあの歌のとおりの冷酷な方だと思い込んでいましたが、そんなことは全然ない。人の噂って当てになりませんね」

「人は多くの顔を持つもの。事実、私は人を手に掛けることに何ら躊躇《ためら》いもない人間です。国のためならば、大切な者にも刃を向けるでしょう」

冷淡に言い切った翠蘭に、雪花はどきりとしたような視線を一瞬向ける。

「ご安心を、雪花様は斬りませんよ。そんなことをしては、戒焔様に暗殺されてしまう。いつかお二人で遊びにいらしてください」

からかうように告げる翠蘭の口許に浮かぶ笑みは自然なもので、己が雪花を可愛く思っている事実に我ながら驚いた。どれほど強く冷たくありたいと願っても、それでも、情を捨てきれないのだ。

「私もいつか磬を訪れたいと思っています。あちこちを旅しましたが、砂漠はまだ行ったことがなくて……戒焔…様の育ったところだし」

「翠蘭殿、雪花を拐《かどわ》かそうとするのはやめてもらえぬか」

あちらからやって来た戒焔がわざとらしく咳払《せきばら》いをし、雪花の躰を抱き寄せた。

「各国の様子を知るのは、大事なことです、戒焔」

戒焔が現れた途端に雪花の口調が砕けたのが、親密さの裏付けだった。

「いつでも歓迎いたします」

「ふむ……ならば、二人でこっそりと磬を訪れよう。俺の一族もいるからな」

「戒焔様！　それは絶対にいけません！」

じゃれ合うような二人は微笑ましい。

こんなふうに、何の疑念も持たずに他人に接することができたのは、どれほど久々のことだろう。

人を疑え、心を許すなと常々己に教えてきた父王を思い出し、翠蘭の心はひどく乱れた。

三

赤や黄に染まった木々の葉が、街道を鮮やかに彩る。楽《がく》の民にはそれを楽しむ余裕があるらしく、翠蘭《すいらん》たちはあちこちで、色彩豊かな風景を眺めて宴を開く連中と行き会った。

往路は金色の稲穂がどこまでも美しかったし、復路の今もすれ違う人々の顔は明るい。

楽王《がくおう》は国境を開き、旅人の自由な往来を許している。大国である楽が他国の政治に介入することは殆どないが、これほど豊かな国であれば、その必要もないのだろう。

他国が楽を狙わないのも、大国の強さを知っているからだ。また、神仙の住処《すみか》である桃華山《とうかざん》を中央に擁《よう》するだけに、あえて神仙の怒りを買いたくもないのだろう。

一行は早ければ明日、遅くとも明後日には磬《けい》に入るという場所に宿を取った。

「無事に着きそうで何よりです、翠蘭様」

「そうだな」

阿南《あなん》の言葉に頷き、翠蘭は熱い茶を注いだ碗《わん》を口に運ぶ。

「しかし……気になることがあります」

傍らに控えた阿南が、遠慮がちに言葉を紡《つむ》ぐ。

「何度か先触れを出しましたが、一人も戻っておりません。何かあったのではないかと」

そのことは確かに翠蘭も気になっていたため、「そうだな」と素直に頷いた。

「そなたはどう思う、阿南」

「わかりませんが……我が国で何か、恐ろしいことがあったのではないかと」

「……悪天候で、足止めでも食っているのだろう。どのみちもうすぐ国境だ」

一片《いっぺん》の不安が芽生えたのは翠蘭も一緒だが、それを面に出しては他人に侮《あなど》られるだけだ。

翠蘭は阿南の懸念を一笑に付した。

「それに、父上は用心深いお方だ。何かことを起こすような輩は、とうに地位を奪うか、国から追い出している」

かつて、白良林《はくりょうりん》の助命を嘆願したことから、有力な豪族であった張《ちょう》一族もまた滅ぼされた。

「……ですが、それは」

「磐はそのような統治でしか治まらぬ。白虎によって玉座を与えられた父上にこそ、できることだ」

そうでなければ、翠蘭が父のため国のためにと、この手を汚してきた意味がない。

奎真《けいしん》の養父でさえ、犠牲にしたではないか。

「――ええ」

同意を示す阿南の声が微妙に揺らぐ理由は、翠蘭にも薄々わかっていた。

殊に、奏《そう》の賑わいをこの目で見てしまえば、翠蘭とて不安になる。

奏と同様に神獣の加護を得ているにしては、磐はまだまだ貧しい。無論、数年前より確実によくなっているると父は言うし、実際、街道沿いの村落は立派で、他国からの使者や旅人の評判も上々だ。しかし、未だに生活に不満を持つ者も多いのは事実だった。

さすがの翠蘭の耳にも、国民が不安げに噂するのが聞こえてくる。

王は本当に、白虎の加護を得ているのか。

神獣に玉座を借りるための儀式を、本当に執り行ったのだろうか、と。

翠蘭が気難しい顔で、牀榻《しょうとう》――寝台に腰を下ろしたとき、廊下から足音が聞こえてきた。

「大変でございます、翠蘭様！」

許しも得ずに室内に駆《か》け込んできたのは、愛馬・白蓮《びゃくれん》の世話を任せていた兵士だった。

「どうしたのだ、そんなに急いで」

阿南の厳しい声が響く。

普通ならば許されぬ事態だが、兵士はそれほど必死だったのだろう。

彼は慌《あわ》てて威儀を正し、その場に跪いた。

「ご無礼は平にご容赦くださいませ。一大事でございます！」

「よいから用件を述べよ」

「はっ」

男は俯《うつむ》いたまま、声を潜めて告げた。

「磐都《けいと》で叛乱《はんらん》があったとのこと！　陛下は叛乱軍に捕らえられ……」

「――叛乱、だと？」

予想だにしなかった言葉に、翠蘭は動揺を覚えた。

磐都の城壁は堅固《けんご》で、外部から攻め入られることはまず考えられない。基本的に軍備を許されるのは王の軍隊である王兵のみで、仮に蜂起《ほうき》の準備をする者がいれば、遅かれ早かれ父の放った『目』や『耳』が気づくはずだ。

では、よもや王兵が裏切ったのか？

いずれにしても、考えられぬ事態だった。

「くだらぬ冗談はよせ」

笑うこともできぬと翠蘭は声を荒らげるが、兵士はたじろいだ様子もなく面を上げて続けた。

「先ほど国境から参った伝令が、翠蘭様に直に報告をしたいと申しております」

「わかった、会おう」

信じ切れぬまま立ち上がった翠蘭は、兵士に案内され、阿南と共に階下へ向かう。

随行の兵士たちに宛がわれた大部屋は粗末で、寒さゆえに窓を閉め切った部屋には嗅《か》いだことのある不快な空気が立ち込め、翠蘭は柳眉《りゅうび》を顰《ひそ》めた。

死臭だった。

伝令の兵士の腕や足に巻いた包帯は血に塗《まみ》れ、息を引き取りかけた若い兵士が、荒い呼吸を繰り返していた。

「そなたが伝令か」

男は埃《ほこり》と汗、そして血に汚れていた。

「翠蘭……様……」

ひゅうっと彼の喉《のど》が鳴る。

「磐都で何があった」

「地方の無法者が……軍を率い…攻め上って……」

「無法者が？」

不可解だった。そのような組織的な行動力を持つ者は、地方にはいないはずだ。ましてや無法者や破落戸《ごろつき》に、そんなことをできるわけがない。

「前々から、準備をしていたようでございます」

傍らに控えていた兵士が補足する。

「父上はなす術《すべ》もなかったというのか！　捕らえられたというのは真《まこと》か？　どうしておられるのだ⁉」

「処刑されたとは……聞いておりませぬ……」

父を取り巻く宰相《さいしょう》や大臣たちは揃いも揃って無能ばかりで、役に立たなかったことだろう。

「連中は強く……勢いがあります。翠蘭様も、このまま戻れば、きっと……」

そこまで言った兵士は、苦しげに咳《せ》き込《こ》んだ。

このまま国へ戻れば、虜囚《りょしゅう》になるとでも言いたいのだろう。だが、翠蘭は誇り高き磬の王子にして、いずれは白虎の加護を受ける者。おめおめと引き下がり、父を殺されるわけにはいかぬ。

「……翠蘭様」

阿南に声をかけられ、翠蘭ははっとする。青年は朦朧《もうろう》としているのか、瞳は虚《うつ》ろだった。


「遠くから、ご苦労だった」

翠蘭は呟き、青年の瞼《まぶた》にそっと触れる。

「今はゆっくり休むがいい」

「有り…難き……」

そのあとの言葉は途切れ、兵士の息が弱いものになっていく。

「――そなたの魂に平穏を」

己の言葉に室内が沈鬱《ちんうつ》なものに包まれ、翠蘭は拳《こぶし》を握り締め、踵《きびす》を返した。

廊下を足早に歩いて、玄関から屋外へ出る。

月は冴え冴えとあたりを照らし出し、翠蘭の白皙の美貌を更に作り物めいて見せていた。

「翠蘭様、今宵は冷えます」

声をかけてきた阿南に、翠蘭は硬い口調で応じた。

「明日は予定どおり、国に戻る」

「ここはじっくり策を練るべきです。あの者の申すことが本当ならば、我々は完全に孤立しているはず」

「差し出がましい口を利くな」

「兵の動揺もお考えくださいませ」

将にとって兵は手足であり、いちいちその心情を慮《おもんぱか》っていては先に進めない。

「闇雲《やみくも》に戻ったところで勝機はありません！」

「黙れ、阿南！　白虎の加護を受けた父上が、そう簡単に囚《とら》われるはずがない！」

「ならば、翠蘭様は本当に……王が白虎に玉座を借り受けたとお思いなのですか！」

「無礼者！」

声を荒らげた翠蘭は腰に手をやろうとし、今は帯剣していなかったと思い出した。

「――出すぎたことを申しました、翠蘭様」

生来さほど明確に感情の変化を出さぬ翠蘭だけに、はっきりと怒りを表出させたことに戦《おのの》いたのか、阿南は蒼褪《あおざ》めている。

「事情はどうあれ、私は国に戻る。何もせずに謀反《むほん》人に玉座を明け渡すのは、私の誇りが許さぬ。夜明けには出立できるよう、兵に伝えよ」

有無を言わせぬ翠蘭の口調に、阿南はぽつりと言った。

「――翠蘭様はお変わりになった。四年前の……白良林の一件以来……」

あの日から、心を凍らせただけだ。

とはいえ、翠蘭は父の望むような、他人を端《はな》から疑う人間になるつもりはない。しかし、かつてのように無防備に他人を信じることも、まずあり得なかった。数少ない例外は、雪花くらいのものだ。いつしか翠蘭は、心を閉ざし、誰も受け容れぬことが楽だと悟ったのだ。孤独こそが、王のあるべき姿だと。

「王は厳しくあるべきなのだろう？　とにかく、兵に伝えておけ」

翠蘭は素っ気なく身を翻した。

「御意」

地面に片膝を突いた阿南が、頭を下げる。

父は果たして、無事であろうか。

それを思うと胸が苦しくなり、翠蘭は心痛を誤魔化すように煌々《こうこう》と明るい満月を眺めた。

白虎の加護を受ける父が、そう簡単に負けるはずはない。

――だが。

国民の多くは、一向に富む兆しのない磬に疑問を抱いている。壮達《そうたつ》が忌《い》むべき簒奪者《さんだつしゃ》だからこそ、白虎の加護はないのだと囁く者もいた。

陽都《ようと》において、神獣が加護する国を治める者は、神獣から玉座を借りねばならぬ。神獣に認められぬ王は偽王《ぎおう》であり、国が加護されることはない。

翠蘭自身、疑わなかったわけではないのだ。

磬は本来、誰が治めるべき国なのかと。

そうであれば、一体誰が、白虎の加護を受けるものなのだろう。

そのような傑物《けつぶつ》が雌伏《しふく》していたというのか。

「先触れはまだ戻らぬのか」

数度目となる翠蘭の問いに、阿南は口を開く。

「ええ、翠蘭様。彼らを待ち、今宵はこのあたりで野営しましょう」

叛乱軍は都を落とすので手一杯だったのか、国境の警備は手薄で、翠蘭一行は拍子抜けするほど容易く磬に入れた。

罠《わな》であろうと疑ったものの、かといって他《ほか》の道を迂回《うかい》する余裕もなかった。

阿南の言葉に同意を示そうとしたそのとき、野太い怒鳴り声が聞こえて翠蘭ははっとした。

咄嗟《とっさ》に手綱を絞ったのは、前方から土埃《つちぼこり》を上げて迫る馬群が見えたからだ。

旗手が手にした旗は王兵のものではなく、見たこともない図柄だった。

不意を突かれ、翠蘭の手勢はどよめく。戦はもう少し都に近づいてからだろうという楽観的な空気が一行には漂っており、完全に虚を衝《つ》かれた。

「怯《ひる》まずに剣を取れ！」

翠蘭は声をかけたが、手勢数十の翠蘭と比べ、相手の軍勢はおよそ二百騎とかなりの差があった。

剣を抜いた翠蘭は、黒髪を靡《なび》かせて剣を振るう。

白刃一閃《はくじんいっせん》、瞬く間に数騎を倒した翠蘭の前に、一際立派な馬に乗った堂々たる武将が姿を現した。武人として軍に属する翠蘭も知らぬ顔だった。

「あんたの相手はこの俺だ。……おまえら、下がってな」

男は長い槍を持ち、不敵に笑う。

「史《し》翠蘭殿だな？」

「いかにも。私に戦いを挑むのならば、まずは名乗られよ」

己よりもがっしりとした肉体を持つ男を見上げ、翠蘭は傲然《ごうぜん》と告げる。

「俺の名は王烈《おうれつ》。あんたの首をもらいにきた」

王烈という名は、聞いたことがある。天下無双の槍の遣い手で、王兵であったが、数年前に軍を出奔《しゅっぽん》したという噂だった。

「抜かせ。そなたの首は私が落とす」

「王子様は自信過剰と見える」

返事をせずに、馬上の翠蘭は男の隙を突いて斬りかかった。刃風《じんぷう》とともに剣光《けんこう》が空間を裂く。目にも止まらぬ速さで斬りつけたが、それを受ける王烈の槍術《そうじゅつ》もまた相当なものだった。王烈は槍を馬上で巧みに操り、翠蘭の疾風《しっぷう》の如《ごと》き剣を右に左に容易くいなす。翠蘭以上に戦に慣れているようで、王烈は決して翠蘭を近づけなかった。

「お綺麗なのは顔だけじゃないようだな！　だが、あんたの太刀筋は読みやすい」

「何を！」

「あんたの剣は実戦向きじゃないってことさ」

王烈の言葉と同時にがつんと腕に重い衝撃があり、翠蘭の剣が弾《はじ》け飛ぶ。すぐさま短剣を抜こうとしたが、王烈のほうが先んじた。

「くっ」

槍で薙《な》ぎ払われ、翠蘭は白蓮から落とされる。素早く体勢を立て直そうとしたものの、雌雄《しゆう》は決していた。

王烈は躊躇うことなく、槍の切っ先を翠蘭の喉許《のどもと》にひたりと押し当てた。

「勝負あったな」

「なかなかの腕前。そなたが大将か、王烈とやら」

負けてもなお毅然《きぜん》と言ってのけた翠蘭の美貌を見

下ろし、王烈は呵々《かか》と笑った。

「俺如《ごと》きが？　俺は副将だ。大将ってのは最後に出てくるものだからな」

彼は、傍らの雑兵《ぞうひょう》に「この男を縛れ」と命じる。

「私の首を取るのではなかったのか」

皮肉の混じった声で翠蘭が問うと、王烈は「そう言わないと本気を出さないだろ」と肩を竦《すく》めた。

「私をどこへ連れていく気だ」

縛られたまま愛馬に乗せられ、翠蘭は射るような視線で男を睨みつける。

「大将はこの先で野営してる。磐の誇る武将がこんなに弱いとわかってりゃ、兵は半分にしたのにな」

むっとした翠蘭は唇を嚙《か》み締める。

「少しでも寛大な処置をしてほしいんなら、しおらしく命乞《ご》いでもしろよ」

「誰がそんなことをするものか」

敵前で惨《みじ》めな姿を晒《さら》すこと以上の恥辱《ちじょく》が、この世にあろうか。

馬上の翠蘭は凛然《りんぜん》と胸を張り、唇を結んで真っ直《ます》ぐに前を見つめた。

兵に先導されて敵方の野営地に近づくと、翠蘭の手勢の多くは捕らえられ、悄然《しょうぜん》と座り込んでいる。総大将の翠蘭が捕まったことで戦意を喪失し、おとなしく投降したのだろう。彼らの命を握る叛乱軍が、寛大な処置をするかどうか。

……阿南の姿がない。

そのことに気づいて、翠蘭は微かに表情を強張らせた。阿南は武芸の腕は立つが、情に脆《もろ》く迂闊《うかつ》な一面がある。この戦闘で命を落としたのかもしれぬと、臓腑《ぞうふ》が冷える気がした。

「降りろ」

乱暴に縄を引かれ、翠蘭は仕方なく雑兵の手を借りて馬から降りた。

既に陽《ひ》は落ち、篝火《かがりび》があたりを照らす。

「さっさと歩け！」

「私を誰だと思っている」

翠蘭は自分を小突く雑兵を振り返り、睨みつけた。

足取りは重いが、かといって、ここで弱みを見せることは自尊心が許さない。

「何だと？　捕虜《ほりょ》の分際《ぶんざい》で！」

雑兵は声を荒らげたが、「おい」と仲間に声をかけられ、舌打ちをして口を噤んだ。

「こっちだ」

野営地の中央では大きな焚《た》き火《び》があり、そのすぐそばの牀几《しょうぎ》に長身の男が座していた。

「美貌に似合わず、磐の王子は生きがいい。罵《のの》り声がここまで聞こえましたよ」

皮肉を孕《はら》んで凍《こご》える声に、翠蘭はどきりとする。

聞き覚えのある声音であった。

「奎真様！」

雑兵たちの声に畏怖《いふ》と尊崇《そんすう》が宿り、翠蘭は鎧を身につけた目前の甲冑姿の男を呆然と見つめた。

奎真――だと？

確かに、篝火に照らし出された男の相貌《そうぼう》は遠目にも見覚えがある。

いや、忘れることがあろうはずもない！

「奎真……そなたか……！」


瞬時に怒りが燃え盛り、翠蘭は思わずその名を口走っていた。

「おや、覚えておいででしたか、翠蘭様」

奎真は冷たく言い放ち、こちらへ近づいてきた。

戦に参加せずに高みの見物を決め込んでいたとは、どこまでも卑怯《ひきょう》なのかと翠蘭は心中で歯噛《はが》みした。

「そなたが叛乱軍に与《くみ》していたとはな！」

刹那、奎真の瞳が翠蘭を視界に捉えた。

射貫くように強い視線は、翠蘭の瞳を凝視し、次いで顔の上を撫でる。翠蘭の膚の奥深くから何かを探し出そうとするまなざしに、なぜか胸が締めつけられた。

その痛みに負けぬように奎真の瞳を睨み返すと、互いの視線が絡み合う。

相変わらず――いや、四年前よりもずっと奎真の男ぶりは上がっていた。他人を射竦《いすく》めるような鋭い目、自信に満ちた笑みを湛える薄い唇。小柄というわけでもない翠蘭さえも、余裕で見下ろす長軀《ちょうく》。服の上からも彼が鍛え抜かれた肉体を持ち、鋭い牙《きば》を隠し持つ獣の如き俊敏さを湛えているのがわかる。

「見損ないましたか」

揶揄する奎真の口調に、翠蘭は自分が冷静さを失いつつあると気づき、呼吸を整えた。

「卑《いや》しい男を養い親とする腐った心根の持ち主なら、何をしてもおかしくあるまい」

齢十の翠蘭に、嘘をついてまで近づいた男など、その心性からして腐りきっているのだ。王に弓引く者の配下になったところで、違和感はない。

およそ四年ぶりの再会がこんなかたちで叶《かな》うとは、翠蘭は思ってもみなかった。

「さすがに気の強いお方だ」

静かな口調で呟き、彼は翠蘭の顎《あご》を摑む。

わかっている。白良林の末路を考えれば、彼が翠蘭を恨むのは当然だ。

なのに、苦しくて、辛くてたまらない。

怒りだけでは、こんな感情は湧き起こらぬだろう。

失望か。落胆か。それとも——。

自分でも理解できぬ感情が混じり合い、胸中で渦巻いているが、考えてはならぬと蓋《ふた》をした。

「父上はご無事なのか」

「ええ。現在は我が軍で、丁重にもてなしているところです」

「父は磬の正当な王だ。今すぐ解放せよ」

「あなたは壮達が王に相応しいとお思いか？」

「当然だ」

翠蘭が言い切ったことで、二人を取り囲む兵たちがざわめく。

奎真が無言のため、翠蘭は更に続けた。

「くだらぬ復讐《ふくしゅう》だな。養父を殺されたことが、そんなに悔しいか」

「私心がないとは申しません。お好きなようにおっしゃるがいい」

翠蘭の挑発にも乗らず、奎真は冷徹さを崩さなかった。

「罰されるような真似をした、おまえの養父が悪い」

面《おもて》を上げ、翠蘭はきっぱりと言い切った。

「調べれば、養父が無実だったことはすぐにわかったはずです。それもせずに、王は刑の執行を早めた」

「いちいち調べていられるものか」

こんな言い争いをするのもくだらないと、翠蘭は殊更《ことさら》冷たく言い捨てた。

「疑わしい人間はすべて罰すると？　それでは、気に入らぬものを罠にかけ、密告して処刑させることも可能になってしまう」

「民の心の乱れは、国の乱れを呼ぶ。時には厳しさも必要だ」

「不健全ですね」

奎真は切って捨てた。

「あなたは秩序さえ守ればそれでいいという、血の通わぬ国をお望みですか？」

このようなときであっても、奎真は冷静だった。

「では問おう、奎真。血の通った国が、おまえたちの飢えを癒してくれるのか？」

情など一体何になる？

一国の王がそんなことでは、そんなものに絡め取られれば、国家は滅茶苦茶になる。

翠蘭の返答を聞いた奎真は、ふと無言になった。

表情らしい表情はないというのに、翠蘭は思わず奎真の精悍な顔に見入る。

「──あなたは、私の……を殺すのですね」

彼の唇が動き、微かに呟いた。

また、それか！

奎真の養父の一件は、楔《くさび》のように翠蘭の心を鋭く抉る。

だが、それだけを意味しているわけではないのか。

翠蘭は今の言葉を反芻《はんすう》しようとしたが、思索はすぐに途切れた。

「畜生……奎真様！　そいつを殺してください！」

二人を幾重《いくえ》にも取り巻いていた兵士の一人が、耐えかねて叫んだからだ。

「俺の親父は、密告されて無実の罪で死んだんだ！」

「そうだ！　そいつを生かしとく理由がない！」

耳を劈《つんざ》くほどの兵士たちの怒号は暫く続き、彼らは口々に翠蘭を責め立てる。

「待て。徒《いたずら》に虜囚の首を刎《は》ねては、我々まであの壮

達と一緒になってしまう」

奎真は凛とした声で告げ、威圧するように兵士たちを眺めた。彼らがしんと押し黙ったところで、再び翠蘭に向き直る。

「翠蘭様。あなたは彼らの言葉を、どうお思いですか？」

答えは決まっている。

あのとき、翠蘭の心は死んだのだ。

奎真の嘘を知った瞬間から。

だからもう、自分を責め立てる声など届かない。

凍えた心は、決して溶けることはない。溶かしてはならないと、決めたのだ。

「くだらぬな。民の一人一人の声にいちいち耳を傾けていては、政はできぬ」

「――――なるほど。それが……答えか」

皮肉げに笑んだ奎真は、先ほどまでよりも、もっと冷えて凍てついた瞳で翠蘭を睥睨《へいげい》する。

男の中の何かが粉々に砕《くだ》け散ったのだと、翠蘭は知った。――一体、何が？


「この私を捕らえてどうするつもりだ？　力でどうこうできると思っているのか」

「磬国《けいこく》一の佳人に力を使う理由はない」

鼻先で笑い、奎真は皮肉げに返した。

「私は武人だ！」

声を荒らげてから、翠蘭は唇を嚙み締める。挑発するつもりでされるとは、らしからぬ失態だった。

「そのように絢爛たる武具を身につけ、戦場でさえも男を惑わすくせに」

「我が技量を知りたくば、剣を寄越し、私と立ち会え。おまえの素首《そくび》、斬り落としてやろう」

「どのみち力でねじ伏せての支配など、あなたには意味がない。それに、勝つとわかっている勝負は、時間の無駄です」

冷然と告げた奎真は、翠蘭の双眸《そうぼう》を真っ向から見《み》据《す》えた。

「剣を交えねばわからぬだろう」

「困った人だ」

奎真は不遜《ふそん》に笑い、王烈に「縄を切れ」と告げた。

「おい、奎真」

「一度くらい、気の済むようにさせてやろう」

王烈は渋々翠蘭の腕の縄を切り、己の剣を差し出した。衆人環視の状況では、翠蘭が卑怯な真似をしないと読んでのことだろう。

「どうぞ、翠蘭様」

奎真は兵士に剣を借り、涼しい顔で向き直る。望むところだった。

「覚悟せよ！」

奎真が剣を構えると同時に、翠蘭は切り込む。しかし、奎真はそれを完全に見切っており、容易く受け止めた。

衝撃とともに、闇に火花が散る。

「その程度ですか」

剣光を閃《ひらめ》かせ、翠蘭は艶やかな黒髪を乱して奎真に突進した。凄《すさ》まじい剣気に、周囲の兵士からどよめきが起こる。

奎真には一片たりとも隙はなかった。

刃と刃がぶつかって流星の如き火光《かこう》が無数に散る。


翠蘭の額に汗が滲《にじ》み、髪が張りついた。

——強い！

王烈も強かったが、奎真もまた並の男ではない。勝機を探そうとする翠蘭の足が、不意に縺《もつ》れた。

「ッ」

その瞬間を奎真は見逃さず、翠蘭の剣を薙《な》ぎ払った。衝撃で手から剣が弾け飛び、翠蘭は尻餅を突く。すかさず奎真は、翠蘭の首に剣を突きつけた。

「気は済みましたか、翠蘭様」

なまなましい殺気を帯びた剣とは対極にある、冷ややかな声だった。


雑兵たちに翠蘭の鎧を剝《は》ぎ取らせた奎真は、再び翠蘭の腕を縛らせ、その二の腕を摑んで歩きだす。

奎真は一際立派な天幕の前に立ち止まり、中に向けて翠蘭を突き飛ばした。

「ッ」

突然のことに、翠蘭は天幕の内側に倒れ込む。

中に足を踏み入れた奎真が出入り口の布を下ろし、外界と遮断《しゃだん》してしまう。外で酒宴を行う兵の喧噪《けんそう》が、わずかに遠のいた。

「どういうつもりだ」

誰も見ぬところで、存分に殴るとでも言うのか。

「予想もつきませんか」

変わらずに突き放した口調だったが、翠蘭の怒りを煽《あお》ることはない。こんな男は、ただ軽蔑《けいべつ》すればいい。それだけだ。

「殴りたければ、人前で好きに殴ったらどうだ。咎める者などいないだろう」

翠蘭は苛立《いらだ》ちを表に出さぬように注意しながら、己を睥睨《へいげい》する男に皮肉を発した。

「力での支配など意味がないと、申し上げたはず」

天幕の中は清潔で、携行《けいこう》用の薄手の寝具のほかは何もない。奎真の意図がわからずに無言で相手を睨み返すと、鎧を脱いだ彼が唇を歪《ゆが》めた。

「あなたほどの美貌の持ち主ならば、欲望の対象にされたことも、一度や二度ではないはずだ」

そこで初めて、翠蘭は男が何をしようとしているかに気づいた。

「黙れ」

押し殺した声で、翠蘭は奎真を叱責《しっせき》する。

「あなたこそ、声は出さないほうがいいですよ」

「何だと？」

「天幕では、いくら秘めても周囲に聞かれてしまう。ご自分の悲鳴——いや、色声《いろごえ》など、誰にも聞かれたくはないでしょう？」

「この下郎《げろう》が！」

罵倒《ばとう》する翠蘭を容易く押さえつけ、彼は間近で翠蘭をまたも見つめた。翠蘭の深淵《しんえん》まで覗き込むような、あの鋭利なまなざしで。

その瞳で見つめられると落ち着かなくなるが、目を背けることは負けたようで嫌だった。

「一つだけ、確かめたいことがあります」

不意に、奎真の声が一段低くなる。

「……何だ」

「私が養父の助命を乞いに行ったあと、あなたは何をしましたか」

どきりと、した。

たった一つの秘密。

翠蘭が墓場まで持っていこうとしているあのことを、奎真はどこまで知っているのか。

「何を、とは……どういうことだ」

「あなたが命令したせいで、父の処刑が早まったと聞きました」

「……それか」

緊張が微かに緩み、翠蘭は息を吐き出す。

翠蘭の行為が噂となっているのは知っていたし、殊更否認するつもりもなかった。

「否定はしないのですか」

「そなたの養父が処刑されたことに関して……私が関わっていたのは事実だ」

長い沈黙の後に、奎真が漸く発した。

「――――わかりました。裏切りには裏切りでもって応《こた》える……私の選択は正しかったようだ」

地の底から聞こえるような、低い声で。

「では、始めましょう」

凛冽《りんれつ》たる奎真の声に、ぞくりとする。

「……あなたを信じた私が、愚かでした」

それはこちらの言葉だ。

「薬を使って差し上げるほど親切ではありませんので、せいぜい叫ばないように気をつけることだ」

「痛めつけたいのならば、殺せばいい」

「殺す？　ひと思いに楽にしたりはしません」

ふ、と奎真は意地悪く笑み、翠蘭を凝視する。

「このようなやり口で、私に復讐するつもりか」

「復讐される理由があるとお思いですか？」

奎真の言葉に応じず、翠蘭は相手を詰《なじ》る。

「おまえがこんなに下衆《げす》な男だとは思わなかった」

「どれくらい下衆か、確かめさせてあげますよ」

「叛乱の片棒を担いだうえ、私を手籠《てご》めにしようなど……愚かしいにもほどがある」

声を荒らげれば弱みを見せることになると翠蘭は努めて冷静に言葉を吐いたが、奎真は構わずに帯を解き、翠蘭の薄い上衣《じょうい》をはだけさせた。鎧の下にはそう着込まないのが通例で、すぐさま翠蘭の雪白の膚が露になる。

「用があるのは、どうせ下だけだろう」

「あなたの躰を、隅々まで調べておくだけです」

予想以上に寒々しい言葉が男の口から放たれた。

「何……？」

「たとえば、ここで快楽が得られるかどうか」

きゅっと力を込めて、胸の突起を捻《ひね》られる。

容赦なく与えられる痛みに呻《うめ》いた翠蘭に、奎真は打って変わって冷ややかなまなざしを向けた。

「こちらは仕込む余地があるようだ。それにしても、武人にしては筋肉がつきにくいようですね」

一番触れてほしくないことを口にされ、翠蘭は己にのしかかる男を無言で睨みつけた。

「とうに成人したのにご結婚なさらぬうえ、寵姫《ちょうき》も持たない。抱かれるほうがお好みなのでしょう？」

囁《ささや》いた奎真と、至近距離で視線が絡み合う。

「その証拠に、あなたは――こんなにも美しい……」

我知らずといった様子で呟いた奎真は、そっと翠蘭の頬に触れる。思いがけず真摯な顔を見せられた動揺に翠蘭が眉を顰めると、奎真ははっとしたように手を放した。

「とにかく、私が調べて差し上げますよ」

今の仕種を打ち消すように乱暴に翠蘭の躰を裏返し、彼は下衣《かい》を剝ぐ。窄《すぼ》まりに直に触れられて戦いたが、平静を装った翠蘭は憎々しげに言った。

「その必要はない。おまえには関係のないことだ」

「これから関係ができるのですよ。王の資格などないあなたには、私の慰み者になっていただく」

「恨みがあるなら殺せ！　おまえの仲間もそのほうが喜ぶはずだ」

「いいえ。己に従わぬ者を殺めるだけでは、あなたの父上と同じになる。あなたに最大の恥辱を味わっていただくことこそが、我々にとって報復の手段。そのことは仲間も承知しております」

翠蘭が犯されることを、皆が認めているのか。

「ふざけるな……！」

聞きたくない。

彼が言葉を発するたびに、幼い頃の思い出が、更に薄汚れたものに変わっていくようだ。

あんなにも美しく、忘れ難《がた》かった日々が。

それを踏みにじったのは、かつてのお互いだと知っていても……それでも、嫌だ。

「最初に一度くらい、達《い》かせて差し上げますよ」

「何だと？」

「あなたが快楽を感じようと感じなかろうと、どうでもいいことですが……一度、達く顔を見せていただきましょうか。高貴なあなたが、私のような下賤《げせん》な男に肉の悦《よろこ》びを与えられるところを」

奎真は慇懃《いんぎん》に言ってのけると、翠蘭のものを手指でおざなりに包み込んだ。

幼い頃から、己がそのような嗜好《しこう》を持つ相手の欲望を煽ることもあると重々承知していた。彼らの劣情《れつじょう》をはね除《の》けるためにも翠蘭は武人になり、斯様な辱《はずかし》めを受けることなどないよう努めていた。周囲の目を欺くために女性を抱いてみたこともあるが、自己嫌悪を感じるだけで終わってしまった。

どのみち、奎真に大した技巧があるわけがない。身勝手な欲望を叩きつけて終わるだろうし、その愚かさを嘲弄《ちょうろう》してやればいい。

翠蘭は無言で覚悟を決めた。

奎真は乾いた掌で翠蘭の性器を捉え、快楽を与えるために指を卑猥《ひわい》に蠢《うごめ》かす。さも清廉そうな奎真にしては大胆な行為で、翠蘭は息を詰めた。

「……っう…」

感じるわけがないと思っていたのに、奎真の執拗《しつよう》な行為の前に、躰が少しずつ反応を示してくる。

「湿ってきましたね」

低く囁かれて、翠蘭は唾液《だえき》を呑み込む。

「何をされているかわかりますか？　次は先端の括《くび》れた部分を触ってあげましょう」

男の言葉を認識した瞬間に、神経がそこに集中してしまう。

だめだ。

「く……」

「次はどういたしますか？」

奎真の手で育《はぐく》まれる欲望を止めることもできず、翠蘭は目を伏せた。

「……ッ」

弄《いじ》られているうちに、自然と息が上がってくる。

「先走りが溢《あふ》れてきた……気が強い割に、意外と堪え性のない」

言われてみれば、いつしか男の手指の動きに合わせて、卑猥な水音が生じ始めている。

奎真の行為を意識してはならぬのに、彼は巧みに翠蘭の思考を操っていく。

「う……ん…ッ…」

奎真は翠蘭が自害することもないと高を括《くく》っているらしく、猿轡《さるぐつわ》一つしない。かといって下手に声を出して抗《あらが》えば、天幕の周囲を警護する兵士に聞かれてしまうかもしれない。翠蘭は懸命に耐え、ひたすら声を殺すほかなかった。

「達きたいのなら、どうぞ。構いませんよ」

こんな惨めな快楽は、欲しくない。

「…く…ぅっ……」

耐えることもできずに翠蘭は虚しい絶頂に引き上げられ、咄嗟に唇を噛み締めた。口中に錆《さび》の味が滲み、翠蘭は詰めていた息を吐く。

白濁を吐き出した翠蘭を詰《なじ》ろうともせず、奎真は無言で翠蘭の肢体を床に這わせた。

「あうっ」

狭隘《きょうあい》な蕾《つぼみ》の内側に精液を塗りながら、彼は奥へと指を進める。浅いところを引っ掻かれるだけでも苦痛を覚え、翠蘭は喘《あえ》ぐような呼吸を繰り返した。

どのみち、虜囚である今は逃れることはできない。未知の行為に翻弄《ほんろう》され、奎真を罵る余裕もなかった。

「は…っ……」

双丘《そうきゅう》のあわいに何かを挿《い》れられるという異物感は相当なものだ。こんなことで愉悦を得るはずもなかろうと、翠蘭は心のどこかで安堵《あんど》を覚えていた。

「初物《はつもの》でしたか。こんなにきつく私の指を押し返す。なかなか慎み深いですね」

侮蔑《ぶべつ》の滲む声に応えず、翠蘭は口を噤む。

「力を抜きなさい。指を楽に抜き差しできるようでなくては、私を受け容《い》れられませんよ」

「誰が、おまえなど……！」

首を捩《ねじ》って男を睨みつけると、奎真は髪一筋乱すことなく、冷静に翠蘭を見下ろしていた。態度と裏腹に、その瞳はまるで翠蘭の膚を灼《や》くように熱い。

「憎い男に凌辱《りょうじょく》されるのも一興《いっきょう》でしょう」

「何……？」

襞《ひだ》の狭間《はざま》でぐるりと指を回されて、苦痛から惨めな声を漏らす。そうやって痛みを外に逃がさねば、保たないと悟っていた。

「情けない。武人ならば、これくらい耐えられるはずだ」

「ふ…うっ…」

どうせ凌辱するならば、乱暴に肉茎《にくけい》で貫き、ひと思いに穢《けが》せばよいものを。その慎重さが不可解なほどに、奎真はじっくりと翠蘭の窄《すぼ》みを解《ほぐ》した。

それでいて、積極的に快楽を与えないという意思は変わらぬらしく、彼はもう翠蘭の性器には触れようとしなかった。

「う、く……」

こんな男に弄《もてあそ》ばれて快楽を得るくらいならば、躰を真っ二つに裂かれたほうがましだ。

なのに、気が遠くなるほど時間をかけ、奎真は翠蘭のその部分だけを丹念に蕩《と》かした。

「そろそろいいですね」

奎真は改めて翠蘭の背後に跪き、腰を引き寄せる。後ろ手に縛られているため、翠蘭は肩で躰を支え、男に双丘《そうきゅう》を差し出す格好になった。無様な姿態だとわかるだけに、いっそ舌を噛んでしまいたかった。

羞恥《しゅうち》に打ち震える翠蘭の腰を両手で掴み、奎真はそこに昂《たかぶ》りを宛がう。

「ッ」

……熱い。

意外なほどの熱に、翠蘭ははっとする。

今し方涼しい顔で翠蘭を嘲罵《ちょうば》した男でさえも、劣情を覚えているのか。それが滑稽《こっけい》に思えたが、奎真が躰を進めたせいで思考は攪乱《かくらん》されてしまう。

まるで、灼熱《しゃくねつ》の楔《くさび》が入り込むようだ。

予期せぬ質感のものが体内に侵入する未知の感覚に、翠蘭は途切れがちに呻く。

「ん、く…ぅうッ……」

無理に首を捻《ひね》って頭上を見上げると、奎真はどこか苦しげに眉を顰めていた。が、目が合うと皮肉げに唇を歪める。

「まだ先が入っただけですよ。そんなにきつくするとは、あなたのお口に合いましたか」

あくまで翠蘭を揶揄し、翻弄する奎真の態度が疎ましい。なのに、文句一つ言えそうになかった。

「もっと苦しみたいのなら、そのままでどうぞ。こちらは引き裂いて差し上げるだけだ」

「は…ッ……」

仕方なく躰の力を抜いたところで、更に深々と男の肉塊《にっかい》が沈み込んでくる。

「…う…ん……」

苦しく、そして喩えようもなく惨めだった。

「まだ入りそうですね……ほら」

「ーっ！」

勢いをつけるために一度腰を引かれ、次の刹那、最奥を目指して雄蘂《ゆうずい》を叩き込まれる。緻密《ちみつ》な秘肉を太く硬い性器で擦《こす》られるえも言われぬ感覚に耐えかね、翠蘭は躰を仰《の》け反《ぞ》らせた。

破れて、しまいそうだ。

「うう…っ…」

過敏な肉層で陰茎を食《は》む異物感は、相当なものだった。額にはじっとりと汗が滲み、掌に食い込む翠蘭の指は意に反して震えている。

「もう少し緩めないと、苦しいのはあなたのほうだ」

奎真の声もわずかに掠《かす》れていたが、それを揶揄し返してやる余裕はない。

「どうやら、私はあなたの口には合うらしい。こんなにきつく咥《くわ》え込んで、進むことも許さない」

「…黙れ…っ……」

破瓜《はか》の苦痛は、反駁《はんばく》することもできぬほどの大きさだった。

「そのくせ、抜こうとすると襞が引き留めてかかる。随分貪欲《どんよく》ですね。ほら、今も絡んでますよ」

「うる…さい……」

言われるとよけいに、意識してしまう。奎真の肉《にく》茎《けい》が花襞《はなひだ》を穿《うが》つ、甘やかな疼痛《とうつう》を。

「ここを……今度するときは、触らせてあげましょう。私の申し上げたことが真実だとわかるはずです」

不自然なほどに大きく拡《ひろ》げられて繋がった部分を指で辿られ、翠蘭は必死で息を殺した。

たまらなく辛かったが、痛苦を訴えることは武人としての自尊心が許さない。

こんなことは、嫌だ。嫌なのに……！

「だから、もっと緩めなさい。一度達かせたのですから、私も快《よ》くしていただけませんか」

「愉《たの》しめ、ない…のが……わかったら…抜け……」

布に爪を立てた翠蘭は肩越しに振り返り、斜め上から己を睥睨する男を見据えた。

「気の強い人だ」

彼が背後で冷えた笑い声を立てると、振動が性器を通じて臓腑にまで届くようだ。

「快《よ》くないとは言っていませんよ。随分きつく締めて……なかなかの名器をお持ちだ」

「な…にを……！」

図らずも、男を隙間《すきま》なく咥えているとからかわれた怒りから、慌てて緩めようとしたのを見計らうように、男のものが秘奥《ひおう》にまで入り込んだ。

「う…あッ……」

あまりにも奥深くに、奎真がいる。こんな場所で奎真と繋がっていることが、信じ難かった。

「仕込み甲斐のありそうな躰だ。これならば、当分愉しめそうですよ」

「…嘘…」

「嘘をつく理由などありません」

狭苦しい秘部を無理やり突き上げられて、翠蘭の瞳には生理的な涙が滲む。

「く…っ……」

男の律動は激しく、翠蘭を内側から突き壊そうとするかのようだ。

こんなことをして、奎真は満たされるのか。

奎真が自分を憎むのは当然だと受け止めることは

できたが、こんなやり口で昇華《しょうか》されるのか。

獣のように這わされ、犯されている状態では最早《もはや》振り向く余裕さえなく、奎真の顔が見えない。

「あ…、あ、あッ……」

唇からは己の荒い呼吸が漏れるばかりで、奎真が息を乱しているのかさえ、翠蘭には知ることは叶わなかった。

四

——嫌だ、やめて……来ないで。師父《せんせい》！

服を剝がれた翠蘭《すいらん》は、泣きながら師父に懇願する。

彼が豹変《ひょうへん》した理由はわからなかったが、行為の意図はうっすら察していたからだ。しかし、幼い抗いなど、理性を失った男の前には無意味だった。

——お美しいですね、翠蘭様。ずっと……こうしたかった。

常に傍らに仕え、翠蘭の思慕を受け止めながら、こんな醜いことを考えていたのか。翠蘭を裸に剝《む》いて膚を舐め回し、乳首を嚙み……何とおぞましい。

心から信頼する相手だった。師父から知識を与えられ、授業を楽しみにしていた年月が穢されていく。

狩りから戻った阿南《あなん》が異変に気づいて踏み込まなければ、翠蘭は手籠めにされていたに違いない。

激昂《げっこう》した阿南によって師父は斬られ、翠蘭は呆然と血の雨を浴びた。衝撃で熱を出した翠蘭は十日近く寝込み、そのあいだに師父は死罪、彼の一族は離散したと聞く。

成長するにつれて同様の事件は何度か起こり、翠蘭は己の美貌の弊害《へいがい》を否応《いやおう》なしに自覚した。そのたびに壮達《そうたつ》は翠蘭に「他人を信じるな」「心を許すな」と告げ、彼らに重罪を科す。だが、父の言葉こそが、翠蘭にのしかかる重い枷《かせ》そのものだった。

しかし、もう傷つくことはない。

他人を信じていた幼い頃の自分は、あのときに死んでしまったのだから。

――翠蘭様……。

背後《けいしん》から囁く声が、師父から別の男へと変わる。奎真のものへと。

「…ッ」

不規則な振動で苦い夢から引き戻された翠蘭は、頭からすっぽりと布が被《かぶ》せられていた。掛け布団にしてはひどく埃っぽい布のせいで、咳《せき》が出た。

久しぶりに再会した奎真に強姦《ごうかん》同然に抱かれるなんて……あまりにも馬鹿馬鹿しい。

再び眠りに引き込まれかけた翠蘭は、自らが馬車の荷台で揺られていることを認識し、漸く覚醒《かくせい》した。

違う。夢ではないのだ。

荷台には筵《むしろ》が敷かれていたものの、道の悪さが、疼《うず》くように熱を帯びた躰に伝わった。

そう、これが現実だ。

翠蘭が奎真たちの率いる叛乱軍に捕まったのは、二日前の夜のことだ。

当初は自力で馬に乗れると主張したが、試すと半刻も保《も》たなかった。嬲《なぶ》られた身で馬に乗ることは無理で、縛られた挙げ句資材を運搬《うんぱん》する馬車に乗せられた。腕を縛る縄はびくともせず、解《ほど》けそうにない。

おまけに他の兵士には自分が何をされたか筒抜けで、連中は翠蘭を見てはひそひそと耳打ちし、あからさまに下卑《げび》た視線を向ける。

捕虜である翠蘭は、奎真の手で二晩連続で犯された。縛られて抵抗できないのをいいことに、奎真はろくに前戯《ぜんぎ》もせず、翠蘭を散々犯したのだ。

――あなたが私を覚えるまで、嬲りますよ。

肉体を隅々まで蹂躙《じゅうりん》され、翠蘭は嫌悪と苦痛からとうとう啜《すす》り泣いた。翠蘭に快楽を与えるつもりは毛頭ないとの言葉どおり、奎真は翠蘭をただの肉塊として扱った。そのうえ、奎真は翠蘭の体内に一度として精を放とうとしなかった。雄の欲望を満たす役割さえ果たせぬ腐肉と見なされたのである。

恐ろしかった。最も嫌忌していた行為を強いられたくせに、抗いきれずに流されてしまったことが。

肉体の苦痛ではなく、心に与えられた痛苦と憤怒《ふんぬ》から、何もかもが引き裂かれそうだ。

最初の晩は、混乱と衝撃に突き落とされて怒るどころではなかったが、落ち着いた今、己の心を占めるのは大きな怒りだった。

叛乱を起こし、父である壮達を捕らえ、そして翠蘭をこうして虜囚にまで貶《おとし》めた奎真たちへの。

父が虜囚の身となっていなければ、今頃隙を見て、奎真の寝首を掻いていたに違いない。

本当は、信じられない。斯様な真似をされても正気でいられる自分自身が。よりによって奎真に、あんなにもおぞましく穢らわしい真似をされたのに。

奎真の仕打ちの一つ一つに打ちのめされる自分の惰弱さに、嫌気が差すばかりだ。

忘れようとさえしていたくせに、まだ信じていたのか。大切にしていたのか。

あんな男との……何を？

美しい思い出を踏みにじったのは、自分と奎真の双方であるのに。

絶対に、許すものか……！

「…………」

叛乱軍の首魁《しゅかい》は、都で奎真の帰りを待っていることだろう。翠蘭を迎え撃つための総大将に選ばれた以上は、奎真は首魁からも少なからず信頼されているはずだ。しかし、首魁の信頼を得ているからといって、捕虜となった王子を強姦するなどというのは、正気の沙汰《さた》ではない。兵たちがそれを認めているというのも、じつに疑わしかった。

都では首魁に引き合わされるだろうし、機会があれば奎真の非道を糾弾し、反応を見よう。彼が理性的な人物なら、奎真に厳重な処罰をくだすはずだ。

仮に奎真の行為を黙認するようであれば、彼らはならず者の集団ということになる。その程度の連中が相手ならば、簡単だ。逃げ出すことができれば、兵を集めてやつらを蹴《け》散《ち》らす自信はあった。

「もうすぐ都ですぜ、王子様」

御者を務めていた兵士はちらと顧《かえり》み、布を剝いで横たわっていた翠蘭に言う。

「顔は隠したほうがいいんじゃないですか」

「何？」

「あんたは目立つからな。何があっても知らないぜ」

そんな惨めな真似は、するものか。

逆に、翠蘭は馬車の上で毅《き》然《ぜん》と居住まいを正し、今度はしゃんと身を起こした。

確かに父は厳しい人だったが、国のためによかれと思って政を行ったのだ。翠蘭もまた、国民に恥じるようなことをしたつもりはなかった。

農作業をしていた人々がそれを中断し、騎兵たちに手を振っている。

「見ろよ！　奎真様だ」

「奎真様！　奎真様、万歳！」

子供たちが道端で万歳をしているのを見ながら、翠蘭は苦い思いに打たれた。

民は叛乱軍を嫌ってはいないのだ。彼らが求めているのは、時代を変える英雄なのかもしれない。

「王様をやっつけてくれてありがとう！」

純粋な子供たちの歓喜の声。

父の治世はそんなにも、嘆かわしいものだったのか。壮達のおかげで磬《けい》は少しずつ豊かになり、落ち着きを取り戻しつつあったのではなかったか。

「なあ、あいつ……見たことないか？　あの、荷馬車の捕虜」

不意に、そんな話し声が耳に届く。

「翠蘭様……いや、翠蘭じゃないのか」

街道に並んで手を振っていた人々の顔が強張り、耳打ちし、翠蘭に軽蔑の視線を送る。

「あいつら親子のせいで、俺たちは苦しい思いをしてきたんだ！」

ひゅん、と石が飛んでくる。驚きに避ける遑《いとま》もないまま、次々と馬車に石が投じられた。

馬がいななき、御者が慌てて馬車を停《と》める。

「おまえなんか、死刑にされちまえ！」

「ッ」

そのうち一つの石が当たりそうになったが、直前で、誰かが鞘《さや》で石を弾き落とした。

「やめよ。誰であろうと、この方を傷つける者は私が許さない」

凛とした声は、奎真のものだった。

「庇《かば》うつもりですか、奎真様！」

「罪人とはいえ、是非も問わずに石で打つだけでは、前の王の治世と同じになる」

翠蘭に接するときとは打って変わった威厳のある口調で、奎真は穏やかに人々を諭す。

「法に則《のっと》って裁きを行わねば、世の中はすぐに乱れてしまう。壮達王と同じことをしてはいけない」

「さすがは奎真様だ」

人々がひそひそと言い交わすのを聞きながら、翠蘭は強い怒りに身を震わせた。

「大丈夫ですか、翠蘭様」

振り返った奎真の気遣わしげな視線に行き合い、それまで表情一つ変えずに事態を受け止めていた翠蘭は、彼をきつく睨み返した。

「そなたに庇われる覚えはない」

「捕虜は丁重に扱うものです」

ここ二晩の扱いのどこが丁重だというのか。

しかし、それを責めれば無関係の人々にまで、己に降りかかった忌むべきことが知れてしまう。

「あなたは私の大切な戦利品ですから」

奎真が告げた台詞に、翠蘭は答えられなかった。

懐かしい宮殿は荒れ果てることもなく、かつてと同じ威容《いよう》を保っていた。そのことにほっとすると同時に、父王はろくに抵抗もできずに捕らえられたのだとわかり、暗澹《あんたん》たる気分になった。

既に叛乱軍の首魁は入城し、この城を占拠《せんきょ》しているのだという。

「お帰りなさいませ、翠蘭様」

女官に声をかけられ、翠蘭は平静を装って頷く。取り乱したところを見られるのは、御免だった。

「そなたたちは不自由はしていないのか」

「ええ、お気遣いありがとうございます」

女官たちはよそよそしかったが、顔つきは思っていたよりも晴れやかで、叛乱軍に対する恐れはないようだ。連中は横暴で粗野《そや》なだけではないのかもしれぬと、わずかに気持ちが明るくなる。そういえば、町も邑も戦いの痕跡《こんせき》はまったくなかった。彼らは炎のように素早くこの城を落とし、壮達を捕らえたのだろう。ともあれ、話が通じる相手なら、駆け引きの余地《よち》もあるはずだ。

「身支度を整えましたら、すぐに謁見の間へ」

「わかった」

謁見の間を使うとは、既に国王気取りなのか。

苦々しさを噛み殺し、翠蘭は手早く湯浴《ゆあ》みを済ませた。考えた末、奢侈《しゃし》ではないが、翠蘭の美貌が映える衣服を選んだ。

首魁がどんな輩かわからぬが、貧相に見えるよりは堂々としていたほうがいい。万が一、奎真のように下卑た品性の男であれば、色仕掛けも有用かもしれぬ。口惜しいが、どうせ穢された身の上なのだ。今は自尊心を抑え込むことが先決だった。

髪を結い上げ、装身具と釵をつけると、父が好んだ美貌は一層華やいだものになる。

「お連れしてもよろしいですか」

入り口でおっとりと声をかけてきた老人を見て、翠蘭は凝然とした。

「来発《らいはつ》ではないか！」

「お久しぶりでございます、翠蘭様」

父の腹心であった来発が当然のように叛乱軍の一員として振る舞っていることに、翠蘭は少なからず動揺を覚えた。

「そなた、叛乱軍に与《くみ》しているのか……!?」

「人は長いものには巻かれるものでございます」

翠蘭は怒りを込めて、来発の平板な顔を睨みつけたが、彼はどこ吹く風でそれを受け流した。

ならば、こちらも心を乱してはいけない。

危うく動揺しそうになるのを必死で堪え、翠蘭は来発に伴われて謁見の間へ向かった。

謁見の間の前で、来発は「それでは、私はここで」と丁重に頭を下げる。

「最後までつき合ってはくれぬのか」

皮肉めいた口調の翠蘭に意を介すこともなく、彼は慇懃に「申し訳ありません」とだけ告げた。

「おう、来たのか。ご苦労だったな、来発」

代わりに顔を見せたのは、戦場で対峙《たいじ》した槍の遣い手である王烈《おうれつ》だった。

「入りな、遠慮することはない」

男の態度に辟易《へきえき》しかけたが、それよりも、首魁がどのような人物かのほうが気にかかる。

玉簾《ぎょくれん》を掻き分けて謁見の間に足を踏み入れた翠蘭は、玉座に視線をやって驚愕から棒立ちになった。

そんな、馬鹿な。

「おまえ……」

数段上にある玉座に寄りかかるようにして立っていたのは、身なりを整えた奎真だったからだ。王烈は改めて奎真の傍らに控え、翠蘭を見下ろした。

謁見の間にいるのは、二人のみ。戸口を衛兵が固めているが、ほかに人気はない。

「おまえたぁ、次の王に向かって随分とまた言葉遣いの悪い王子……いや、元王子様だな」

挑発するような口調が腹立たしかったが、諫《いさ》めたのは奎真のほうだった。

「構わぬ、王烈。気にするな。この方のことは、私がゆっくりと躾《しつ》け直す。口の利き方も一緒に教えて差し上げよう」

「つくづくおまえも酔狂《すいきょう》だな」

俄《にわか》には奎真と王烈の会話が理解できず、翠蘭は呆然としていたが、唇から漸く言葉を押し出した。

「奎真、なぜ、おまえがここにいる？」

「おわかりのくせに、随分往生際の悪いことを」

人々にあれほど慕われ、名を知られているということ。そこから導かれる答えは、一つしかない。

「指揮官自ら、あんたを迎えにいってやったんだぜ？　もっと感謝しろよ」

「やはり、そなたが首魁なのか」

「ええ」

視線と視線が、絡み合う。

かつてとは違い、温度を失ったまなざしが。

どちらがより激しく相手を冷やせるかを、競い合うように。

「なぜだ」

「磐王《けいおう》の圧政に苦しめられている者は多かった。賛同者はたくさんおりましたので」

「父上をどうしたのだ！」

声を荒げる翠蘭に引き換え、奎真は落ち着いたものだった。

「牢獄《ろうごく》におられます。場所はお教えできませんが」

「養父を処刑された私怨《しえん》から、おまえは王位を簒奪するつもりか？　生憎、磐王は白虎の加護を受ける者しかなれぬ！」

「ならば、あなたの父君はどうだったのですか」

奎真は皮肉げに唇を綻ばせた。

「誰もが疑問に思っていました。二十年以上に及ぶ治世の後も、なお、磐の国は富むことはなく、ただ病んでいくばかりだった」

「父が王位に就いてから、磐は持ち直したはずだ」

「それは表向きの姿です。街道沿いの町や村だけを優先して整備し、あとはうち捨てる。ただ、明君と呼ばれたいがために。あなたもまた、目くらましされているだけだ」

「では、おまえは王位を望み、白虎に神意を伺うというのか？」

反撃の糸口を見つけて翠蘭が問うが、奎真は平然としたものだった。

「必要とあらば。新しい王が神意を問う儀式は、民の前で執り行うことになるでしょう。ですが、今はそのときではありません」

「何？」

「磐の混乱を終わらせなくては、民衆も新しい王を戴《いただ》く気持ちにはなれないでしょう。それまで、この国に王は必要ない」

真面目《まじめ》なもんだねえ、と王烈が誰にともなく呟く。奎真自身は王には相応しくないと言うつもりか、その謙虚さがよけいに翠蘭の神経を逆撫《さかな》でした。

「あなたが壮達の悪政に何ら忠告しなかったのは知っていますが、それでも王に非があると考えていれば、私たちは王位をあなたに渡すつもりだった。ですが、あなたは国情にも悪政にも気づかず、この期に及んでもそれを省《かえり》みぬ愚か者。この国を委ねることはできません」

あまりのことに、翠蘭は啞然《あぜん》とする。

「ご自身の立場が把握できたならば、あなたも私には逆らわないことだ」

「私の首を刎ねるつもりならば、間怠《まだる》っこしいことはやめてさっさと処刑したらどうだ」

それで、五分五分になるはずだ。皮肉で応えた翠蘭に、奎真は意味ありげな笑みを浮かべた。


「あなたには、月宮《げっきゅう》に住んでいただく」

「——どういう、意味だ」

月宮とは宮殿の敷地内にある、贅《ぜい》を凝《こ》らした離れのことだ。こぢんまりとした美しい建造物で、父はそこに愛妾《あいしょう》たちを住まわせていた。

「おわかりになりませんか？　あなたはこれから、月宮で飼われるのですよ」

「飼う……？」

「奴隷《どれい》——いえ、私の寵姫として囲うという意味です。そのことは、初夜にお話ししたつもりですが」

「くだらぬな！　正気とも思えぬ」

まともに取り合っていられぬ、怒る価値もないような言葉を聞かされ、翠蘭は男を睨みつけた。

「これが、あなたの父上の望みなのですから……何も恐れることはない」

冷淡に言い放った奎真は、ぞっとするほど酷薄《こくはく》な笑みを浮かべる。

「そんなことのために父を引き合いに出すとは、卑怯な男だ。恥を知るがいい」

己が処刑されるならば、彼の養父に対する復讐だと思うことができる。しかし、寵姫として囲うのではあまりにも卑しく、到底許せることではない。

またも、奎真に失望させられたことに気づく。

失望させられるのは、期待があったせいだ。話し合えばわかるのではないかという、微かな期待が。

心を凍らせてきたくせに、まだこの男は特別なのか。

いくら奎真が変わってしまったと思っても、その評価を一瞬にして定められるほど、翠蘭も割り切りがいいわけではなかった。

「月宮に囲われたのは、無垢《むく》な処女ばかりでない」

「何だと……?」

「あなたの父上は有力な豪族の妻子を人知れず人質に取り、嬲ることを趣味となさっていたのですよ。そんなことも知らないのですか」

「…………」

知らざることを語られ、翠蘭は目を見開く。

「漸く月宮から自由になった女性たちが、勇気を出して真実を語ってくれました。あなたの父の治世がどれほど酷《ひど》いものだったか……余すことなく民に知らしめ、膿《うみ》を出し切るためにも、あなたには捌《は》け口《ぐち》になっていただきます」

嘘だ、と言うことさえ、できなかった。

「早速、今宵から夜伽《よとぎ》をしていただきますよ、翠蘭様」

「正気なのか、奎真」

「くどいぞ」

露台《ろだい》で半月を眺めていた奎真は王烈に声をかけられ、微かに笑む。壺酒を持参した王烈に勧められたが、今宵は酒を飲む気持ちにはなれなかった。

「あんな気位ばかり高い、冷たい人形みたいな男を抱いたところで、愉しめるもんか。薹《とう》は立ってるが、桃華郷《とうかきょう》の窯子《ようし》なら売れるだろ。二束三文でいい。女《ぜ》衒《げん》の厳信《げんしん》を呼んで、売っちまおうぜ」

楽《がく》の中央に位置する桃華山《とうかざん》の麓《ふもと》には、桃華郷という遊廓がある。ゆえあって神仙が始めた遊里では男女が春を鬻《ひさ》ぎ、中でも窯子は最低の店だった。格上の妓院《ぎいん》で客を取れなくなった者や借金を返せぬ者が流れ着く、吹き溜《だ》まりのような場所にあたる。

「女を識《し》っている以上は初物ではないし、いくら窯子でもそうそうに売れまい。ならば、仕込んでおいたほうがいいはずだ」

奎真が言い切ると、王烈はやれやれと肩を竦めた。

「仕込む、ね。昔の真面目なおまえからは、信じられぬ言葉だな」

「それなりに世間に揉《も》まれたからな」

冷然と笑い、腕組みした奎真は友人を見やった。

父が死罪にされ、自身も職を追われた奎真が、如《い》何《か》にして王兵を味方につけ、蜂起したかは、どうでもいいことだ。

圧政を敷く壮達に対する不満は常に燻《くすぶ》っていたし、役所に勤めながらも貧しい人々を扶助《ふじょ》してきた奎真には、幸いにして人望と能力があった。そして、王烈というかけがえのない片腕もいた。

翠蘭の留守であれば、王城を奪うのにも大した犠牲を払わずに済んだ。翠蘭は腕が立つし、軍師としての才を持つと聞き及んでいる。彼が国にいては、謀反は成り立たなかっただろう。

あの心優しい翠蘭が軍師になったなどと聞いても、再会するまでは合点がいかなかった。しかし、躊躇いもなく剣を打ち込んできた翠蘭を見れば、それも真実だとわかった。

翠蘭は変わってしまったのだ。

ずっと、翠蘭のことを弟のように慈しみ、肉親にも等しい、愛おしい存在だと思っていた。四年前のあの日までは。

だからこそ、養父の一件があってもなお、心のどこかで翠蘭を信頼していた。幼い頃の優しい翠蘭が、まだ翠蘭の中に息づいていると信じたがゆえに、彼への情は消えなかった。そのため、奎真は己の道を決めたのである。

けれども、数日前、虜囚となった翠蘭と再会して言葉を交わし、奎真ははっきりと悟った。

あの頃の翠蘭は死んだ。殺されてしまったのだと。

稚《いとけな》く可愛らしい奎真の翠蘭《弟》を殺《あや》めたのは、ほかでもない——翠蘭自身だった。

心優しく愛くるしい少年は、いつしか、戯れ歌のとおりの傲慢で、他人に心を許さぬ凍《い》てついた心の麗人になっていた。父に盲従する、奎真の知らぬ男へと変貌を遂げていた。

ほんの少し残っていた翠蘭への慈愛も、あのときすべて消え失せた。だから、躊躇いなく凌辱という復讐の刃で彼の心を刻むことを決意できたのだ。

今、ここにあるのは翠蘭への憎悪のみだ。

仄白《ほのじろ》く冷えた火花が、じりっと胸中に散る。

「それに、愉しみたくて月宮に置くわけではない」

「では、何だ？」

復讐のためかと問われている気がして、奎真は一拍置いてから口を開いた。

「言ったろう。あそこに翠蘭様を囲うのは、一種の見せしめだと」

「翠蘭様、ねえ」

王烈が合いの手を入れるが、奎真はそれをさらりと無視した。

「殺せない以上は、辱めるほうが民衆の不満の捌け口にもなる」

「壮達と同じく、政敵の妻子を人質にするのは構わん。だが、そうすることでおまえの評判を落とすことにもなりかねない、諸刃《もろは》の剣《つるぎ》だ」

「上手《うま》くやるつもりだ」

奎真は素っ気なく答えた。

「……恨みがあるとはいえ、嬲り殺したりするなよ」

「そう簡単に殺したりはしない。そんな真似をすれば、翠蘭様を楽にするだけだからな」

「だから、快楽で責めてやるのか？」

「まさか。そんなものをくれてやってどうする」

快楽など、与えられるわけがない。

否定した奎真に、王烈は怪訝そうな顔をした。

「おまえはそこまで下手じゃなかったろう」

「閨房《けいぼう》のことを聞くのは野暮だな」

からかうように言ってから、奎真は続ける。

「快楽を与える義理はないという話だ。翠蘭様が勝手によがるぶんには別だが」

「——時々、俺はおまえが怖くなるよ」

暫《しば》しの沈黙の後、王烈は苦笑する。

「おまえの恨みの深さはわかるし、だからこそ皆も認めているが、容赦がない。手籠めにされるだけでも、あの気位の高い王子様には耐え難いだろうに。気でも触れたら、それこそおまえが悪者になるぞ」

「そんなに脆い男だったら、養父《ちち》の処刑を命じるわけがない」

「違いないがな」

酒を呷った王烈は、手摺に寄りかかって月を見上げる。つられて天を仰いだ奎真は、目を細めた。

「それでおまえの気が晴れるなら、構わんさ」

気晴らしのために、翠蘭を凌辱するのではない。だが、言葉ではどうあっても説明できなかった。

「それよりも、王烈。商人の手配をしてほしい。宮殿の中で、いらぬものは売り払う」

「いっそ月宮も解体してはどうだ。玉でできた宮殿ならば、柱一本でも高値で売れる」

「当分はできぬ。あれは財宝の代わりで蓄えになる。あの宮を売るのは最後の手段だ」

王烈は大きく頷いた。

「そうか。——まあ、どういうことであれ、俺らは総大将の言うことに従うだけだ」

「…………」

「引き際を誤らなければ、それでいいよ」

彼は右手を軽く握り、こつんと奎真の胸を叩く。

王烈の寄せる強い信頼は、今の奎真には苦かった。だが、それでもこの道を選ばずにはいられないのだ。

「——何もかもおまえのおかげだ、王烈」

「まだこれからだろ？　王を捕らえてすべてが終わったわけじゃない。蟄居《ちっきょ》させた宰相どもの代わりを選び、政《まつりごと》の体制を立て直さねばならん。この国をまともにするには、やることが山積みだ」

そのためにも、翠蘭に囚われている場合ではないと言われているかのようだ。

「それより、王を処刑しろっていう声が強くて困ってるんだ。生かしておきたいってなら、民を納得させるような演説でもしてもらわないとな」

「……ああ」

ここで壮達を処刑するのは易《やす》き方法だが、壮達と同じことをすれば、いつか自分も討たれるだろう。負の連鎖は消えることがないのだ。自分が翠蘭に、歪んだ感情を抱くことになったように。

もう、奎真の心には慈悲も情愛もない。一欠片だけ残っていた情念が消え失せた今、奎真の心を染め上げるのは醜悪な心情だけだ。

わかっている。これは妄執——あるいは妄念。

そう名づける以外の、なにものでもない。

その証拠に、翠蘭を辱めたというのに、この滾《たぎ》る心は鎮《しず》まろうとしないのだ。

「…………」

奎真は苦い表情で、己の胸のあたりを握り締めた。

五

月宮《げっきゅう》は装飾に金や銀、翡翠と真珠をふんだんに使われ、丸くくり抜いた扉は月光門と呼ばれる。窓、柱、壁の横木、欄干《らんかん》など要所要所を香木《こうぼく》で作らせているため、常に仄《ほの》かな芳香があたりに立ち込める。中庭には月に生えるという伝承の桂《かつら》を植え、酒宴のたびに王は嫦娥《じょうが》の如き美女を侍《はべ》らせたと聞く。

磐《けい》は豊かな国ではないが、政務に疲れる父の心を癒《いや》すためならば後宮の存在も仕方ない。華やかな月宮があるおかげで父が息抜きをできるのだろうと、かつては翠蘭《すいらん》も己を納得させようとしていた。

だが、ここにいた美姫たちは父が人質に取った政敵の妻子だという奎真《けいしん》の信じ難い言葉に、翠蘭の心は千々に乱れた。

おまけに翠蘭は、政敵として投獄《とうごく》されるならまだしも、この先妾《めかけ》として扱われるのだ。そのほうが翠蘭を卑しめることになると、奎真は翠蘭の気質を知り尽くしているのだろう。それが口惜しくてならぬ。

いや、これは……悔しさだけではない。

翠蘭は微かに痛む胸を押さえる。

望まざる再会が生んだ苦痛だった。

ここに留《とど》まる理由はないのだから何としてでも逃げ出したいが、父を人質に取られている、味方もいない以上は、無茶な真似はできない。おとなしく奎真に従わざるを得ないことが、業腹《ごうはら》だった。

「お召し替えを、翠蘭様」

女官が差し出した衣服は薄衣《うすぎぬ》で、武将である翠蘭には我慢ならぬ淫靡《いんび》なものだ。

「私に斯様なものを着ろと申すのか」

「奎真様のご命令でございます」

ついこのあいだまで父の壮達《そうたつ》に仕えていたくせに。奎真に阿《おもね》る女官たちの姿に、人は誰しも変わるのだと翠蘭は失望せざるを得ない。

人心は移ろうものだという最たる例が奎真だったことから、翠蘭はなかなか立ち直れずにいた。

無論、奎真が蜂起したこと自体は無理もない。いくら翠蘭であっても、己の非を認め、仕方ないものだと受け止める罪悪感は残っている。いっそ、彼の養父と同じく笞刑《ちけい》に処すと言われたほうが、すべてを知られてしまうよりはいい。どちらにしても、奎真が自分を許さないことはわかっていたからだ。

だが、奎真が選んだ道はまるで違うものだった。

「私たちが奎真様に怒られてしまいますわ。どうかお召し替えを」

何の罪もない女官たちが罰されるのは、さすがに心が痛む。翠蘭が衣を前に逡巡《しゅんじゅん》したそのとき、戸口に人の気配を感じた。

「私の選んだ衣が気に入らぬのですか、翠蘭様」

翠蘭はきつい目で、割って入った奎真を睨んだ。

「私は武人だ。このようなものは着られない」

突っぱねる翠蘭の強い口調に、奎真は微かに笑む。

「愚かな人だ」

奎真はそう呟き、翠蘭の手を取る。

「こんなに美しい手を、血で汚すと？」

「それが私の使命だ」

　確かに武人にしてはほっそりとしているかもしれぬが、殊更崇《あが》められるような美しい手ではない。

「今なお、あなたは厭《いと》わしいほどに美しい。王があなたの美貌に執着したのも、わかるようだ」

　このような状況でなければ睦言《むつごと》と錯覚しそうな囁きが、鼓膜を擽《くすぐ》る。

　しかし、奎真は父を陥れた卑怯な男なのだ。王子としての翠蘭には、復讐すべき、憎むべき相手なのだということをゆめゆめ忘れてはならない。

　そのくせ、奎真に対する怒りはあっても、憎むことはできないのは、彼への負い目があるからだろう。

「醜くしたいのであれば、この顔を裂けばいい。いっそ首を刎ねてはどうだ」

「そんなことで私の心が晴れるわけではない」

「ならば、剣を寄越せ。そなたにできぬのなら、己の手でそうしてやろう」

「あなたには、そんなことは向いていません」

　持ち上げた手の甲にくちづけ、奎真は囁いた。

「翠蘭様は、慰み者になるほうがよほど似合う」

「無礼者！」

　乱暴に手を振り払い、彼の頬を打ったが、奎真は口許に浮かべた笑みを消さなかった。

　以前から、彼はこんな男だったのか。穏やかな笑みを浮かべながらも、瞳は凍てついたように冷たい。

「私は慰み者になどならぬ」

「囚人には意思などないものだ。それがおわかりにならないとは、憐《あわ》れな方だ」

　苛立ちを感じた翠蘭は、険の籠った視線で奎真の漆黒の双眸を見据えた。

　そこに昔の奎真の姿はあるのか、ないのか。

　理知の光を放つ瞳を見つめていると、不快感と同時に、喩えようのない喪失感が翠蘭を襲った。

　過去の片鱗《へんりん》など、あるはずがなかった。

　お互いに変わってしまったのだ。

　この男に対する好意的な感情は、数年前に捨て去ったはずだ。父王が何度も言って聞かせたとおりに、少しでも気を許せば裏切られるものだと、この男のおかげで身を以《もっ》て学んだではないか。――なのに。

「おまえは玉座を簒奪した、忌むべき男だ。そんな男に私が膝を折ると思っているのか。白虎から認められた者でなければ、この国の王にはなれぬ！」

次第に語気が荒くなったが、男が意に介する様子はまるでない。

「では、今のあなたは、神意を問えば、己が白虎に認められるとお思いですか」

痛いところを衝かれて、翠蘭は一瞬、躊躇する。

「神獣に認められねば、私と立場は大して変わらぬはず。お互い、王位に就く資格もない者同士です」

「だからといって、それがおまえに膚を許す理由になるものか」

「仮にあなたや壮達様が磐の王に相応しければ、それを辱める私は、いずれ、己の行為に応じた罰を受けるでしょう」

そこまでの覚悟があるというわけか。

「どうあっても私に躰を許さぬとおっしゃるのなら、こちらにも考えがある」

「考え？」

「この国を平時に戻すまでは時間がかかる。あなたが素直になるまで待つことくらいできますよ」

背筋を凍えさせるほど優しい声が、鼓膜を撫でる。

「そのあいだ、あなたには民と同じ苦痛を味わっていただきましょうか」

「そなたは民の肉を辱めるというのか」

翠蘭の言葉に応えず、奎真は微笑んだ。


――あの俗物め。

彼の部下たちに犯され抜くのかと思ったが、奎真が選んだのはもっと単純で効果的な方法だった。

兵糧《ひょうろう》攻めというものだ。

水以外を一切与えないという古来のやり口に、翠蘭が音を上げると思っているのか。一日に数回水を与えられるだけで、翠蘭は体力の消耗《しょうもう》を抑えるため、寝台に横たわらねばならなかった。

「翠蘭様、お躰はいかがですか」

部屋を訪れた女官に問われ、翠蘭は「平気だ」と短く答える。

民と同じ苦痛を味わえとは、どういうことだろう。ここ数年は飢饉《ききん》もなく、民は食うにも困るという状況ではないはずだ。いくら翠蘭が磬の国情に疎いとはいえ、その程度のことは把握していた。

だからこそ、奎真の考えていることが、理解できなかった。そんなに憎んでいるのなら、翠蘭のことなどさっさと殺せばいい。しかし、こんな扱いをするくせに、奎真の指示は行き届いている。女官を配して翠蘭の部屋を常に清潔に保ち、美しい花で部屋を彩らせた。着替えもふんだんに用意し、湯浴みもさせてくれたが、食物だけは与えられなかった。

翠蘭に矜持《きょうじ》がなければ、飾られている花さえも食《は》んでいたかもしれない。

それほどまでに、飢餓感は強烈だった。

また、十二分な着替えや宝飾品の類《たぐい》も嫌みとしか思えない。衣服は辛うじて男物だが、翠蘭が身につければ艶やかさのほうが強調される。彼は本当に、翠蘭を寵姫として扱っているのだ。

飢えをやり過ごすために、翠蘭は牀榻《しょうとう》に横たわることが増えた。

忌々しいことに、目を閉じると泡沫《うたかた》のように浮かび上がるのは、かつての記憶だ。

葬り去ろうと思っても、消えることがない。

だからこそ、翠蘭はよけいに惑ってしまう。

——ん……奎真……？

木陰で横たわっていた翠蘭の傍らに、いつからそこにいたのか、奎真が腰を下ろしていた。彼が翠蘭の髪を愛しげに撫でたため、目を覚ましたのだ。

「すみません、起こしてしまいましたね。翠蘭様の御髪《おぐし》があまりに美しいので、つい」

勉強に飽きた翠蘭が宮殿の四阿《あずまや》や庭園に逃げると、決まって奎真が捜しにきた。ほかの使用人にはできなくとも、奎真だけは翠蘭を探し当てたものだ。

「私の、髪が？」

翠蘭の髪を一房摘《つま》んで、奎真が唇を寄せる。

それだけで全身が熱くなる気がして、翠蘭は、なぜか恥ずかしさを覚えてしまう。

「ええ。斯様な美しい髪は、翡翠《かわせみ》のようだと表現するのだとか。翠蘭様の『翠』の字は、おそらく翡翠からきているのでしょう」

「どちらでもいい……そんなことは」

翠蘭はつまらなそうに呟き、肩先で切り揃えた自分の髪を弄ぶ。

「髪を伸ばせば、きっと更にお似合いですよ」

「我が国では、伸ばさぬほうがいいだろう」

陽都《ようと》の民は正装では男女ともに髪を結うのが通例だが、沐浴《もくよく》に関して不自由な砂漠の民は、長い髪は不潔になるとその風習を好まなかった。

「ですが、伸ばしたほうが綺麗です」

「奎真はそのほうが好きか？」

「はい。あなたの美しい容《かんばせ》によく似合う」

「そなたは……この顔が、好きなのか」

「勿論《もちろん》です」

何のてらいもなく返した奎真に、翠蘭はどう答えればいいのかわからなくなった。

「私は奎真の顔のほうがいい。凜々しくて男らしい」

「では、お互いに今の顔でよかった」

奎真はおかしそうに告げる。

「なぜだ？」

「好きな顔を見ていられるでしょう。自分の顔では、いくら好きでも鏡を使わなければ見えません」

——あのとき、自分たちはまだ、こんな歪《いびつ》な関係ではなかった……。

「……寝ているのですか」

不意に声をかけられて、薄衣を身につけていた翠蘭はゆったりと身を起こした。

長い髪が乱れたため、鬱陶《うっとう》しげに掻き上げる。

「生憎、起きている理由がない」

「帷《とばり》を出て態を含み、笑って相迎《あいむか》う——とはいかないものですね」

愛妾たちのために詩人が詠《よ》んだ一節を口ずさむ奎真に、翠蘭は冷え冷えとした憎しみを覚えたが、それを口にしても疲れるだけだ。

奎真は自分を挑発し、精神力を消耗させ、手っ取り早く屈従させるつもりなのだろう。

「食事を差し上げましょう」

「餓死をさせるのではなかったのか」

顔を上げると、釵の装飾がしゃら……と軽い音を立てる。己の身を飾り立てる宝飾品は邪魔だが、外せば女官たちが咎められると我慢していた。

「あなたの気質はよくわかりました。折角あなたを囲っているのに、愉しむ前に死なれても意味がない」

奎真の服装は質素だがきっちりと整えた髪の櫛目《くしめ》も美しく、男盛りの魅力を見せつけている。

「私はおまえを愉しませる才覚はない」

「あなたならば大丈夫ですよ。二度ほど試させていただいたでしょう」

牀榻に腰を下ろした奎真は、手にした小さな壺《つぼ》の蓋《ふた》を開ける。

途端に、甘い蜂蜜《はちみつ》の匂いがあたりに漂った。

奎真は人差し指と中指で無造作に蜜を掬《すく》うと、翠蘭の鼻面に突きつけた。蜂蜜の香りに、嫌でも食欲が刺激される気がして、翠蘭は顔を背けた。

「何のつもりだ」

「食事と申し上げたはずです。どうぞ、お好きなだけ貪《むさぼ》りなさい」

「――それを舐めろというのか」

「ええ」

涼しい顔で奎真は答える。その端整な横顔に信じられないほどの怒りをぶつけられる己がいることに、翠蘭は我ながらたじろいだ。

「馬鹿馬鹿しい！」

動揺はそのまま、乱れた声となる。

「今召し上がらなければ、次にいつ、私が来るかわかりませんよ。女官たちには食事を与えぬように告げてありますから、あなたは飢えたままだ」

「おまえは捕虜を殺すような人間ではない」

口惜しいが、それは奎真の態度からも明らかだ。

「信頼していただけるのは嬉しいですが、あなたは誰からも憎まれる、磬王《けいおう》のご子息。殺して晒《さら》し首にしたところで、惜しむ者もおりますまい」

「今まで、そなたはそうしようとはしなかった」

「いずれ、人心も落ち着くはず。この先もあなたを見せしめとして飼う理由がどこにあります？」

ぐうの音も出なかった。

「さあ」

彼が顔の上で手を翳《かざ》したため、翠蘭の口許に蜜が一滴垂れる。

「っ」

食への誘惑に躰が震えたが、舌を出して舐めなかったのは自尊心のなせる業《わざ》だった。

屈したくはない。こんな男に。こんなやり口で。

「仕方ない人だ」

軽く息を吐き出した奎真は、翠蘭をその場に組み敷く。そして、有無を言わせずに顎を摑み、口の中に指を突き入れた。

「ーっ！」

咄嗟のことに、口を閉じていられなかった。

……甘い。

噎《む》せ返るような、甘さ。

舌を伝い、口腔《こうこう》に広がり、喉まで侵蝕《しんしょく》していくような、甘美な味わい。

「ん……んっ……」

翠蘭はいつしか舌を動かし、男の指を舐《ねぶ》っていた。

「飢えを満たされること、それ自体は悪ではないはずですよ」

そんなことは、どうでもいい。

ただ……甘い……。

「もっと欲しいですか」

甘味が翠蘭の脳を酔わせ、体内で疼くような異様な何かが胎動している——未知の感覚が。

これは……何だ。

「欲しいと言えたら、たくさんあげましょう」

翠蘭の唇から指が引き抜かれ、唾液がつうっと糸を引いて離れていく。名残惜しげな様子がひどく淫《いん》猥《わい》に見え、翠蘭は微かに首を捩《よじ》って目を閉じた。

「いりませんか」

誘《いざな》う声音は蜜《みつ》より甘く、背筋も凍えてくる。

「私は生憎、暇ではないのですよ。必要ないとおっ

しゃるなら、また今度にしましょう」

素っ気なく立ち上がった奎真は手を拭《ぬぐ》い、壺を手に戸口へ向かった。

今度とは、いつなのだろう……。

ここで死んでは、復讐することも叶わない。

聖人面した卑しい男に。

翠蘭の誇りを辱め、父を捕らえた相手に。

ほんの一欠片《ひとかけら》だけ残された自尊心さえ捨てなければ、生き延びることも叶わないのだ。

「――父上はまだ、生きておられるのか」

足を止めた奎真は、「ええ」と短く答える。

「ですが、それもいつまでも続くわけではない。王をこちらに引き留めるための手綱の一方は、あなたが握っている」

かつて、奎真の父の命も翠蘭が握っていたように……そう言いたいのか。

行くも地獄、止《とど》まるも地獄。

なるほど、それは自分たちに相応しい場所なのかもしれない。


「では、また明日にでも」

反射的に躰を起こした翠蘭は、入り口付近に佇《たたず》む奎真に「待て」と声をかけていた。

「待て、はないでしょう。あなたは私の妾《めかけ》なのに」

「……ならば、何と言えと？」

苛立ちを堪え、翠蘭は問うた。

「教えてもらわなければ、妾らしく振る舞うこともできませんか」

「当たり前だ」

これで、いいのか。

翠蘭は必死で思考を巡らせる。

己の誇り高さを、翠蘭はよく把握していた。

今ならまだ後戻りできる。

ここで奎真から食事を与えられれば、翠蘭は彼に膝を折った自分自身のことも、そして何よりも、己に膝を折らせた奎真のことも許せなくなるはずだ。

屈服を躊躇うのは、奎真に未練があるからだろう。

敵として斬り捨てるには、かつて奎真は、あまりにも翠蘭の魂に近づきすぎたのだ。

その証に、翠蘭は今なお、奎真を憎むことだけはできずにいた。復讐心も、怒りから生まれるものだった。

だが——だめだ。

未練など、あってはならない。

最早、ことは起こってしまったのだ。

互いに後戻りなどできぬ。

「仕方ないだろう。私にそれらしく振る舞わせたいのなら、おまえが……教えればいい」

気丈さを装い翠蘭は告げるが、言葉の中身は奎真に屈したも同然だった。

自尊心を己の手で打ち捨て、踏みにじる……しかも、奎真ゆえに。その痛苦は大きいものだった。

なのに、痛みではない何かが、先ほどからぼんやりと脳の片隅で蜷局《とぐろ》を巻いている。直視しては破滅を招くと予期するほどの、恐ろしいものが。

「食事が欲しいですか?」

奎真がやけに穏やかに問うのに、翠蘭は逡巡しつつも頷いた。

「たまには素直なあなたも、可愛いものですね」

翠蘭が奎真を睨みつけると、彼は微笑む。

「これ以上放っておけば、あなたの美貌が台無しだ。音を上げていただいてちょうどよかった」

奎真が心懸《こころが》かりがない様子で呟くのを聞き、翠蘭は眉根《まゆね》を寄せた。

「私の顔など、どうでもいいはずだ」

「どうでもよくはありません。あなたは磐の顔。矢面に立っていただくためにも、常に麗しくなくては」

残酷な言葉で翠蘭の心を抉《えぐ》っていることなど気づかぬ様子で、奎真は穏やかに笑んだ。

何が正しく、何が過ちなのかわからない。

わかるのは、たぶん。

今の自分と奎真の立場、そして、互いに向ける感情はここに規定されてしまったという事実だった。

夜の月宮は、しんと静まりかえっている。

あれ以来、夜になると奎真が蜜を与えにやって来るものの、それ以外に他人の訪れは殆どない。

女官たちの気配はあるが、必要以上に翠蘭の部屋を訪れるのは禁じられているようで、時折掃除と衣服の替えを運びに現れるくらいだった。

翠蘭の無聊《ぶりょう》を慰めるためか、来発《らいはつ》が訪れて書物を差し入れてくれたが、それが憎らしくもあった。

書を読むのは嫌いではなかったが、表面上の穏やかさには胸焼けしそうだ。

これが翠蘭に与えられた罰《ばつ》なのだろうか。

「今宵は宮殿が賑やかだけど、何かあるのかしら」

夕刻、風に乗って庭にいる女官たちの声が届く。

「外国からの使節が来ているようよ。新しい王へのご挨拶に」

では、奎真は既に玉座に就いたのか。民を前に神意を問うと言っていたくせに、口ばかりだ。

意地悪な気分で耳を澄ませる翠蘭の許へ、すぐさま答えは届いた。

「それが奎真様は、ご自分にはまだ王になる資格がないとおっしゃるんですって」

「独裁はなさらず、政策は必ず会議でお決めになる。ご自身は寝る間も惜しんで政の仕組みを整えておられて、素晴らしい方ですわ。奎真様がいつ玉座に就かれるのか、国中その話題で持ちきりで」

「奎真様は本物の王……白虎の試練にも耐え抜きましょう。早く明るい話題を聞きたいものだわ」

くだらぬ、と翠蘭はそれを内心で笑い飛ばす。

軍勢を率いて蜂起したことは、高い志ゆえと納得もできる。しかし、翠蘭を月宮に囲うことが、高潔な男の所行とは思えなかった。尤も、壮達を知る女官たちにしてみれば、奎真の行為は大したことではないと映るようだったが。

「今宵は奎真様もお見えにならないようですし、早く戸締まりをしてしまいましょう」

今日は飢えたまま放っておかれるというわけか。

夜風に身を震わせた翠蘭がくしゃみをすると、階下の女官たちが気づいてそそくさと室内に引っ込んでしまう。

自分はどうして、生かされているのだろう……？

見せしめの役を果たしているのは理解できる。しかし、飼い慣らすためならば、もう十分なはずだ。

口惜しいが、食事を得るために自尊心を抑え込むことに、既に慣れてきてしまった。

ただ、奎真に「蜜をください」と頼めばいい。

奎真はそれだけで翠蘭が服従したと思ったのか、あっさりと許してくれた。

夜ごと、奎真の手で蜜を与えられる。

なぜか抱かれることはなかったが、ついでのように自分の髪や頰に触れる奎真の指の愛撫《あいぶ》の如き感触を、翠蘭はなまなましく覚えていた。それはひどく鮮明で、反芻《はんすう》するたびに翠蘭の心を揺さぶる。

蜜の雫《しずく》にかたちづくられる関係は、あたかも擬似《ぎじ》的な性交のようだ。

無論、蜜だけで生き延びることは無理で、翠蘭の体力は落ちるばかりだった。

これは緩慢な餓死なのかもしれない。

そうされるだけの理由があると自覚しながらも、奎真に対する複雑な感情は、日々積み上がる。

生き存《なが》えるのも奎真に復讐するためだと自身に言い聞かせつつも、そうまでして命を得る理由があるのかと、考えずにはいられなかった。

矜持《きょうじ》を踏みつけにして蜜をねだるたびに、苦痛は蟠《わだかま》りとなって心中に残り、決して消えはしない。

悩み疲れ、翠蘭は寝台に身を投げ出す。

うつらうつらしているうちに、明日になってしまえば楽なのに。

奎真のことを、父のことを考える。そしてまた奎真のことを。いつのまにか、奎真のことばかり考えるようになっている。

自分はおかしくなりつつあるのだろうか……。

しゃらんと玉簾が動く音が聞こえ、翠蘭はのろのろと目を開ける。

「……いい子にしていましたか」

今宵はもう来ないと思っていたから、奎真の顔を見られたことが妙に嬉しかった。

「遅かったな」

「私の訪《おとな》いを心待ちにしてくださるとは、光栄です」

「馬鹿馬鹿しい。さっさと終わらせて寝たいだけだ」

吐き捨てるような翠蘭の言葉を聞いて、黒い衫《さん》を身に纏っていた奎真は低く笑った。

「これがあなたの食事ですからね」

「おまえがくだらぬ真似をやめない限りはな」

「飢餓というのは、もっと悲惨なものですよ。あなたの場合はまだ手ぬるい」

「飢餓を教えるために、私に蜜しか与えないのか？」

意図せずして、翠蘭の口調に蔑《さげす》みが混じる。

「それもあります」

ほかにどんな理由があるのか奎真は明かさないし、翠蘭も追及するつもりはなかった。

知ったところで、明日をも知れぬ虜囚の身だ。何の意味があろうか。

「外国の使節が来ているのだろう。私のことなど放っておいて、相手をしてきてはどうだ」

「随分詳しいですね。気にかけていただいて嬉しいですよ」

「おまえのことなど気にしていない」

翠蘭はぴしゃりと言い切る。

……嘘だ。

奎真に会えぬあいだ、自分はどれほど彼のことを考えているだろう？　一日のうちに何度、心中で奎真の名前を繰り返しているだろう。

それは一体、どんな感情から芽生えるものなのか。

「まったく……あなたは見かけは優美でたおやかなくせに、人一倍強情だ」

「強情な者が嫌いならば、打ち首にでも縛り首にでもするがいい」

翠蘭は彼を挑発せずにはいられなかった。

「そんなことはしませんよ。あなたを妾にすると申し上げたのを覚えていませんか」

「……まだそんなことを言うつもりか」

「しつこいたちなのでね」

奎真はさらりと言ってのけると、翠蘭の傍らに腰を下ろす。

「蜜を与えるのは、あなたに民の思いをわかっていただくため。そろそろ、新しいことを覚えていただきましょうか」

「新しいこと……？」

「奉仕ですよ」

「……何だと？」

ややあって、意味を解した翠蘭が半ば反射的に顔を上げると、彼は微かに笑む。

「性技《せいぎ》を仕込まねば、愉しめそうにありませんから」

「下衆な……」

この事態をまったく予想をしていなかったかと問われれば、否《いな》とは言えない。だが、最近の奎真の態度があまりにも穏やかだったので、翠蘭を飼うことで彼の気が済んだのだろうと思い込んでいた。

「そのままではできないとおっしゃるなら、蜜を塗って差し上げましょうか？」

「よせ！」

そんなものに誘導されて奉仕をするほうが、よほど浅ましい。餌《えさ》で飼い慣らされる家畜のようで、惨めさが増すばかりではないか。

「おまえは本当に、卑しい男だな」

翠蘭は吐き捨てるように告げる。

「ご存じありませんでしたか」

「——知っていた……昔から、そうだった」

昔という単語に、奎真の表情が微かに曇る。

「いいだろう。おまえの好みのやり方があるなら、教えておくがいい」

「躾けてくれとおっしゃりたいのですか？」

「私は商売女とは違って、やり方も知らないからな」

「結構。珍しく素直だ」

奎真は片頬だけで笑むと、翠蘭にその場に跪くように命じる。

「では、お望みどおりにしゃぶらせてあげましょう。——まずは両手で捧《ささ》げ持って……そう、接吻《せっぷん》なさい。終わったら餌を差し上げますよ」

嫌だ。こんなことは、したくない。

女と寝るときも、殆ど彼女たちの好きにさせてきたのだ。自発的にしたくなどなかった。

だが、今は男の言うとおりにするほかないと、翠蘭は奎真の衣服を緩める。それから怒りを抑えて、表皮におざなりに唇を押しつけた。

こうしなければ、食事は与えられない。体力がなくなったら、死ぬほかない。死んでしまえば父を救うことも復讐もできなくなってしまう。

そうだ。

こんなものは、死に値するほどの恥辱ではない。

「そんなにぞんざいに扱わないでいただけますか。もっと丁寧に、私の快楽を引き出してくださらないと。私が達くまで、終わりにしませんよ」

内心で苛立ちつつも、翠蘭は男の言葉に従って丁重なくちづけを施す。もう接吻する場所がないと言えるほどの濃《こま》やかなくちづけのあとに、男は「いいでしょう」と囁いた。

「では、根元から先端にかけて舐めてください」

「舐める……？」

「舐めるのはお上手でしょう。毎晩私の指を美味《おい》しそうに舐《ねぶ》っていたのですから」

このための、練習も兼ねていたのか。

恥知らずめ、と心中で散々詰《なじ》りながら、翠蘭は言われたとおりに、付け根から先端までをそろそろと舌でなぞる。

「それでは擽ったいだけですよ。もっと心を込めて、大胆になさい」

「ん、…ん……」

口惜しさに言われたとおりに舌を押しつけながら顔を動かすと、微かに男の呼吸が乱れた気がした。

こうすることで、奎真も反応するのか。

意外だと思いつつもわずかに角度を変え、今度は先ほどよりも小刻みに、同じ動きを繰り返す。

「そんなに慌てなくても、時間はたっぷりありますよ。ゆっくり味わっていただけませんか」

「うるさい……」

終わらせて、さっさと蜜を舐りたいだけだ。

今は空腹で、空腹で……たまらない。

なのにこうやって男の性器を舐っているうちに、それが飴《あめ》か何かのように思えてくるのだから、不思議だった。

幹《みき》に唾液をなすりつけないと滑《すべ》りが悪く、よけいに苦しいことに気づいた翠蘭は、舌に唾液をたっぷりと絡ませた。

「んくっ……」

ほんの少し前までは、自分が男のものにむしゃぶりつくことなど、考えられなかったのに。

憎い男のために、自分が変わっていく。

変えられていく。

「……ん、んっ……んむ……」

この男を達かせさえすれば、この責め苦は終わる。逆に、そうしなくては終わらないのだ。

達ってほしい。早く。出して。

もっと男の欲望を煽ったほうがいいのだろうか。

舐めて、美味しそうに音を立てて……そうしているうちに、翠蘭の行為は次第に切実さを帯びてくる。

男の性器は逞しさを増し、翠蘭の唾液でぬらぬらとはしたなく光っていた。

「では、次は口に含んでごらんなさい」

「ふ……」

翠蘭は従順に大きく口を開け、男のものを全部含もうとする。しかし、口腔に導くには、それはあまりも大きかった。

「……んう……」

何とか三分の一ほどを納めたが、華奢な頤《おとがい》が痛くてたまらない。とうとう諦めた翠蘭は顔を背け、その場に座り込んだ。

「入りませんか」

「無理だ……」

「ならば、咥えきれない部分は手を使いなさい」

できないからといって、奎真はここで終わりにしてくれるつもりはないようだった。

こうなると反論する気力もなく、翠蘭は言われるままに手を使って男を高めようとした。

太い幹の部分をあやすようになぞり、括れた部分を唇できゅっと締めつける。

悔しい。口惜しくてたまらない。

おまけに、自らの手で自尊心を蹂躙するたびに、己の深部に眠るあの奇妙な感覚が——蠢く。

脳の奥が灼《や》けるような、躰の深部を熱くする疼痛。

そんなものが己の中にあることに気づいたのは、奎真に蜜を舐めさせられた日が最初だった。

「経験がないとおっしゃる割には、お上手ですね。男の好みをよく知っておられる」

翠蘭の思索を奎真の残酷な言葉が遮り、すべてが霧散していく。

「……う、うっ……」

うるさいと言いたかったが、奎真は翠蘭の頭を押さえつけて離さなかった。仕方なく耳に意識を集中していると、奎真の呼吸が乱れていくのがわかる。

「出しますよ」

幾分掠れた声に、ぞくりとした。

上目遣いに奎真を見やると、苦悩に彼が眉を顰め、何かを堪えるような顔をしている。

胸が震えた。

これまで己の情欲を一片も表現せず、翠蘭の中で一度も吐精《とせい》しなかった男が、翠蘭の手と口で高められ、生理的とはいえ性欲を覚えているというのか。

「これもあなたの餌なのですから、ちゃんとお飲みなさい」

男が翠蘭の後頭部を押さえつけ、腰を揺らす。

「っ……く……ーッ！」

たまりかねた翠蘭の唇からくぐもった声が漏れ、同時に口腔に熱いものが叩きつけられる。戦いた翠蘭が強引に顔を背けかけたため、頬や顎にまで白濁が飛び散った。

「…っ…」

どろりとしたものが、頬から滴り落ちる。

体液を口に含んだままの翠蘭が縋るような視線を向けると、平静を取り戻した奎真は冷然と告げた。

「飲みなさい」

「く……」

水と蜜以外に久しぶりに口にするものは、美味しいとはお世辞にも言えない。この男の分泌物だとわかっているのに、翠蘭は思わず従っていた。

粘性の液体は不味《まず》く、呑み込みきれずに翠蘭は肩を震わせて噎《む》せてしまう。だが、奎真は容赦なく追い打ちをかけた。

「こちらも」

衣服を直した男が翠蘭の顔についた体液を拭い、指を口許に突きつける。今なお喉の奥に残る息苦しさに半ば朦朧《もうろう》としながらも、翠蘭はそれを舐った。

一舐めするごとに、わかりかけてくる。

あの、感覚。

矜持を捨てようと足掻《あが》くたびに生まれる、その不可解な感情の正体が。

それは——。

「ご褒美をあげましょう」

男はそう嘯《うそぶ》くと、翠蘭の髪を摑んだまま脚を動かして、中心を軽く押した。

「ッ」

弱い部分を刺激されて、翠蘭は息を呑む。

まさか、そんな。

「感じておいでですか」

「そんな、わけが……！」

幸い、翠蘭が兆しかけていることに、奎真は気づかなかったようだ。

「残念ですね。今はだめでも、そのうちに、しゃぶりながら達く躰にしてあげますよ。あなたは素養があるようですし、心配せずともすぐに馴染む」

「……ふざけるな」

「折角だ。感じさせてあげましょうか？」

無遠慮に奎真が沓《くつ》を動かすたびに、そこがぐちゅぐちゅと水気を増していくような錯覚に襲われた。

怖い。

自分の肉体が、快楽を覚えかけている。

それを認識させられることが、恐ろしい。

蹲《うずくま》る翠蘭の下肢の付け根をなおも沓で弄び、男は涼しげに告げた。

「私に飼われるのがどういうことか、おわかりになりましたか」

「…………」

「答えなさい」

髪を摑んだ奎真が、翠蘭の顔を上げさせる。

「答えられるようにしてあげましょうか」

そこを軽く踏んだ男の爪先《つまさき》に、力が籠る。

「やめよ！」

弱い部分を踏みつぶされるかもしれないという恐怖に、さすがの翠蘭の声も上擦《うわず》った。

「おまえは……下郎にも劣る」

「——そうかもしれませんね」

一瞬、彼の声音が複雑な翳《かげ》りを帯びたように思え、翠蘭は相手を凝視したが、奎真の表情に変化はない。

考えれば考えるほどに、思考は縺《もつ》れてしまう。

こうして囲われている意味も。奎真の意図も。彼自身の望みも、自分の運命も。

あらゆることが理解できぬまま、互いの関係も思考も、袋小路へ迷い込む。

「……飼いたいというのなら、私を飼うがいい。抱きたいのなら、抱くがいい」

「傲慢ですね、あなたは」

なぜか意外そうに呟いた奎真が、翠蘭の頬を両手で恭《うやうや》しく包み込む。

あたたかな手だった。

他人の体温を意識すると気持ちが緩みそうになる。

孤独の作用とは、そういうものなのか。

奎真がここにいるだけで、こんなにも満たされる。自分の気持ちを向ける相手が、今、傍らにいるというだけで。しかし、湧き起こるその感情は、あたたかなものでも優しいものでもないのだ。

「どうした、奎真。凌辱でも何でもさせてやる」

己の中にある強い心を奮い立たせ、わざと憎々しげに口を利いてやる。

そうして、憎ませてほしい。復讐心だけで、この心をべったりと塗りたくってほしい。

そうでなければ、最早耐えられない。

憎悪と憎悪の応酬《おうしゅう》でなくては。

やっとわかった。必要なのは、憎しみだと。

ほかのものが介在すれば、昏迷《こんめい》によけいに心が軋《きし》むだけだ。対立の構図はわかりやすいほうが、気が楽だった。

「そう言われるからには、あなたのご期待に応えて差し上げるべきでしょうね」

奎真は口許を綻ばせた。

「望むところだ」

恥辱に塗《まみ》れた生涯を送れというのなら、今はそうしてやろう。だが、いつか必ず復讐してやる。翠蘭の矜持を踏みにじるのなら、同じだけの恥辱をもって贖《あがな》ってもらおう。

自分が生き延びるのは、奎真に報復するためだ。

そして、その原動力となるのは憎悪でしかない。

それが今、ここで定められたのだ。

なのに、なぜこんなに悲しいのか。

男は日々、蜜と一緒に憎悪という毒を翠蘭に啜《すす》らせていたのだから、躊躇うことなどないというのに。

「久しぶりに犯して差し上げますよ、翠蘭様」

酷薄な囁きに、悲しみが押し流されていく。

虐《しいた》げられることで生まれてくる、昏《くら》く甘美な感覚の正体を、知りたくない。染まりきってしまう前に、逃れなくてはならない。

心を奮い立たせ、奎真に立ち向かうことで。

自分は生まれ変わるのだ。

冷たく凍てつき、押し殺し続けた翠蘭の心を、奎真が憎悪でもってこじ開けた、今宵から。

だからこそ、私はおまえを憎むだろう。

この手で殺してやりたいと思うほどに。

それを望んだのは、おまえだ、奎真。


「私を挑発なさるとは、愚かな人だ」

呟いた奎真は、先ほどまで奉仕を教え込んでいた翠蘭の玲瓏《れいろう》たる美貌を見下ろす。

初めて奉仕を教えてやったのだが、翠蘭がそれに飽き足らず、凌辱されたいというのなら、望みどおりに扱ってやろうではないか。

どのみち、翠蘭から向けられているのは喩えようのない憎悪に決まっている。

そしてそれは、今日の会議での結論により、決定的に深くなることはわかっていた。

多少優しく扱ったところで何の慰めにもならぬ以上は、この手で穢して、辱めて、恥辱の深淵に突き落としてやりたい。

なぜなら、自分もまた憎んでいるからだ。この男を。増悪と執着の狭間で、翠蘭のことばかり思う。触れるごとに妄念は募り、手放せなくなる。

「く……ッ……」

ろくに解さずにあわいに肉杭《にっこう》を突き立ててやると、半裸にされた翠蘭は喉の奥で苦しげに呻く。

「どうかしましたか」

「もっと……ゆっくり、しろ……」

「久しぶりに挿《い》れられるのを、じっくり愉しみたいのですか？　それは失礼しました」

皮肉げに言ってのけると、奎真は組み敷いた翠蘭の躰を二つに折り曲げる。断食のせいか衣服の狭間から覗く肢体はかつてよりも華奢になり、麗容との均衡を保っている。もともと鍛えてもあまり筋肉がつかぬたちらしく、翠蘭の艶めいた美貌を強調するばかりだ。

「次からは、もっと愉しませてあげますよ」

「つう……う、……」

髒肉《ひだにく》の締めつけはきつかった。


翠蘭に蜂蜜を存分に舐めさせたあと、唾液のぬめりを借りて指で蕾を解してやろうと思ったが、彼が抵抗したためにその予定をあっさりと変更した。

翠蘭は、あまりに気位が高すぎるがゆえに、楽になどなりたくないのだろう。

それだけに、貶めてやりたくなる。

もう二度と、あの頃の無邪気で優しい翠蘭が戻ってこないと、知っているからこそ。

翠蘭はただ、自分に犯され、征服されるための存在であればいい。

こちらから悦楽を与えれば、逃げ場を作ることになる。だから、翠蘭が自ら欲さぬ限りは、愉悦など一片もくれてやるつもりはない。

憎悪で彩られた甘美な奈落《ならく》に先に堕《お》ちるのは、翠蘭と自分のどちらなのだろう。

「ん、っ……くぅ……」

頰を染めて挿入の苦痛に耐える翠蘭の表情は淫蕩《いんとう》で、懊悩《おうのう》を刻み込んだ顔つきは苦しげだった。

心根はどうあれ、昔も今も、変わることなく彼は

美しい。そしてそれが、奎真を惑わせてやまぬのだ。

衝動に耐えかねて裸の肩にくちづけると、肌理《きめ》の細かい膚に花片《はなびら》のような痕《あと》が残る。

「私のような下賤な者に凌辱される気分は、いかがですか」

組み敷きながら問うと、きつく閉じられた翠蘭の瞼がひくりと震える。

「翠蘭様」

「う、るさ……い……」

罵る声が震えている。

ふと思い当たった奎真が翠蘭の下腹部を見たところ、触れられてもいないのに、彼の性器は勃《た》ち上がっていた。先ほども奉仕をしながら昂っていたと、奎真は思い返す。

見惚れるほどの自尊心の高さとは裏腹に、翠蘭は嗜虐的《しぎゃくてき》な性向を持つようだ。しかし、それを教えれば、翠蘭は強靭《きょうじん》な精神力で耐えようとするかもしれない。ならば、穢される快感を十二分に教えてやってから、己の肉体の淫《みだ》らさを知らしめてやろう。

奎真は昏い笑みを口許に刻み、結合した場所から複雑な律動を送り込んだ。

「やめ…っ…！　あ、あっ……ああ……！」

やめろと口にするのも悔しいのか、その言葉を呑み込むあたりにも、彼の誇り高さを感じられた。

「あう……や…ッ……」

絡みつく肉を強引にあしらいつつも激しく突くと、翠蘭の声が憐れなくらいに跳ね上がる。

同時に律動が不自由なほどきりきりと絞られ、さすがの奎真も愉悦を覚え、額に汗が滲んだ。奎真の陰茎に絡みつく柔肉《やわにく》はすっかり蕩《とろ》け、抜き差しすら許さぬ頑さでひくひくと雄を食い締めていた。

「痛…！」

「そのうち、痛いだけではなくなりますよ」

無意識のうちに痛いと言ってしまったことを恥じたらしく、翠蘭は潤んだ双眸で奎真を睨みつけた。

「……だまれ…」

もっともっと辱めてやりたい。

美しく、気高く、傲慢で、奎真には決して膝を折ろうとしない男を。

「そうやっていつまでも足掻きなさい。私が嫌いなら……もっと憎むがいい」

そうして互いの心を、昏い憎しみに染め上げよう。

そうでなくては生きていけない。

どのみちもう、お互いの行き先は決まっているのだ。ほかの感情など必要ない。

「望む…、ところだ……」

男に抱かれて悦びを覚えるようになるまで徹底的に馴致《じゅんち》してから、翠蘭を最も醜く下衆な人物に売り飛ばしてやる。

その程度では己の心が晴れないと知りながらも、この執着を消し去る方法を思いつかない。

どんなに激しく憎んでも、それでも消しようのない感情を想起させる、美しい人。

「よせ…っ……」

耐えかねて泣き濡《ぬ》れる翠蘭は美しく、奎真は思わずその額にくちづけるが、彼は顔を背けて拒んだ。

本当に、愉しませてくれる。

「どうして、あなたは……」

こんなにも美しいのか。

貶める瞬間でさえも。

だから、いつか真っ二つに引き裂いてやりたい。

その心ごと、躰まで。

だが、終焉《しゅうえん》に導けば彼を楽にしてしまうと知っているから……このまま、歪な悦楽で彼を辱めるのだ。

終わることのない、愉悦の地獄に突き落として。

六

磬《けい》国内でも北部にある北州《ほくしゅう》県の役所は、県の長《おさ》となる県令《けんれい》の役宅と繋《つな》がり、広大な庭を構えている。

正午にほど近い眩《まぶ》しい陽射《ひざ》しを避けるように、華やかな衣《ころも》を纏った翠蘭《すいらん》は、木々のあいだを縫《ぬ》って門の方角へと歩いていた。

「平気……かな……」

いつ呼び止められるか冷や冷やしつつも退屈な式典の会場から抜け出したが、衛兵たちにはまだ気づかれていないようだ。

翠蘭は、今日は父王の代理としてこの土地を訪れた。十歳の翠蘭では父の代理として各地を視察するには若すぎるが、どのみち、翠蘭などいなくても式典はきちんと終わるのだから、抜け出しても問題はない。

随行や役人の生真面目な顔を眺めるのも、翠蘭は飽《あ》き飽《あ》きしていた。

案の定、翠蘭が消えたことは、まだ騒ぎにはなっていないようだ。厳重な警備の門を避け、生け垣の切れ目から脱出するのも難しくはないだろう。

茂みを潜《くぐ》り抜けようとした、そのとき。

いきなり、翠蘭の背丈《せたけ》ほどもあろうという大きな犬が、脇《わき》から飛び出してきた。

「ッ！」

驚く翠蘭を不審者と見て取ったのか、番犬は唸り声を上げ、今にも飛びかからんばかりの激しい警戒心を示す。

——どうしよう……。

不安と恐怖に一歩も動けなくなった翠蘭の心臓は、激しく脈打つばかりだった。容姿のせいで臆病者《おくびょうもの》と思われたくないと、普段はこの歳に似合わぬ虚勢《きょせい》を張っているが、怖いものは怖い。

何とか後退《あとじさ》ろうとしたが、長い裾《すそ》を踏んでしまい、翠蘭はへたりと尻餅《しりもち》をつく。

怯えを露《あらわ》にした翠蘭が、声も出せずにぎゅっと目を瞑《つぶ》ったときだ。

「よせ！」

鋭い声が差し挟《はさ》まれてはっと目を開けると、己と番犬のあいだに立ちはだかる少年の背中が、真っ先に視界に飛び込んできた。

正装である衫《さん》を身に纏っていないということは、おそらく下《した》っ端《ぱ》の役人か見習いだろう。少年の衣服は質素だが品がよく、身のこなしは俊敏《しゅんびん》だった。

「おとなしくせよ。この方はおまえの敵ではない」

諭すように告げた少年の声に悄々《しおしお》と項垂《うなだ》れ、犬は尻尾《しっぽ》を脚のあいだに挟む。

「大丈夫ですか」

あまりのことに言葉もない翠蘭に振り返り、少年が人懐っこく話しかけてきたが、逆光でその面差しまではわからなかった。

「お手を」

差し伸べられた手を、翠蘭は咄嗟に摑む。

「ありがとう」

握《にぎ》った彼の手は大きく、力強かった。

そのまま引き寄せられて勢いで立ち上がると、漸く少年の顔がはっきりと見えた。

間近ではどこか金色に見える、美しい黒瞳《こくとう》だった。無様《ぶざま》なところを見られてしまったのが恥ずかしかったのか、もしくは、てらいなく差し出されたそのあたたかな掌が嬉しかったのか、見つめられることが気恥ずかしいのか。そのいずれなのかが自分でもわからないままに、翠蘭は頰を染める。

「……翠蘭様ですね。皆が捜しておりました」

「あ……」

正体が知れていたことに動揺した翠蘭は少年から手を離し、真っ先に衣服の乱れを整えた。

「わかった……広間に戻ろう」

身を翻したところで「お待ちを」と呼び止められて、翠蘭は微かに身を震わせた。

「何か？」

「落ち着くまでは、お戻りにならぬほうが」

要するに、今の自分はそれほどまでに見苦しい顔をしているというわけか。

誰に対しても堂々と振る舞えという父の言葉を思い出して翠蘭はますます狼狽《うろた》えたが、少年は取りなすように笑んだ。

「休める場所がありますので、どうぞこちらへ。少しくらいなら、構わないでしょう」

重ねて言われるとどうも断り難《がた》く、翠蘭は彼の後をついて歩く。

「そなたは役人なのか？　幾つなのだ？」

「来月十六になりますが、まだ見習いです。郷校《きょうこう》に行く傍ら、こちらの役所で手伝いをしております」

「そうか」

十六歳ということは翠蘭より六つも年上で、落ち着いた物腰であるのも頷けた。

「どうぞ、こちらが近道です」

茂みを掻《か》き分けた少年が枝を持ち上げ、翠蘭のために通り道を作る。怪訝《けげん》そうに一歩踏み出した翠蘭は、眼前に広がる素晴らしい光景に、大きく目を見開いた。

「わあ……」

思わず、感嘆《かんたん》の声を上げてしまう。

生い茂った木々の枝が払われ、広々とした空間が作られていた。中央にある泉からは滾々《こんこん》と水が湧《わ》き、一面に光が射し込んでいる。

「ここは動物たちが休みに来るので、なるべく人の手を入れないようにしているのです」

「ふうん」

「見よう見まねですが、面白いものをお目にかけましょう」

笑みを浮かべた少年が、口中で何かを呟《つぶや》きながら両手を天に差し伸べる。

「何？」

首を傾《かし》げた翠蘭は、やわらかな囀《さえず》り声がすぐ近くで聞こえることに気づいた。次の刹那《せつな》、美しい色合いの小鳥が次々に空から舞い降りてくる。

瞬《また》く間に集まった無数の小鳥たちが、木の枝にあるいは少年の肩に止まり、翠蘭の周りで啼《な》いた。ふわふわと散る色とりどりの羽根が、とても美しい。

心地よく響く旋律《せんりつ》の如《ごと》き声に、翠蘭は目を細めた。

「この鳥は、磬でもここにしかおりません。もともとは南方の鳥を、寒さに慣らして育てたのだとか」

「綺麗《きれい》……」

物心ついたときから、翠蘭にとって動物たちは怖いだけの厭《いと》わしい存在だった。だからこそ、こんなふうに優しく小鳥が歌ってくれるとは思わず、翠蘭は無邪気な笑みを零《こぼ》す。それから、己に見惚れる少年の視線に気づいて真っ赤になった。人前で笑うことなど惰弱だと父に言われ、翠蘭はそうせぬよう努めていたからだ。

「――そなた、名前は？」

「私は劉奎真《りゅうけいしん》と申します」

「奎真……」

利発そうな少年に相応《ふさわ》しく、凜《りん》とした響きの名前だった。

「奎真、これを持っているがいい」

翠蘭は自分の嵌《は》めていた翡翠《ひすい》の腕輪を外すと、それを奎真に渡す。

「美しいものを見せてくれた褒美《ほうび》だ」

「有り難き幸せにございます。でしたら、私からはこちらを」

彼は帯から垂らしていた佩玉《おびだま》を差し出した。

「これは？」

「麗しい笑顔を見せてくださった御礼に」

悪びれずに言った少年の涼やかな表情に、翠蘭は目を奪われた。

まさか笑顔を褒められるとは思わず、翠蘭は目を見開いた。

「そんなものが、嬉しいのか」

「勿論です。どうか信じてくださいませ、翠蘭様。私はあなたに嘘《うそ》を申しません」

「絶対に？」

「はい」

じっと見つめた奎真の瞳《ひとみ》は澄んでおり、視線が絡み合うことに翠蘭は甘い歓喜すら覚えた。

奎真もまた、翠蘭から目を逸《そ》らすことはない。

それから数日、翠蘭は奎真とともに過ごした。

素晴らしい日々だった。

奎真がずっと傍らにいてくれたら、宮廷での生活はどれほど楽しいことだろう。

そう思うといてもたってもいられなくなり、翠蘭の小さな心臓は一際震えた。


翠蘭がとろとろとした浅い眠りに引き込まれていると、閨《ねや》に誰かが出入りする音が聞こえたが、目を開ける気持ちにはなれなかった。

既に寝入りかけている翠蘭の上掛けが慎重に剝がれ、脚にあたたかなものが押しつけられる。

一体何事かと薄く目を開けると、奎真が牀榻《しょうとう》に横たえた翠蘭の汚れを拭っているところだった。

奎真が黙々とその作業を遂行しているため、今更起きだすこともできず、翠蘭は寝たふりを続けた。

彼は何度も布きれを洗い、丹念に翠蘭の躰を拭く。自分で汚しておきながら、こうして甲斐甲斐《かいがい》しく世話をするとは……つくづく、矛盾している。


まるでそれは、翠蘭の身からすべての痕跡を消し去ろうとするかのような執拗《しつよう》さだった。

それでいて、彼は翠蘭を起こさぬように、壊さぬように、恭しく触れるのだ。

「これでいい」

ふと奎真が呟く声が、頭上から落ちる。

彼が翠蘭の髪を一房持ち上げる気配に、思わず身を強張らせた。

生憎、男が唇を寄せたのかまでは、わからない。だが、奎真が翠蘭の長い髪を慈しむように撫で、指で梳《す》いているのは事実だった。

ひとしきり翠蘭に触れたあと、奎真は無言で部屋を後にした。

月宮《げっきゅう》で初めて奎真に抱かれてから、三度目の媾合《こうごう》のあとだった。

行為のあとは大抵寝入ってしまうため、後始末を女官にさせているのではと不安だったが、そうでなくてよかったと翠蘭は胸を撫で下ろす。

いやに優しい指先だった。

自分を抱くときは道具のように辱めるくせに、どうしてこんなときだけ、優しくするのだろう。

懐かしい夢を見たせいか。奎真の気遣いに嬉しさを覚える自分を叱咤《しった》し、翠蘭は身を起こすと、傍らの榻《ながいす》に無造作に置いてあった寝衣《しんい》を裸体《らたい》に纏う。よけいなことを考えずに今度こそ寝てしまおうと、再び褥《しとね》に潜り込んだ。

必要なのは、この国を治めるための酷薄なまでの強靭さだった。そうでなくては、磬《けい》はいつか戦乱に巻き込まれるはずだ。ゆえに翠蘭は、以前から己の心を押し殺し、強く、冷たくあろうと心がけていた。

今も恥辱に塗《まみ》れた日々であっても、翠蘭が正気でいられるのは、奎真と対峙し、彼への憎悪を掻き立てられているからだ。奎真こそが、翠蘭の精神をこちらに留めているのだ。


うつらうつらしていた翠蘭は、なぜか外が騒がしいことに気づいて身を起こした。

城内で人が往き来しているだけでなく、城外からも民の声が聞こえてくるようだ。

「奎真様！」

奎真の名が叫ばれ、翠蘭ははっとする。

もしや、奎真の身に何かあったのだろうか。

翠蘭は表情を曇らせ、少しでも情報を得られぬかと、上衣を羽織って露台へと向かう。

衛兵たちが動き回る気配は如実に伝わるが、慌ただしさの理由まではわからない。城外で騒ぐ民の声も、翠蘭の耳にはもう言葉として届かなかった。

衛兵たちは詰めかけた民衆を整理しているようで、奎真が暗殺されたとか、そういう事件ではないようだ。その証拠に、よく聞けば民の声は歓喜に満ちている。

無論、何があったか知らせてくれる者もいない。翠蘭は完全に、政治の場から切り離されていた。

頬杖《ほおづえ》を突いた翠蘭は、ぼんやりと庭園を眺める。

夜な夜な行為を続けるごとに、翠蘭の肉体は奎真に馴致《じゅんち》されていく。望むと望まざるとに関わらず、己の躰は確実に変化を示しており、奎真を食むことにもさほど苦痛を覚えなくなっていた。

だが、奎真にとっての自分は、ただの道具にすぎない。彼が翠蘭に快楽を与えるつもりがないのは明白だし、憎悪を晴らす手段の一つとして、義務的に犯しているだけだ。

ゆえに、たとえ間近に奎真がいても、この虚《むな》しさは消えない。互いに同じように憎悪を抱いていても、喩えようのない孤独が心を蝕《むしば》む。

「まあ……そんなことが……」

風向きが変わったようだ。

階下の女官たちの話し声が聞こえてきて、翠蘭は思わず耳をそばだてた。

「いくら何でも急すぎますわ」

「民の望みとはいえ、こんなに早く処刑だなんて……」

切れ切れに耳に入ってきた言葉に、翠蘭ははっと息を呑む。

まさか。

「陛下の首が梟首《きょうしゅ》されたとは、なんて惨《むご》い」

膝が震え、翠蘭は頽《くずお》れぬように必死で手摺に摑まった。

そんな馬鹿な。奎真が、ついに父の処刑に踏み切ったというのか！

翠蘭が恥辱に耐えてきたのは、すべて壮達《そうたつ》のためであったというのに。

どうして、そんな非情なことを。

無論、覚悟していなかったわけではない。

しかし、自分が奎真に従順であれば免《まぬか》れるのではないかと、翠蘭は勝手に思い込んでいたのだ。

考えてみれば、当たり前のことだ。

奎真が施政者としての足場を固めるためには、壮達の存在は目障《めざわ》りでしかない。そしていずれは翠蘭も役目を終え、邪魔者となるはずだ。

「く……」

陰鬱《いんうつ》な面持ちでふらふらと室内に戻り、翠蘭は呆然と榻に座り込んだ。

「失礼いたします」

水差しを運ぶために訪れた女官は暗い色合いの服

を身につけており、翠蘭は「何かあったのか」と無表情に問うた。

「悲しいことがあり……月宮の者たちは、喪《も》に服しております」

「父上が亡くなられたのか」

「………」

はっきりとした返答はないが、肩を震わせる女官の様子からも、答えは明白だった。

いくら壮達に人望がなかったとはいえ、近しかった女官くらいはその死を悼《いた》んでくれるらしい。

「すまぬことを聞いた。下がってよい」

「はい」

奎真は、どこまで翠蘭に憎ませようとすれば、気が済むのだろう。

それだけのことをされる理由はあると自覚してもなお、奎真の憎悪の刃を受けることは苦しかった。

そこまで憎ませたいのか。殺してほしいのか。

翠蘭に、かつての奎真と同じ気持ちを味わえと、そう言いたいのか?


気持ちは一向に晴れぬまま、三日が過ぎた。

奎真の訪れはなく、女官たちも平素の表情を取り戻しつつある。蜜の代わりに食事には質素な粥《かゆ》が与えられるようになったものの、翠蘭に壮達が処刑されたという正式な報は伝えられることはなかった。

差し入れられたばかりの書を繰っていると、明らかに元の書物とは違う質の紙が綴《と》じ込まれている。よくよく見れば、誰かが一度糸を解いてから、再び綴じ直したようだ。

——話したきことがあるゆえ、覚悟がお決まりでしたら一言おかけください。

書家として陽都《ようと》に広く知られる来発《らいはつ》の見事な筆蹟《ひっせき》を、見間違えるはずもない。

来発は翠蘭の書物を運ぶという役割を担っていたが、これまで殆ど話をしたことはなかった。

一体、どういうつもりなのか。

来発は壮達の重臣として幼い頃から翠蘭も彼を知

っていたものの、かつて命を救ってやったことを、恩義に感じているとでもいうのだろうか。

考えることに倦《う》んだ翠蘭は息を吐き出し、榻に座り込む。愁いに沈んだ顔をしていると、戸口に立った女官が「来発様がお見えです」と声をかけた。

「通せ」

来発はいつもと変わらず、表情の読めぬのっぺりとした顔をしている。普段と違うのは、彼もまた質素な衣服に身を包んでいることで、喪服ではないものの、彼なりに弔意《ちょうい》を表しているのかもしれない。

「書をお持ちいたしました」

「ご苦労」

翠蘭の手許《てもと》に目をやった来発が空咳《からせき》を始めたので、背後に控えていた女官に「来発に茶を持ってきてくれぬか」と声をかける。

「……かしこまりました」

戸口にもう一人の女官が見張っているのを確かめ、翠蘭は苦々しい顔で来発を見やった。

「今日は何を持ってきたのだ」

「こちらは奏《そう》から運ばせました珍しき書。こちらは成陵《せいりょう》からでございます」

来発の口調は淡々としたものだった。

「随分量が多いな。それだけ長く、ここに留まれということか」

「何事にも備えが必要です。冬の訪れが来る前に支度をするのは、民にとっても大切なこと」

「そういえばもうすぐ冬至であったな」

暦を忘れかけた翠蘭に、来発は大きく頷く。

「長き夜は、心の赴くままに過ごすのが一番でありましょう」

「懐かしい……冬至の夜祭りは幼い頃何度か行ったことがある」

翠蘭はちらりと来発の顔を窺った。

「はい。民の心を浮き立たせるような行事は、国政において必要なもの。例年と同じく、今年も奎真様は祭りを執り行われるそうでございます」

「父が…いなくとも、民の暮らしは変わらぬということか」

言葉に詰まりつつも翠蘭が嫌みを一つ放っても、来発は動じずに「それが政でございます」と返した。否定されなかったことから、父が亡くなったのはやはり事実なのだと思い知らされる。

「そのための祭りということか」

「左様でございます。民が寝静まったときに、お好きな道を選ばれるのもまた一興」

「そうだな。私一人、望みどおりに過ごすのもよいだろう」

謎《なぞ》めいた言葉の真意は、冬至の夜祭りの際に翠蘭が逃げられるよう、周囲の人間を眠らせるということなのだろう。

信用できるだろうか。

来発は一度、父を裏切った男だ。

翠蘭を助けると見せかけて、逃亡の罪を着せるつもりかもしれない。逃亡した捕虜は死罪になるのが通例だし、奎真が翠蘭を体《てい》よく殺すため、大義名分を欲している可能性も考えられた。

だが、一縷《いちる》の望みに賭けてみたい。


最早、翠蘭が守るべき人は喪《うしな》われた。

憎悪の連鎖を永遠に繋げるために、奎真は翠蘭に復讐させたいと考えているのならば、願いを叶えてやるつもりだった。

必ず己の手で殺してやる。何があっても、絶対に。

「また面白い本があったら、持ってきてもらおうか」

「かしこまりました」

頷いた来発は、お辞儀をした弾みに足を滑らせる。小さく声を上げ、彼は榻に倒れ込んだ。

「大丈夫か？」

「申し訳ありませぬ、翠蘭様」

「私は構わぬ」

来発が、座布団のあいだに一振りの短刀を押し込むのが見えた。

策謀でも計略でも、それで構わない。

殺されるというのならば、それもまたいい。

どのみちこの月宮に留まれば、魂は病み、腐り落ちていくばかりなのだから。

冬至の夜祭りのおかげで、城外からは人々の明るい笑い声が聞こえてくる。

来発の言うとおりに女官や衛兵も出向いているようで、月宮の警護はいつになく手薄だった。

憎らしいことに、奎真が翠蘭のために用意させた衫《さん》はどれもが華美で、動きにくいものだった。せめて袍《ほう》の一枚でも与えてくれればいいのに、翠蘭はあくまで愛妾の代わりだと言いたいのだろう。

翠蘭は衣装の中でも裾のあまり広くないものを選び、着替えを済ませた。邪魔にならぬように髪を結い上げると、例の短刀を腰に差した。

本当に来発を信じていいのか不明瞭《ふめいりょう》で、迷いはまだ多分にある。しかし、万に一つの可能性に賭《か》けたかった。それに、どうせ他人に裏切られるのなら、一人でも二人でも同じことだ。

来発が示唆《しさ》したとおりに、祭りが最高潮に向かった後、月宮の周囲は急にしんと静かになった。衛兵への振る舞い酒に、薬でも仕込んだようだ。

人目を避け、翠蘭は自室から忍び出た。

周囲の衛兵の数も多くはなく、普段ならばものものしい警備を敷くはずの彼らも、今はだらしなく眠りこけている。連中の剣を失敬したかったが、近寄って起こすことを恐れ、実行には移さなかった。

腰の帯に差した短刀を確かめ、翠蘭は緊張に蒼褪めた面持ちで月宮の外へと向かう。

月明かりが煌々と路面を照らすが、人気《ひとけ》はなく、自分の影だけが踊るように動く。

まだ城外は祭りに繰り出した人々で賑やかだし、外に出られれば人混《ひとご》みに紛れて逃げ出せるはずだ。

自由を得られるかもしれないという喜びに、胸が高鳴る。逃げてからどうするかは、またおいおい考えればいい。

枯れ葉の上を走り抜けようとしたそのとき、足許でぽきりと枯れ枝が折れる音がした。

はっと立ち止まった刹那、激しい太鼓の音があたりに鳴り響く。

――しまった……!

慌てて茂みに飛び込むと同時に、あちらから衛兵の一団が走ってくる。

「こっちだ、早く！」

「おまえたちは西へ回れ！」

連中がそこで二手に分かれたと思いきや、また別の一団が駆け足でやってきて、出るに出られない。

右往左往する衛兵たちの声には本気で焦りが滲み、翠蘭一人を追うにしては、明らかにものものしすぎる。この厳戒ぶりは、翠蘭が逃げ出したくらいで起きるような騒ぎにも思えなかった。

何か別の事件が起きたのではないか。

茂みを掻き分けて移動を試みたが、裏門の近くにも衛兵が集まっており、出るに出られそうにない。かといって王と宰相のみしか使えぬ禁門には、近づくだけ無駄だ。

これは面倒なことになったと、短刀の柄《つか》を握り締めた翠蘭は唇を嚙む。

と。

「そこに誰かいるのか!!　出てこなければ容赦はしないぞ」

苛立った調子で向けられた怒鳴り声に、聞き覚えがある。

王烈《おうれつ》がこんなところに来ているとは。

「聞こえんのか！」

一流の武人は、闇に潜む翠蘭の気配を如実《にょじつ》に感じ取ったようで、いつになく口調が荒々しい。

しかし、出ていくわけにはいかない。

「おい、松明《たいまつ》で照らせ」

王烈が誰かに命じ、あたりが明るくなる。

「おとなしく出てくれれば、命だけは助けてやる」

無言のままでいることが気に障《さわ》ったのか。ひゅっと槍が茂みに突き立てられ、翠蘭の頰を掠めた。すんでのところで肉を抉《えぐ》られずに済み、ほっと胸を撫で下ろす。

「手応《てごた》えあり、か」

二撃目。

今度は槍で上体を払われそうになり、翠蘭は咄嗟に後ろに飛び退いた。反動で立ち上がった拍子に、兵士の高々と掲げた松明が顔を照らし出す。

「何だ……誰かと思ったら、王子様か」

舌打ちをしながら告げる王烈の言葉を聞き咎め、翠蘭は顔を上げた。

やはり、彼らが探している相手は翠蘭ではなかったらしい。

「逃げていたとはな……まさか、今回の件もおまえの指図か!?」

意味がわからず、翠蘭は無言で短刀を構えた。

「そんな短刀で俺とやり合おうってのか？」

王烈が皮肉な笑みを浮かべる。

「そう簡単に、私が言いなりになると思うのか？」

翠蘭が傲然と問うと、王烈は喉を震わせて笑った。

「諦めが悪いな。そういうところを、あいつも気に入ってるんだろうが……」

あいつ、とは奎真のことか。

「今宵奎真を襲ったのがおまえの差し金なら、許すことはできん！」

意外な言葉に動揺した翠蘭の反応が一瞬遅れ、槍によって短刀を薙ぎ払われる。

中空に短刀が飛び、音を立てて茂みに落ちた。

「奎真は俺たちの王になる男だ。王を傷つけた罪は、血で以て贖《あがな》え」

奎真が襲われ、負傷したというのか！

衝撃に、動くことを忘れた。

声もなく蒼褪めた翠蘭を、怒りに燃える瞳で王烈が見下ろし、槍を喉に突きつける。

鋭い切っ先が翠蘭の薄い皮膚を破り、溢れ出た赤い血が暗い地面に滴り落ちた。

七

地下牢は光も射さず、いずこからか水が滴り落ちる規則的な音だけが響く。

澱《よど》んだ空気は、ひどく生温かかった。

捕らえられた翠蘭《すいらん》の両腕は頭上で縛《いまし》められ、上体に頑丈な縄が食い込んでいる。足には枷《かせ》が嵌《は》められており、動くことも敵わない。しかし、幸か不幸か両腕ともとうに痺《しび》れていたせいで、苦痛を感じることはなかった。衫《さん》は泥水に汚れ、翠蘭の艶やかな黒髪も埃に塗れていた。

王烈《おうれつ》によってつけられた喉の傷は、すぐに癒《い》えた。

陽も射さぬ牢獄では既に時間の感覚がないが、あれからどれくらい経ったのか。

拷問《ごうもん》でもされるのかと思いきや、彼らは翠蘭に必要以上の暴力を振るうことはなかった。


——奎真《けいしん》……。

途切れそうな意識の中、翠蘭が思うのはただ一つ。

あの男のことだけだった。

この磐《けい》の王子で武人として誉《ほま》れ高かった翠蘭の命運を、一変させた男。

冬至の夜、逃亡に失敗した翠蘭は、こうして咎人《とがにん》として閉じ込められている。

——許さない。あの男……絶対に。

だが、暗殺されかかったという奎真は、果たして生きているのだろうか。

絶対に嫌だ。死なせたりするものか。

自然とそう考えた翠蘭は、微かに笑った。

これではまるで、奎真に執着しているようだ。

ここであの男を死なせるわけにはいかないのは、奎真に復讐するのは自分だからだ。

あの男がほかの者に殺されたりしたら、激しい後悔に襲われ、己の不甲斐《ふがい》なさを一生呪《のろ》い続けることだろう。

たとえ暴君であろうとも、父は翠蘭にとっては唯一の肉親だった。

壮達《そうたつ》を殺された恨みを、絶対に忘れるものか。

だから、奎真を死なせたりはせぬ。

絶対に死んではならぬ。

自分こそが、奎真を葬り去るのだから。

「ふふ……」

不意に、笑いが込み上げてきた。

おまえの与える憎悪はどうだろう、奎真！

かつては奎真との珠玉の友愛が己の生きる糧《かて》になり、今、彼の与える醜悪な憎悪が翠蘭を生かす。

これこそが、互いに互いを裏切り合った末路に相応しいではないか。


——翠蘭様。翠蘭様！　いずこにおわしますか？

己が仕える齢十の少年を捜し、奎真は汗だくになって王宮を駆け回っていた。初夏の空は青く、庭園を彩る新緑が目にも美しい。

——奎真！

返ってきた声の甘さに、胸がざわめく。

翠蘭に出会ってからというもの、いつもこうだ。

巨木の陰から姿を現した翠蘭は可愛らしく、奎真を見てにこりと笑う。これまで笑わないようにしていたというのが信じられぬほど、自然な笑みだった。

それだけで、奎真の心は常に至福に満たされるのだ。

——猫が子供を生んだの。私は触れないから、一緒に来て。

——翠蘭様、お待ちください。まだ師父《せんせい》の授業が残っております。

——一度くらい休んでもいいでしょう。

——いいえ。立派な王になるためには、学問は必要です。

——私は……王になりたくない。

悲しげに幼い顔を曇らせる翠蘭は利発で、高貴な美貌は並み外れたものだった。

——王になるためには、白虎の試練を受けねばならないのだろう？　とても大切なものを差し出せと言われたら、どうしよう。

――大切なもの……？

翠蘭にとって大切なものとは、何だろう。真意を問うかのように翠蘭の瞳を凝視した奎真の視線を、彼は惑うことなく受け止めた。

――それに、怖い。王になれば、父様のようにならなくてはいけない。

答えることはできなかった。

――私は人を疑うのも、信じられないのも嫌だ。何があってもそなたを信じるから……絶対に嘘はつかないでおくれ…………

「ッ」

燃えるように躰が熱い。寝台の上で目を覚ました奎真は、自分が汗でびっしょりであることに不快感を覚え、右手の甲で額を拭う。

「翠蘭……」

思わず呟いた己の声のせいで、奎真ははっと現実に立ち戻った。

今のは、夢だ。

十年以上も昔の記憶を、夢で辿っていたのだ。

かつては王子と学友だった二人の関係は、今や決して相容《あいい》れぬものとなっていた。

なのに、こんな夢に見るとは――お笑いぐさだ。

どれほど憎んでいても、今なお、翠蘭の玲瓏たる声は自分の心を揺らす。夢と同じように。

奎真が寝かされていたのは、覚えのない寝間だった。寝具は清潔で、微かにいい香りがする。己が普段使っている質実な牀榻《しょうとう》でないことは、確かだった。

身を起こした奎真は側仕《そばづか》えが誰もいないのを見て取り、人を呼ぼうとする。と、入り口の玉簾《ぎょくれん》が揺れ、王烈が顔を覗かせた。

「おう、奎真！　目が覚めたのか」

「ここはどこだ？」

「月宮だ。手狭《てぜま》で警備しやすいんで、刺されたおまえをここで治療することにしたんだよ」

熱のせいでまだ要領を得ない奎真に、王烈は心配顔で説明を加える。

「おまえは暗殺者に襲《おそ》われたんだ。腹の傷はどうだ？」

そう言いながら、彼は己の脇腹《わきばら》を指さした。

「動くと少し痛む程度だ」

「おまえが咄嗟に半歩下がったおかげで、傷が浅くて済んだ。覚えちゃいないだろうが、さすが、日頃《ひごろ》の鍛錬の賜《たまもの》だな」

奎真が元気なことに安堵し、王烈は相好を崩す。

「私はどれくらい寝込んでいた？」

「三日三晩ってところだ」

「そうか。――ここが月宮ならば、あの方を呼んでくれないか」

「あの方、ね」

吐き捨てるように王烈は呟いた。

「いいかげんにその呼び方はよせよ。おまえが前《さき》の王に好意的だと思われるのは厄介だ」

「それくらいは、私の好きにさせてくれ。それで、翠蘭様は？」

奎真の言葉に王烈は一度は押し黙り、歯切れの悪い口調で告げた。

「――あいつなら、逃げようとした」

「逃がしたのか！」

驚愕に奎真は腰を浮かせたが、脇腹に鈍い痛みが走ったので顔をしかめた。

「大丈夫だから、じっとしてろ。逃亡は直前で食い止めた。今は謹慎させている」

王烈の言葉にほっと気配を緩めたものの、奎真は親友の精悍な顔を訝《いぶか》しげに見やった。

「だが、一体どうやって逃亡など」

「来発《らいはつ》が手引きした。機会を狙っていたらしい」

そう言われれば、尚更、翠蘭の姿を見たかった。

「ならば、ここに連れてくることもできるだろう」

「まだ、だめだ。おまえを襲えと命令をくだしたのも、翠蘭かもしれん。あいつは王が処刑されたことを知っていると、来発が言っていたからな。調べが終わるまでは、会わせられない」

奎真は、確信を持って口を開いた。

「違う。此度の刺客《しかく》はあの方の仕業《しわざ》ではない」

「なぜわかる？　あいつがおまえを憎み、恨んでいるのは明白だ」

怪訝そうに問う王烈に、奎真は薄く笑む。

「ああ、殺したいほど憎んでいるだろうな。私はあの方の父を殺し、貞潔《ていけつ》を奪い、魂を穢している」

「では、おまえを殺す理由としては十分だ」

王烈はあっさりと結論づける。

「いや。翠蘭様は、そこで他人《ひと》任せになさるような人ではない。誇り高いあの方は、必ずや己の手で私を始末しようとするだろう」

物騒な発言に王烈は眉を顰め、真意を問い質《ただ》すように奎真を正視した。

「よくわかるんだな、あいつのことが」

「何年、あの方のことを考えていたと思う」

「まあな。おまえは復讐のためだけに生きてきたようなもんだからな」

納得したように王烈は頷く。

「だが、それならば……おまえは許すのか」

「許す？　何を？」

「あいつから憎まれ続けることをさ」

親友の言葉に、奎真は唇を綻ばせた。

「憎まれて当然だ。私もあの方を憎むしかないのだから……それでちょうどいい」

王烈はそれには答えずに、頭を掻く。

「来発は牢にいるのか」

「いや、あの爺《じい》さんに牢は辛いだろう。軟禁して、例の儀式について口を割らせようとしてる」

納得した奎真に、王烈は「粥を頼んでくる」と言い、簾の向こうに消えた。

どれほど長く、どれほど強く、人は憎悪を持ち続けることができるのだろうか。

憎しみや怒りといった強い負の感情は、どれだけ長続きするのだろう。

自分の心は、翠蘭に対する執着で染まっている。翠蘭の肉体を手に入れ、辱めるように何度となく抱いたところで、己の体内に棲《す》み着く執念は消えない。それどころか、ますます深くなる。感情のすべてが妄執に彩られるようになったときから奎真の時間は止まり、再び時を刻むことはないのだと、漸くわかった。

「……奎真！」

再び室内に飛び込んできたのは、王烈だった。

「どうした、王烈」

「来発が話があるそうだ。——儀式のことで」

王烈は真剣な面持ちで告げた。


こつこつと足音が響き、入り口の方角から数名がやってくる気配がする。

立たされていた翠蘭《すいらん》は、緩慢な仕種で顔を上げた。手燭《てしょく》を持った人物に先導され、立派な体格の男が牢の入り口に近づいてくる。

「よう」

声をかけてきた王烈《おうれつ》は革製の胸当てを付け、腰に剣を提げている。

「口が利けなくなったわけじゃないんだろ。挨拶くらいしてほしいもんだね」

翠蘭が王子であったということを気にしていないかのように、王烈はいつも横柄な口を利く。


「では、聞いてやろう。何用でここに来た」

傲然と顎を持ち上げ、炯々《けいけい》と光る双眸で彼を仰《あお》ぎ見た翠蘭を見下ろし、腕組みした王烈は喉を鳴らして笑った。

「何用、ね……相変わらず強気なことで」

王烈の部下が持つ手燭が、ぼんやりとした光であたりを照らし出している。

「あんたを牢から出すことになった」

無言のまま、翠蘭は訝しげに眉を顰める。王烈の部下の一人が、翠蘭を頭上で縛めていた縄を手際よく切り落とした。

「奎真《けいしん》を狙った黒幕が捕まった。叛乱で失脚した豪族どもだ。祭りの夜は手薄になるし、たまたまあんたや来発《らいはつ》と同じ日に動いたとか」

奎真は果たして無事なのかと疑問を覚えたが、安否を問うのは自尊心が許さない。

「立てないってんなら、手を貸そうか？」

揶揄する声に、翠蘭は「自分で立てる」とぶっきらぼうに答えた。

足枷《あしかせ》を外され、改めて後ろ手に縛られる。泥混じりの地下水で衣服は汚れ、髪も膚も不潔なものだ。そうでなくとも月宮《げっきゅう》に幽閉されていた時分から粥しか与えられておらず、躰がひどく重かった。

「何なら抱いて連れてってやってもいいんだぜ」

「そなた如きには私を支えられまい」

冷然と告げた翠蘭を見下ろし、王烈はおかしげに肩を竦めた。

「それくらい元気なら、平気だな」

他人の手を借りて歩くことなど、翠蘭の矜持《きょうじ》が許さない。毅然と胸を張り、翠蘭は縛られたまま地下牢を出た。

「あんたの親父はつくづく悪趣味だな。後宮の下に、こんな地下牢を作るんだから」

自らが愛欲に耽る宮殿のその下に、憎むべき罪人を押し込める。その構造は、壮達《そうたつ》の拗《ねじ》くれた精神を象徴しているかのようだった。

軽口を叩く王烈は奎真の現状を教えるつもりはないようで、焦れた翠蘭はとうとう口を開いた。

「奎真はどうしている」

翠蘭の言葉を聞き、王烈は振り返った。

「気になるのか？　何で、また」

「あの男は……」

「この手で殺す、か？」

思わず翠蘭が押し黙ると、王烈は肩を震わせた。

「奎真の読みは恐ろしいくらいに当たるな」

よりによって奎真に見透かされていたことを恥じた翠蘭は、刺々《とげとげ》しく告げた。

「あの男は自らに非があると、知っているのであろう。私に許されぬということも」

「――憎いのか、奎真が」

あまりに馬鹿げた問いかけに、翠蘭は声を立てて笑った。

「憎まぬ理由があると思うか？　奎真は私を犯し、貶めた。それだけなら不徳のいたすところと思えようが、よりにもよって父の命まで奪った。これほどの辱めを受けても、あの男を許せと申すのか？」

衛兵に聞かれぬように声を潜めたが、怒気《どき》までは

隠しようがなかった。

「あんたにはわからないんだよ」

どこか諦めたような王烈の言葉に、翠蘭は表情を曇らせる。

「他人を辱めれば辱めたぶんだけ、人の魂ってのは穢れるんだ。おまけに奎真は、そういうことに鈍くなれるやつじゃない」

くだらぬ言い草だった。

「最初から奎真が私の首を刎ねていれば、己の魂を穢さずとも済んだだろう」

「そう、だな。その点は俺も……間違ったことをしたのかもしれん。親友の気持ちを掴みかねていたとは、俺もまだまだ甘い」

自嘲するような言葉に、翠蘭は戸惑った。

「ともかく、何があいつの望みか、奎真自身に聞いてみればいい」

「あの男が望むのは王位だろう」

「……どうだかな」

意味ありげに返す王烈は、至極冷静だった。


「奎真の望みを聞いたところで、私たちがお互いに出した答えは変わらない。変えようもない」

奎真の虜囚となってからというもの、彼から注がれるものは、冷え冷えとした憎悪にほかならない。

翠蘭は違った。

はじめは奎真に抱いていた感情は、憎悪というより困惑と怒りだった。しかし、月宮に閉じ込められているうちに、翠蘭は互いに憎み合う以外に道はないのだと知ってしまった。何よりも、あの夜、奎真がそれを望んでいることに気づいたのだ。

だが、奎真はそれでも飽き足らずに、更なる負の感情を求めてくる。彼の望みは、果てのない憎悪の応酬なのだ。

「……そうは言うけどな。憎しみを持ったまま生きるのは辛いぜ。どれだけ長いあいだ、人が人を憎んでいられると思う」

自分はどうだったろうか。

二年前、奎真が忍んできたあの夜、真実を知った翠蘭は、己を偽り謀《たばか》ってきた奎真を恨《うら》んだ。恨んだけれども、それでも――。

「………」

いけない。あの夜のことは、忘れなくては。

翠蘭が奎真の養父が殺されるきっかけを作ったのは、変えようのない真実だった。

「後宮ってのは王の心を映す鏡みたいなもんだ。放《ほう》恣《し》を求める王は淫蕩に耽り、休息を求める王は安楽を得る。だが……今のあいつの心はぐちゃぐちゃに乱れてる。それがあんたの扱いにも表れてるってわけだ」

どんな言葉で飾っても、同じことだ。

奎真の心が翠蘭への憎悪だけで膨れ上がっているというのは、傍目《はため》にも明白ではないか。

「――奎真に会いたいなら、会わせてやる」

暫く考え込んだ末に発された王烈の言葉は、意外なものだった。

「何?」

「奎真はここにいる」

「月宮にか？　寵姫でもあるまいに」

理由がわからずに、翠蘭は問うた。

「今は月宮のほうが都合がいい。狭くて警護も行き届くからな。身支度くらい整えてこい」

言われるまでもない。

満月を象《かたど》った円形の月光門を潜った翠蘭は、宛われていた部屋へ向かう。

ぬるい湯で躰を洗うと、いつまでもまとわりついていた怨念《おんねん》の籠もる地下牢の空気も、流れていくような気がした。

湯浴みを終えた翠蘭は、清潔な衫に着替え、仕方なく身を飾る。

「支度は済んだか？」

迎えの王烈は、翠蘭の絢爛たる衫と結い上げた髪を目にして、所詮《しょせん》は男妾《おとこめかけ》なのだと蔑む表情になった。

「ッ」

王烈は唐突に翠蘭の腕を摑み、再び後ろ手に縛り上げる。己には相応しい処遇だった。

奎真が居室としているのは、壮達が希《まれ》に使った寝室だった。

牀榻《しょうとう》で上体を起こした奎真が、王烈の背中越しに見える。彼は難しい顔をして筆を執《と》り、書簡をしためているようだ。執務しているということは、思ったよりも元気なのだろう。

「おい、奎真」

王烈の声に、彼がこちらに視線を向けた。

「王烈、来てくれたのか、助かった」

翠蘭の姿は見えぬらしく、奎真の声はやわらかい。

奎真は寝衣も身につけず、彼の男らしい容貌を引き立てる濃色の袍を着ていた。

刹那。

「……！」

その感情は、突如《とつじょ》として心の奥底から泡のように浮かび上がり、ぱちんと弾けた。

不可解な情が込み上げてきたことに我ながら驚き、狼狽《うろた》えた翠蘭は言葉もなく俯いた。

「助かったってのはどういうことだ？」

「書類が多すぎて手が回らない。おまえも見てくれないか」

親しい友に対し、奎真の態度は砕けている。

「おまえは療養中だろ。もう少し休んでいろよ」

「磬《けい》はまだ始まったばかりだ。一刻も早く体制を整えなくては、他国に攻め込まれるかもしれぬ。我々の叛乱のせいで、民に犠牲を強いてはいけない」

奎真の返答は、呆《あき》れるほど生真面目だった。

「難儀なやつだな。それより、お客だ」

「客？」

王烈は身を返し、翠蘭の肩を摑んで室内に向かって押す。勢いで床に倒れ込み、翠蘭は怒りに唇を嚙みながら立ち上がった。

「おや……これは珍しい。見舞いにいらしてくださったのですか」

奎真の表情と声が硬いものを帯びたことに、翠蘭の心臓は小さく軋み、言葉を失ってしまう。

己の心がぐらついた理由が失望だとすぐに思い当たり、翠蘭は動揺を覚えた。

当然ではないか。

親友で腹心の王烈に見せるような親愛の情を、彼が翠蘭に向けることなどあり得ない。実際、そうされたとしても、嬉しくも何ともないだろう。

――なのに。

失望から、怒りが生まれることはない。なぜなら、そこに別の思いがあるからだ。

落胆の情すら凌駕《りょうが》するのは、先ほどから湧き起こる、己もたじろぐほどに大きな安堵の念だった。

自分はこの男が生きていたことに、こんなにも安心している。翠蘭からすべてを奪った、憎むべき相手であっても。

己の手で葬り去るべき奎真の命を、ほかの者に奪われなかったことが喜ばしいからだ――しかし、果たして、それだけなのか。

「窶《やつ》れましたね」

「牢では食事は出なかったからな」

翠蘭の言葉を聞き咎め、奎真は眉を顰める。

「牢とはどういうことだ、王烈」

「どうと言われてもな。嫌疑《けんぎ》のある者を牢に入れておくのは、当然の措置《そち》だろう」


翠蘭が牢に入れられていたことを知らなかったのか、奎真の表情は険しいままだ。

「私は謹慎と聞いたぞ。翠蘭様を牢へ入れたのか」

奎真の声には、隠しようのない怒りが滲む。見境なく王族を牢にぶち込むのでは、奎真の威厳に関わると思っているに違いない。

「仕方がないだろう。その話はあとだ」

「――わかった。ならば、この方に食事を」

「何？」

拍子抜けしたように、王烈が問い返した。

「粥か汁を持ってきてくれ。このままでは倒れかねない顔色だ」

「そんなものはいらぬ」

翠蘭は否定したが、奎真は「足許がふらついてますよ」と淡々と指摘する。縛られたまま王烈に強引に椅子に座らされれば、甘んじるほかなかった。

「気を許すなよ、奎真。寝首を掻かれるぞ」

王烈は二人を残して部屋を出ることができず、戸口から顔を突き出して警護の兵を呼び寄せた。

「牢から出たばかりなのですか」

　奎真も顔色が悪いのは、怪我《けが》のせいだろう。

「そうだ」

「その足で見舞いとは、珍しく気の利いたことを。あなたも私の心配をなさるのですね」

　意外そうな奎真の口調が気に入らぬため、翠蘭は尖った言葉で応じた。

「簡単に死なれては困るからな。それに、ここに来たのは私の意志ではない。あの男が、勝手に連れてきただけだ」

「王烈が？」

　奎真は真意を探るように翠蘭を凝視する。

「でなくては、こんなところへ来るものか」

「なぜお父上を処刑したのか、聞かないのですか」

「聞いたところで父は生き返らない。おまえを許さぬ以上は、話しても無駄だ」

「……あなたらしい冷酷さですね」

　苦い沈黙が立ち込め、翠蘭はいたたまれない気持ちになった。

「――奎真」

　気まずい静寂を破ったのは、王烈だった。

　盆に小鍋《こなべ》を載せた王烈は、すこぶる機嫌が悪い。

「おまえのぶんも持ってきておいたぞ。朝から何も食ってないんだって？」

「そういえば、忘れていたな。ありがとう」

「まったく、おまえは何事につけても頑張りすぎだ」

　窘めるような王烈の言葉を聞き流し、寝台から降りた奎真は沓を履き、卓を自ら整える。

「おまえくらいだぞ、この俺を僮《どう》のように扱うのは」

「怪我が治ったら、俺が小間使いをしてやる」

「よせよ、もうすぐ王になる男にそんなことをさせられるか」

　軽口に紛れた王烈の声に、翠蘭はわずかな心痛を覚えた。

「悪いが下がってくれ、王烈」

「わかったよ。入り口に兵を立たせているから、何かあったら呼べ」

　王烈が姿を消したので、翠蘭はそっと息をついた。

「食事をしましょう」

奎真の言に、翠蘭は皮肉げに口許を歪めた。

「寝台から起きる元気があるなら、嫌みたらしく病人面するのはやめたらどうだ」

「せめてもう一日くらい寝ていないと、王烈が納得しないのです」

「だったら寝台で食べればいい」

「それは、あなたが厭《いと》うでしょう」

端的な返答に、翠蘭は動揺を覚えた。

「何だと？」

「熱を出してどんなに辛くても、あなたは起きて食事をなさった。苦しがればそれだけ女官たちを心配させるから、と。昔そうおっしゃったのを、覚えておりませんか」

「忘れた」

短く答えて流そうと思ったのに、醜く声が掠れた。

奎真がそんな些細《ささい》なことを覚えていたのだという事実が、翠蘭の心を揺らす。

一体、どちらが本当の奎真なのだろう。

優しくて翠蘭を慈しんでくれた、兄のような男と。

翠蘭を冷然と嬲り、父を処刑した非情な男と。

「相変わらず冷たい方だ。――さあ、食事をどうぞ」

尤も、奎真の心中では、翠蘭は変わることなく冷酷非情で高慢な人物のようだ。自分の性格を否定するつもりはないし、奎真がそう思うのも当然だった。

「いらぬ。そなたと和《なご》やかに食事などできるものか」

「なぜ？」

「次に会うときは、おまえの素首を斬り落とすと決めていたからだ。この体たらくでは、それも叶わぬ」

安堵を与えてくれた返礼に、呪詛《じゅそ》を放つ。

これが奎真の望みなのだろう？

こうして憎悪と憎悪をぶつけ合うことが。

「なるほど、そんな意志がおありでしたか」

「気づかぬとは、気楽なことだな」

「ええ、あなたがあまりにもか弱く美しいので、気づきませんでした」

こんなことで煽られては負けだとわかっているのだが、翠蘭は黙したまま眉を吊《つ》り上げた。

「口は達者ですが、そのくせ何一つできない。逃げ出すのかと思えば、おめおめと捕まってしまう。あなたの愚かさは飼い犬にも劣《おと》る」

「………」

怒りに腸《はらわた》が煮えくり返りそうだった。

「食事をなさい」

冷然と告げ、奎真はよそった粥の椀を床に置いた。

「どういうつもりだ」

「そこでどうぞ」

奎真は翠蘭の肩を摑み、強引に床に跪かせる。

「ならば、この手を解け」

後ろ手に縛られていては食事もままならない。怒りを堪えつつの要求に、奎真は冷ややかに応じた。

「手を使う必要などありますか？　犬にも劣るあなたを犬並みに扱って差し上げているのですから、寧ろ感謝してほしいものですね」

「……おまえは本当に下品な男だな」

「そのとおりです」

奎真は微かに笑む。

「私は下劣で低俗な男です。それくらい、百も承知のはずだ」

開き直られて、蔑みより悲しみが募る理由が、翠蘭にはわからなかった。

奎真が無事だったことに心が緩む己の感情さえも、理解しかねるというのに。

「――私は……知らなかった」

髪を摑んで仰向《あおむ》かされた翠蘭は、ぽつりと呟いた。

「私の知っているおまえは……」

優しく愛しい相手だった。そばにいられることが嬉しくて、幸せでたまらなかった。

だが、すべては過去だ。

傍らに立った奎真は、目線で床の上の椀を示す。

「私に復讐したいとおっしゃるなら、体力をつけるためにも食事をなさい」

「断る」

「民が苦労して作り上げた作物です。それを無にするおつもりですか」

民という言葉に、翠蘭はむっとする。

「矜持のために餓死するとおっしゃる前に、あなたの日々の暮らしが何の上に成り立つのかを考えればいい。一度《ひとたび》飢饉となれば、何も手に入れられぬ者のほうが多いのですよ」

憎らしい男だった。

なおも動かない翠蘭に諦めたのか。

「――仕方ない人だ」

小さく呟いた奎真は器を手に取り、粥に味をつけるための餡《あん》を指で掬《すく》った。

「どうぞ」

顔を背けたところで、髪を摑まれて指で唇をなぞられると、躰が震えて動けなくなった。

男の指が触れた唇の隙間から、とろりと塩辛い雫が入り込む。

もう一度唇を辿られ、自然と口が開く。奎真は焦ることも急ぐこともなく、歯列《しれつ》を割って悠然と翠蘭の口腔に指を潜《もぐ》り込ませた。

「ん……」

上顎《じょうがく》の裏を軽く擦《こす》られて、翠蘭は鼻にかかった声を漏らしてしまう。男の指が舌に触れたときは餡は既になくなっており、物足りなさに胃の奥が疼く。

奎真が指を引き抜くと、翠蘭の唾液が一条の糸を引いて離れていく。奎真はそれを鼻で笑い、また餡を指で掬った。

口腔のやわらかな粘膜をじっくりといたぶる指の意地悪な動きはもどかしく、翠蘭は身悶《みもだ》えた。

奎真の指にしっかりと舌を這わせ、舐り、塩気を少しでも味わおうとする己の浅ましさを恥じても、本能を止める術がない。

同時に性感を激しく煽られ、己の浅ましさに惨めさが押し寄せる。

ひとしきり翠蘭の味覚を弄んでから、奎真は口を開いた。

「さあ、翠蘭様。食事をなさい」

「…………」

「私に復讐したいのでしょう？　今のままでは、剣も握れますまい」

食事させるための大義名分を示す奎真の余裕が憎

く、翠蘭は屈辱に唇を噛んだ。

激しい憎悪を抱きながらも、奎真は自分の命を奪おうとはしない。斯様な惨めな状態で生かしておくことが、死より辛い辱めになると知っているのだ。

尤も、彼が己を生き存《なが》えさせるならば、それはそれで僥倖《ぎょうこう》だった。

死んでは復讐が果たせぬからだ。

「――あなたほど誇り高い者に、飢餓で言うことを聞かせようとしても無駄なようだ」

嘯いた奎真は翠蘭の前に跪き、首の付け根から腰までの線をねっとりと掌でなぞった。

「ここを虐められないと、あなたは素直になれぬのでしたね」

衣服の上から窄みをさすられ、そこが疼く。

「怪我をして皆を心配させるくせに、欲望だけは旺《おう》盛《せい》というわけか。つくづく浅ましい男だな！」

「浅ましさなら、お互い大差ありますまい」

耳打ちした奎真は翠蘭を床に組み敷き、片膝を立てて沓で軽く性器を押さえた。

「……っ」

「口の中を弄られたくらいで、これですか」

答えることすら、能《あた》わない。自分が兆しているとは、最早明白だった。

「武将とは名ばかりの淫乱《いんらん》ですね。よくここまで、男を知らずにこられたものだ。あなたのお目付役は、つくづく有能だったと見える」

腹心の阿南《あなん》を思い出すと、翠蘭の心は揺れた。いつも、阿南は自分を守ってくれていたのだろうか。

なのに、奎真の爪先の動きは追憶すら許さない。

「あっ……」

堪えきれずに先走りが溢れ、軽く刺激をされるだけで湿った水音がするのを知覚できた。

「ほかの男のことなど、考えるのはやめなさい」

思い出させたのはどちらだと、毒づく余裕もない。息が上がり、思考がばらばらになる。

足で弄ばれる恥辱から力が抜けきった翠蘭に、奎真は酷薄な口ぶりで追い打ちをかけた。

「どうなさいましたか、翠蘭様」

「黙れ……」

奎真に下穿《したば》きを脱がされ、彼によって散らされた蕾に触れられる。

「また閉じてしまいましたね。ここを拡げるところから始めるのは、骨が折れそうだ」

「この……！」

「あなたはここで私を楽しませるくらいしか、芸がないのですよ。おわかりでしょうが」

奎真の声は苛《いら》ぎそうになるほど冷たく、同時に何よりも甘い劣情を孕んでいる気がした。

湿り気を帯びた性器を握られると、思考が蕩けていきそうだ。奎真は先走りの雫を全体にまぶすように性器を扱《しご》きながら、きつく閉じた秘所に指を滑り込ませた。

「あぅ……んっ……」

奎真の指が、入ってくる。自分の中に。

「そう締めつけては、美味しいものを召し上がれませんよ」

「いや……っ…、もう……嫌だ……」

挿入されれば、今以上に乱れてしまうかもしれない。躰の中に、翠蘭自身にもどうにもできぬ、恐ろしいものが眠っているのだ。あれを何度も揺り起こされれば、いつか自分は壊れてしまう。

「…よせ……嫌だ……」

喘ぐように途切れる声を聞きながら、男は半ば強引に指を押し込み、翠蘭の窄まりを解していく。

どんなに拒んでも、この行為に慣れていく躰が厭わしい。

——なのに。

「気持ちいいでしょう？」

先ほどの言葉どおりにじっくりと時間をかけて孔《あな》を拡げられ、翠蘭の目には涙が滲む。

「どこが……」

「いいとおっしゃいなさい。そうすれば、もっとよくなりますよ」

この行為によって生じる感覚が快感だと、認めろということなのか。だが、それは翠蘭にとって恥辱でしかなかった。

「……快楽など……」

「いらない、と？　そんなに腰を振って、どの口でおっしゃるんです？　先ほどから私の手に擦《こす》りつけて……ほら」

男が、翠蘭から溢れた先走りの雫を指で掬《すく》う。指を口許に突きつけられた翠蘭は顔を背けようとしたが、指は口腔に無遠慮に入り込んできた。

嫌な味がするはずなのに——翠蘭の舌と脳は、じいんと痺れた。

「雫も滲んでいるでしょう」

「う…っ……」

舌を弄られながら、幹全体を包まれたままもう一方の手を上下に動かされ、苦しさに目を閉じる。

「ちが…っ…」

気持ちよくなんて、なるはずがない。

悦楽など、一片たりとも欲してはいなかった。

「違いませんよ。聞こえるでしょう、あなたの肉体から生じる音が」

「……ん、うっ」

弱った躰に鞭打《むちう》つように、奎真は残虐だった。

「いいのでしょう、これが」

「よく…ない…」

「現実を受け容れたほうが、楽になれるものです」

違うと再度言いたいのに、言葉が出てこない。

「翠蘭様」

身を屈《かが》めた奎真によって、くちづけが額に落とされる。不意打ちに与えられた接吻は、思っていたよりもずっと優しい。

思い出の中で翠蘭に触れた、手のように。

——ああ……。

胸の奥で、何かが弾けた。

「奎真…っ……」

奎真が触れている。その掌で、翠蘭に。

それを意識した翠蘭の心中で、突如として悦喜《えっき》が広がっていく。

こうして与えられる辱めすらも、彼が生きているという事実に直結するのだ。

——嬉しい……。

後ろ手に縛られた両腕に体重がかかる痛みも、忘れてしまえた。

それほどまでに、喜びは大きかった。

「……奎真……奎真…っ……」

今ならば、彼の名前を自由に口にできる。

死んだのではないかと思うと、気が気ではなかった。奎真を失うことだけは、絶対に許せなくて。

漸くわかった。

先ほど奎真の無事をこの目で確かめたときに味わったのは、ただの安堵ではない。

途方もない歓喜の念だったのだ。

「ここも弄って差し上げましょう」

翠蘭の思いなど知らぬまま、奎真は翠蘭の片方の乳首をきつく摘み、捻《ねじ》り出そうとする。指と指に挟まれ、捏《こ》ねられるように弄られると、絶え間無く指を蠢かされる蕾への刺激と相まって、下腹がじくじくとはしたない熱を帯びた。

「…い…や……」

頭が真っ白になり、下腹が灼けるようだ。

「強情ですね。こんなに真っ赤に熟れさせて、嫌と言われても説得力がありませんよ」

「は……離せ…っ…」

唇が震え、まともに言葉を紡ぐことも難しかった。

「いいえ。あなたを快楽の深淵に突き落とし、二度と私の許から逃れられぬようにしなくては」

「なぜ……」

「理由がいりますか？」

奎真は皮肉げに唇を歪める。

「私がこうもあなたを求めることに、どんな理由が」

「でも…っ……あ、あっ……」

浅いところを丹念に指で揉み込まれて、翠蘭の声が自分でもそうとわかるほどに潤んだ。

怖い。このままでは認めてしまいそうだ。

疼くように這い上がる、この感覚を。

「ほら、感じてきたでしょう。もっと濡れてきた」

「…ん、っ……はっ……あぁ……」

明らかに艶が混じった喘ぎを、止めることができない。己の肉体なのに、制御が利かない。

「気持ちいいですか？」

「……く……ん、んっ」

首を振ると溢れた唾液が顎を濡らし、気持ち悪かった。なのに、口を閉じていられないのだ。

「答えられないくらい感じているとは、つくづくあなたは淫乱ですね」

言い返してやりたくとも、性感ばかりが膨れ上がって舌が震え、言葉にならない。達していない躰は中途半端な熱を帯びて燻り、ひどく惨めだった。

「随分物欲しげですが、挿れて差し上げるのは食事をなさって、体力をつけてからです」

何もかも快楽にすり替えてしまえれば、どれほど楽なことか。

翠蘭の肩を摑んで無理やり起きさせた奎真は、すっかり湯気の消えた椀を示した。

「達きたいでしょう、翠蘭様」

涙の滲んだ瞳で奎真を睨み、翠蘭は身を屈めた。

快楽のために膝を折るのではない。

奎真を屠《ほふ》るその日まで生き存えることができるよう……そのために、膝を折るのだ。

「いい子ですね」

粥に舌を伸ばした翠蘭の髪を、傍らに膝を突いた奎真が穏やかな仕種で梳く。

あまりにも優しい行為に驚いた翠蘭は振り返りそうになったが、そうすれば奎真は自分に触れるのをやめるかもしれないと、衝動を堪えた。

物言わず、奎真に従順なこの髪くらいは愛でてもよいと、彼は思っているのかもしれない。彼は翠蘭の艶やかな髪を好きだと言っていたから。

奎真が生きて、自分に触れている。自分の名を呼ぶ。それが、かけがえのないことのように思えてならなかった。

八

「——翠蘭《すいらん》様……」

眠りに落ちた翠蘭の髪に触れ、奎真《けいしん》は彼の名を呟く。久しぶりの食事に満たされたのか、牀榻《しょうとう》に横たわらせた途端に、翠蘭は事切れたように寝入ってしまった。

深い眠りに落ちる彼の腕の拘束を解いても、一度たりとも目を覚まさなかった。

こんなにも無防備に眠るくせに、かつての翠蘭はここにはいない。氷の如き性情の持ち主と謳《うた》われるとおりに、彼の心は凍てつき、奎真にも容赦ない苛《か》烈《れつ》な憎悪を向けてくる。

無論、こんな関係に持ち込んだ以上は、憎悪以外のものが返ってくるとは思わない。

これは奎真自身が選んだ道なのだ。

「…………」

己が過ちを犯しているのは、重々承知だった。

あのとき、翠蘭が逃げてくれたほうが、よかったのかもしれない。無骨に見えて、他人の感情の機微に聡《さと》い王烈《おうれつ》は、桃《とう》華郷《かきょう》に売るなどと言いつつも、いつしか翠蘭を手放せなくなっている奎真の真意を見抜いているはずだ。王烈は翠蘭に利用価値があるから月宮に留めているだけで、そうでなくなれば奎真と対立してでも、翠蘭を殺《あや》めるだろう。

翠蘭が変わってしまったことを知りながら、それでも手放せない。寧ろ、憎しみをぶつけ、あるいはぶつけられるごとに執着は増す。

奎真は翠蘭の美貌を見下ろし、昏く夢想する。

美しい翠蘭の首をこの手で刎ねれば、もう己の心は惑うことはないはずだ。

それとも今、この場で殺《あや》めてしまうか？

……無理な相談だった。

王を倒すべく立ち上がったのは、民の苦境を救うため、養父の復讐のため、——だが、本当にそれだけなのか。

　己の心中に、自身にもわからぬ感情が睡《ねむ》っている気がするのだ。それは、一体何なのだろうか。

　自分は醜悪だ。

　聖人君子のように振る舞いながら、その実、常に翠蘭の一挙一動に掻き乱されている。この心は落ち着くところを知らず、憎悪と相反する不可解な感情に引き裂かれそうになるばかりだ。

　憎悪を消すことができぬ以上は、心ごと捨て去ってしまえたらどれほど楽だろう。

　憎しみだけでかたちづくられる関係ほど、重苦しいものはなかった。

　自らの心の仄暗《ほのぐら》い深淵《しんえん》を覗き込みそうになり、奎真は思索を中断する。

「翠蘭様」

　呟いた奎真は、翠蘭の瞼に唇を押し当てる。

　できることなら、二度と目を覚まさないでほしい。

　その目で見つめられるたびに、己の心には嵐が起きる。風が吹き荒れ、掻き乱され、平静ではいられなくなり、翠蘭を傷つけてしまうのだ。


「ん……」

　寝返りを打った翠蘭は、唐突に現実に引き戻された。牀榻は広々とし、月宮《げっきゅう》において自分が使っていたものと質が違う。

　――ここは。

　腕がいつのまにか自由になっている。

　鳥の囀りがすぐそばで聞こえて目を向けると、露台に立った奎真の姿が視界に飛び込んできた。地味だが質のよい衫に身を包んだ奎真は、かつてのように手を差し伸べて鳥たちを呼び寄せている。

　翠蘭は動物たちに軽んじられており、小鳥でさえも言うことを聞かない。唯一懐いてくれたのは、愛馬の白蓮《びゃくれん》だけだ。

　だが、奎真は違う。鳥獣《ちょうじゅう》さえも容易く従えるこの男は、白虎の守護する磬《けい》の国王に相応しい。翠蘭とは器が違うのだと、暗に示された気がした。

「いい子だ」

と、手摺に一際大きな鷹《たか》が悠然と止まる。

羽ばたきがこちらに聞こえそうなほど立派な鷹に怯え、小鳥がうるさく騒ぎだした。

「しいっ。おまえたちがあまり騒ぐと、翠蘭様を起こしてしまう」

やわらかく慈しむような声音で奎真が「翠蘭様」と言ったのがわかり、翠蘭はどきりとした。

「あの方は、寝ているときだけは可愛いのだからな。もう少し寝かせて差し上げないと」

どこかおかしげに告げる奎真の穏やかな声が、翠蘭の鼓膜を擽った。

普段、翠蘭に聞かせるのとも、王烈に聞かせるのとも違う……あたたかく優しい声。

奎真は動物が相手だと、こんなふうに温厚な面を見せるのか。

「さあ、おまえたちもそろそろ行くがいい。翠蘭様を起こさぬうちに」

「…………」

これ以上寝たふりをするのも苦しいと、あえて翠蘭はもう一度寝返りを打つ。その気配に気づいたのか、彼の足音が近づいてきた。

「——今、お目覚めですか」

硬く強張った声だった。

全裸に近い翠蘭が不機嫌に「ああ」と答えたのを聞き、奎真はどこか安心したように緊張を解く。

奎真は翠蘭の肩に上衣を着せかけ、女官を呼ぶ。彼が朝餉《あさげ》の準備を申しつけているあいだに着替えようとしたが、躰が動かなかった。

「すぐに粥を持ってくるそうです」

「粥などいらぬ。これ以上、そなたの下劣な遊びにつき合うのは御免だ」

「強情ですね」

やってきた年若い女官が「粥をお持ちしました」と緊張しきった面持ちで告げる。見たことのない少女だが、新入りなのだろうか。

「こちらへ」

奎真の声に、彼女はしずしずと盆を捧げ持って室内を進む。

覚束《おぼつか》ない様子を案じて目が離せずにいると、不意に彼女の足取りが乱れた。

「きゃっ！」

女官の悲鳴とともに、小鍋が宙を舞う。

咄嗟に身動き一つできぬ翠蘭とは対照的に、奎真は機敏に動いた。

「ッ」

「奎真！」

奎真が衫の長い袖で庇ってくれたので、翠蘭は飛び散った熱い粥を殆ど浴びずに済んだ。

すぐさま振り返った奎真は、「大丈夫ですか、翠蘭様」と問う。

汁が肩や顔にわずかに降りかかったが、大したことはなかった。寧ろ、奎真の勢いに驚き、心臓が激しく脈打つ。

「私は平気だ」

「本当に、何もないのですか」

「ああ」

それでも奎真は信用せず、翠蘭の膚を丹念に検分する。思いがけぬことに、翠蘭はなすがままだった。

「……何ともないようですね」

安堵したように彼が呟くと同時に、呆然としていた女官がはっと我に返った。

「申し訳ございません、奎真様！」

彼女は震えながら、奎真の衣に取り縋る。

「何事もなかったのですから、構いません。確か、春妹《しゅんまい》という名でしたね」

奎真の言葉は丁重なものだった。

「私がここにいるせいで手が足りず、急遽《きゅうきょ》雇われたと聞いています。それでは不慣れなのも仕方ない」

春妹に思いの外穏やかな声をかける奎真に、翠蘭の心は千々に乱れた。

どうして己の心を乱すことがある？

奎真が翠蘭以外の者に対しては、慈悲深く振る舞うからか。

「顔色がお悪いですよ、翠蘭様」

何気なく自分に触れようとする奎真の手を振り払

い、翠蘭は顔を背けた。

「私に触るな」

「翠蘭様？」

どんな顔をして奎真に対峙すればいいのか、わからない。

唾棄《だき》すべきは、己の惰弱さだ。

一体、どうしたというのだろう。

自分はこの期に及んでもなお、求めているのだ。奎真から向けられる優しさを。彼から丁重に扱われる資格など、翠蘭には欠片もないくせに。

叶わぬ夢を見るとは、何とも未練がましく浅ましいものだ。

けれども、たとえば彼がこの髪に触れれば、肩に触れれば、白状してしまうに違いない。

この願いを知ったところで、奎真が叶えてくれるわけがないというのに。

「情の強《こわ》いことだ」

低く落とされた声音が胸を揺さぶる。

自分を見つめる奎真の瞳に浮かぶ感情が何か読み取ろうと目を凝らしても、翠蘭にはわからない。

奎真自身も戸惑ったような曖昧な表情を見せていることが、翠蘭をよけいに迷わせた。

――奎真。奎真……奎真。

離ればなれになったあのときから、狂おしいほどに、翠蘭は日々彼を求めていた。その狂気の余韻《よいん》ゆえに、翠蘭は誤った道を選んだのかもしれない。

しかし、今は沈黙するほかなかった。

唇を開けば、何かが零れてしまうから。

思うままに奎真の名を呼べるのは、嬲るように抱かれているときだけなのだ。

どうして、こんなことになってしまったのか。

ただ、望みは一つしかなかったはずなのに！

「申し上げます、奎真様」

不可解な緊張が緩み、翠蘭が息をついた刹那。

簾の向こうから衛兵の声が響き、奎真がそちらに振り返る気配がした。

「――どうした」

「食事がお済みになりましたら、来発《らいはつ》の処分を決めてほしいと、王烈様からの言づてにございます」

「わかった」

奎真が立ち上がったため、翠蘭は「待て！」と鋭い声を上げた。

「来発を処刑する気か」

答えはなかった。

「あの男を殺すのはよせ」

「なぜですか？」

一切の表情を消し去り、奎真は問いかける。

殺してほしくないという曖昧な幼い感情論は、口にできなかった。

いつも、勇気がなかった。父が周囲の人間の首を刎ねるのを止めることさえできずに、傍観するしかなかった。けれども、もうこんなことは嫌だ。

屍《しかばね》の上に築かれた国の土台がどれほど弱いものか、翠蘭は身をもって学んだからだ。

沈黙する翠蘭を見下ろし、奎真は口を開く。

「――ならば、来発は無罪とし、あなたに彼の代わりをしていただきましょう」

代わりに翠蘭を処刑するというのか。

「……構わない」

それでは父への復讐も叶わぬが、死した相手に囚われるより、生きた人間の命を救うほうが先決だ。

「壮達《そうたつ》王の施政を、すべて記録すること。それが来発の務めでした。あの男は壮達王の腹心にして希代《きたい》の知恵者、知らぬことはないと謳われたほどです」

意外な提案に、翠蘭は返す言葉を失う。

「お嫌ですか、翠蘭様」

ここで嫌だと言えば、来発を処刑されるかもしれない。それに、次に逃げる時機を見計らうためにも、暫くは奎真の許に留まるほかなかった。

「公平な記録が許されるなら」

翠蘭が声を振り絞るように告げると、彼は「いいでしょう」と頷いた。

九

「相変わらず甘っちょろい男だな、おまえは！」

王烈《おうれつ》の言葉に、粽《ちまき》をくるんだ葉を剥いていた奎真《けいしん》は片眉を上げた。執務室で仕事の合間に食事をしようとしたところ、居合わせた王烈に「辛気《しんき》くさい」と無理やり四阿《あずまや》に連れてこられたのだ。

早春の風はまだ冷たく、手入れもままならない庭木と相まって、王宮全体が荒涼とした印象がある。

懐かしい場所だった。この王宮のそこかしこに、翠蘭《すいらん》との思い出がありすぎる。

「何が」

「あいつ……翠蘭を、月宮《げっきゅう》に閉じ込めておくつもりじゃなかったのか」

王烈の言は、奎真が翠蘭に王宮内にある書庫への自由な出入りを許したことへの不満を示していた。


「前の王の治世を記録するためには、様々な資料が必要となる。翠蘭様が月宮に閉じ籠っていては、新しい資料が必要となるたびに女官を書庫にやらねばなるまい」

「そこが甘いのだ」

粽で火傷《やけど》をしたのか、王烈は「あち」と呟いた。

「甘い甘いと聞き飽きたぞ、それは。もっとほかの表現方法はないのか」

「生憎、俺には文才というやつがからきしなくてな。それにおまえが甘いのは本当だ」

王烈が奎真のやり口に苛立っていることは、何となくわかっていた。

「翠蘭様は、与えられた仕事をきちんとこなしておられる」

「そうやって生かす理由を与えるつもりか」

王烈の言葉は鋭く、時として、奎真の心を深く抉《えぐ》る。つくづくこの男には敵わなかった。

「壮達《そうたつ》を処刑すれば、次は翠蘭の番だ。何の役目もない者を生かしておく理由など、ないからな」

「ご忠告は嬉しいが、おまえの仕事は王宮警護の任だ。翠蘭様の処遇の是非を問うことではあるまい」

軽口に紛れて本心を伝えると、彼はふうっとこれ見よがしにため息をついた。

「俺はおまえの親友のつもりだが、おまえの考えていることだけはつくづくわからぬ」

「他人が考えていることが具《つぶさ》にわかる人間など、そうそうにいまい」

雑《ま》ぜ返すと、彼は鋭い目で奎真を見据えた。

現に奎真にも、翠蘭の気持ちを欠片たりとも理解できない。わかったのは、幼い日々くらいのものだ。

「そうやって言葉遊びで終わらせようとするのは、逃げてるだけだぜ、奎真」

「忠告か？」

茶を一息に呷ってから、王烈は口を開く。

「まあな。俺らに翠蘭のことをとやかく言われたくなかったら、そろそろ白虎の試練を受けろよ。都の外れにあるあの崖《がけ》に行くだけでいい」

「神意を問うには、相応の代価が必要だ」

「だから、翠蘭を崖から投げ込めばいい。生《い》け贄《にえ》にはぴったりだ」

屈託がないのか、それとも計算尽くなのか。

「翠蘭様は条件に適さない。おまえも来発《らいはつ》の話を聞いたはずだ」

「へえ？　どうだかねえ」

神獣が王を選ぶという仕組みは、極めて不条理だ。

表立って批判はできないが、奎真は天帝の作り出したこの枠組みをかねてから不思議に感じていた。

神獣は王を選ぶが、偽王が王位に就いても罰することはなく、その国を見放すだけだ。

そもそも、どうして陽都《ようと》には神獣が加護する国としない国とがあるのか。そんな不公平を黙認しているとは、天帝は本当に己が創造せし人というものを愛しておられるのだろうか。

「どっちにしても、翠蘭は生かしておけない」

無論、白虎への供物《くもつ》にせずとも、将来の禍根《かこん》となり得る翠蘭は殺してしまうべきだとわかっている。だが、叛乱分子やその萌芽《ほうが》を闇雲に摘《つ》み取るだけでは、壮達と同じになってしまう。

壮達と違うやり方で国を統治することは困難であるものの、この苦境を乗り越えなくては、磬《けい》はよりよい国にはならない。

「先に戻るぞ」

「ああ、ここは俺が片づけておくよ」

「頼む」

寝転がった王烈を残し、奎真は政務のために宮殿へ向かう。その途中で木立の狭間から人の話し声が聞こえ、思わず足を止めた。

翠蘭の声がしたからだ。

「こちらか？」

「そこ……もうちょっと右……そう、取れたわ！」

風に飛ばされた薄衣が枝に引っかかったようだ。

翠蘭に肩車されているのは、年端《としは》もいかぬ小柄な少女だった。彼女は稚《おさな》いながらも優れた簫《しょう》の奏者で、磬の国民を慰めるために、わざわざ楽王《がくおう》が遣わしてくれた。

翠蘭が簡素な衫を身につけているのは、職務で彼が王城の書庫に出入りするにあたって、あまりに華美だと反感を買うという配慮からだった。翠蘭の麗容は服が粗末だからといって、曇るわけではない。寧ろ、奎真の心を狂おしく掻き乱す。

「よかった！　ありがとう」

「どういたしまして」

少女を地面に下ろした翠蘭は、彼女の髪に引っかかった小枝を取ってやった。

「あ、見て！　綺麗な鳥」

眩しげに目を細めた翠蘭は近くの枝に止まる小鳥に手を伸ばしたが、鳥は鋭く一声啼《な》き、飛び去ってしまう。翠蘭は苦い顔つきで自分の手をまじまじと見つめ、息を吐き出した。

「逃げちゃったわ」

「すまない。私は鳥に嫌われているから……」

いつになく率直に謝る翠蘭が、どこか可愛い。

「本当？　磬の城の庭園には素敵な鳥がたくさんいるって聞いたのに、その声も聞けないの？」

「ああ。一人鳥寄せが上手い男がいるのだが……私のためには呼んでくれぬだろうからな」

　自分のことだと直感すると、奎真はますますその場を立ち去り難くなった。

「でも、かつてはとても美しい鳥を、私のために招いてくれた。優しい男だ」

　優しい——そうだろうか？

　再会してこの方、自分が翠蘭に優しくしたことなど、これまでに一度だってあっただろうか。

「鳥は籠《かご》の中に入れず、自由なのが一番美しい。それはきっと、あの鳥寄せを見なければわからなかったろう。だが……もう二度と見ることはない……」

　少女は愛らしく首を傾げ、翠蘭を見つめる。

「もう頼めないの？　喧嘩《けんか》をしたの？」

「……そんなところだ」

「それなら、」

　彼女の唇が動いた刹那、遠くから人の呼び声が響いて会話の続きは奎真の耳に届かなかった。ただ、翠蘭が困惑したように問い返したのに、少女が首を振るのが見えた。

「麗華《れいか》様！　麗華様、いずこにおわしますか」

「いけない！」

　彼女は一旦《いったん》口に手を当て、弾かれたように走り去る。その後ろ姿を懐かしそうなまなざしで見送り、翠蘭は視線を落とした。

　今の翠蘭は、月宮という籠に閉じ込められた鳥だ。

　試みに翠蘭が鳥に向かって手を伸ばすと、小鳥たちは一斉に空に向けて羽ばたいてしまう。腕を伸ばしたせいで膨らんだ袖が風にはためき、妙に所在なげに見えた。

「……そなたたちも……逃げるのだな……」

　腕を戻しながら、翠蘭が深々とため息をつく気配がする。

　黒髪が風に乱れるに任せながら、翠蘭は寂寥《せきりょう》を滲ませた瞳で空を見つめている。

　奎真には決して見せることのない弱さが垣間《かいま》見え、心がぐらりと揺らいだ。

　抱き締めてやりたかった。できることなら。

　しかし、そうすることはできない。

このままでは見つかってしまうと、奎真は足音を忍ばせてその場を立ち去る。

誇り高く美しい貴人は己に膝を折ろうとせず、そのことに奎真は苛立ちと憎悪を更に募らせたが、こんなところを目にすると自分の心もまた乱される。

強く冷たく、厳しく苛烈な磐の王子。

だが、それが翠蘭のすべてではないのかもしれない。翠蘭の中にはまだ、奎真の知らぬ部分が残されているのではないか。そうでなくては、かつての彼とのあまりの違いに納得がいかなかった。

悪足掻きだ、と奎真は自嘲する。

まだ自分は、未練がましく探しているのだ。

翠蘭の中に、幼い頃の片鱗《へんりん》がないかと。

そんなことをしても、何にもならない。

自分が王を殺し、翠蘭を辱め、この国を変えようとしている事実は消せないというのに。

うららかな午後の陽射しはあたたかく、春風が眠気を運んでくる。

「…………」

翠蘭の薄い唇からため息が漏れ、筆がぴたりと止まったのは、記録内容が白良林《はくりょうりん》の事件になったせいだった。

日中の作業のため、書庫に一番近い部屋を借りたのはいいが、資料を捲《めく》るだけで一向に進まない。

良林の件を私情を交えずに書けというのは、あまりにも残酷な要請だったが、奎真はそんなことに気づかないだろう。

不意に何ものかの影によって陽射しが遮られたことに気づき、翠蘭は弾かれたように顔を上げる。

露台で人影が蠢いている。

賊《ぞく》かもしれない。武器などあるわけもないが、翠蘭は身構えた。

「すまぬ、邪魔をする」

張りのある声には聞き覚えがあり、翠蘭が眉を顰めたそのとき、奎真が露台から部屋に入り込んだ。

「奎真……」

「翠蘭様！」

よもや翠蘭がこんなところで仕事をしているとは、思わなかったのだろう。

露台の手摺を乗り越えてきた奎真の髪にも肩にも木の葉や小枝が引っかかっており、折角の男前が台無しだ。思わず笑いそうになった翠蘭は、すんでのところで踏み留まる。

視線を落とした翠蘭に対して奎真は一瞬気まずそうな顔になったが、あちらから「奎真！　どこだ！」という王烈の怒声《どせい》が響いたため、急いで室内に入り込んだ。

「……何のつもりだ」

「見てわかりませんか。追われているのです」

「どんな咎で？」

奎真は唇を閉ざし、答えようとしなかった。

「――答えたくないのならばいいが、職務から逃れるのは感心しない」

「誰にだってやりたくないことはある」

「かもしれぬ」

今の心境では一概に奎真を責めることもできず、珍しく素直に翠蘭が認めたので、奎真は怪訝そうな顔になってこちらを見やった。

「あなたはどうして、こんなところに」

「ここは書庫から一番近い」

「仕事は捗《はかど》っていますか」

「資料があまり残っておらぬ。父上は――独裁に等しい政をなさる方だったからな……」

記録をする者も、さぞや冷や冷やしながら任務を行い、選んで記述したことだろう。

「そうですか」

押し黙った奎真の指がいきなり翠蘭の顎に触れたため、驚きに筆を取り落としてしまう。

筆が石の床を転がって不揃《ふぞろ》いな墨痕《ぼっこん》を描いたが、奎真は意に介さなかった。

「少し、痩《や》せましたね。根を詰めすぎなのではありませんか」

「慣れぬことなのだから、仕方がない。そなたから見れば遊びのようなものだろうが……」

「君主の評価を定めるのは、我々ではなく、後代の人間の仕事です。公平にものごとを判断するためにも、記録は必要となる。あなたに託した仕事は、軽んじられるようなものではない。寧ろ、国の礎《いしずえ》を造るためには大切なものです」

力説する奎真に驚き、翠蘭は目を瞠った。

「どうしたのだ、いきなり」

「……いえ。何でもありません」

再び奎真は視線を落としたが、その感情の変化は翠蘭には理解できぬものだった。

いつしかあたりはすっかり静かになっており、奎真はそれに気づいたようだ。

「王烈をやり過ごしたようですね。……では」

「どこへ行く?」

「書庫で時間を潰《つぶ》そうと思います。居眠りくらいはできるでしょう」

書庫に椅子はない。ここならば空いている榻《ながいす》を使えると言うこともできたが、言葉が出てこない。

俄に無言になった翠蘭を見下ろし、奎真が頬にもう一度触れる。

仰向かされた翠蘭が不審に思って彼の目を見つめ返すと、視線が絡み合う。

解《ほど》けない。

自分の深淵まで覗き込もうとするような、鋭くも熱いまなざしだった。

無言のまま奎真は顔を近づけてくる。そして、唇が触れ合うより先に、我に返ったようにふいと顔を逸らした。

「……申し訳ありません」

ばつが悪そうな表情になった奎真は、翠蘭から身を離した。

「謝ることではないだろう。そなたは私の躰を好きに扱うくせに。無理に優しくせずともよい」

欲しいのは奎真の温情だろうか。

そんなものを求める自分はあまりに惨めで、翠蘭はわざと心にもない言葉を発した。それを聞いた奎真は眉を顰め、打って変わって凍てついた目で翠蘭を睥睨する。

「——好きに扱ってほしいのですか」

「それがそなたの本意なのだろう」

「そう……ですね」

奎真は翠蘭の腕を摑み、躰を反転させて机に背中を押しつける。

「ッ」

「ならば弄んで差し上げましょう、翠蘭様」

こんなことは、今までに何度もあったはずだ。どうということもないと、翠蘭は己に言い聞かせる。

「代わりに一日だけの自由を差し上げますよ。私にその躰を差し出すと言うのなら」

答えることも能《あた》わぬまま、翠蘭は奎真の相手を振り仰いだ。

ごく間近で険しい彼の顔貌《がんぼう》を見ることになり、翠蘭の心臓は激しく震えた。

男らしく整った顔。微かに金色がかった瞳。

奎真は望みを叶え、復讐を果たそうとしているはずだ。

なのに、奎真の瞳にあるのは、喩えようもない孤独だった。

王になることは、孤独と隣り合わせなのだ。

父もまた、独りだったではないか。

それがわかってしまったのは、翠蘭もまた、独りであるからにほかならない。

「そなたは……」

不憫《ふびん》な男だと、唐突に思った。

翠蘭は右手を伸ばして、頰に触れた奎真の手にそっと自分のそれを重ねる。

この男は、憎しみでしか翠蘭との関係を作れない。

奎真の心の大半を占めるのは、憎悪だった。

今のままでは奎真は、一歩も先に進めないはずだ。

現に今も奎真の顔は厳《いかめ》しく、優しさも穏やかさも欠片もない。尖った心は自他をも傷つけ、他者を近づけないものだ。

たとえどれほど和やかな時間が訪れたとしても、それはすぐに消え失せてしまう。

それもこれも、翠蘭のせいなのだ。

何よりも、それが……悲しかった。

今、翠蘭の胸が張り裂けそうに痛む原因は、憎悪でも憤怒でもなく、一途《いちず》な悲哀だった。

強い憎しみを持ち続けることは、ひどく辛い。魂が穢れると王烈が言った意味が、翠蘭にも漸くわかりかけていた。

『それなら、謝ればいいのに』

先日庭で出会った少女は、不思議そうに首を傾げて言った。

『ずっと喧嘩したままって苦しいでしょう？　どうして平気でいられるの？』

今更謝ったところで、彼の怒りが深まるだけで、憎しみが消えるわけがないはずだ。ならば、どうすれば、奎真にこんな顔をさせずに済むのだろう。

この世から、翠蘭が消えてなくなればいいのか。

今の奎真には、翠蘭を処刑できないはずだ。政敵を次々処刑すれば前王と同じことになると、奎真は己を律しているからだ。

「――それでいい」

「え？」

「そなたの提案どおり、自由をくれぬか。一日でよい」

「――かしこまりました」

刹那、奎真の瞳が昏く澱んだ気がした。

本当は、欲しているのはそんなものではない。

だが、ほんの一瞬でも翠蘭が視界から消えれば、奎真の心は安らぐのかもしれなかった。

「……酷いものだ」

翠蘭を乗せた質素な輿《こし》は、磬都《けいと》でも下町のあたりにさしかかった。外の光景を眺めていた翠蘭は、浮かない表情で街を眺めた。いくら簡素でも、貴人が使う輿で出かけるのは不用心だと思ったが、衛兵がいれば問題はないようだ。

都だというのに街全体に活気がなく、空気まで澱んでいる。特にこのあたりはかねてより治安が悪く、滅多なことでは人は近寄らぬ。翠蘭自身も足を踏み入れたことのない地域だった。

奎真に肉体を差し出した代価は、約束どおりに一日の自由となった。そこで、翠蘭は処刑された父の墓を訪れたいと申し出た。

「お言葉ですが、これでも随分よくなりました」

翠蘭の護衛の一人である騎馬の青年武官は、奎真が選んだだけあり、身のこなしに隙がない。

「何？」

いずこからか鎚《つち》を振るう音が響き、青年の言葉は上手く聞き取れなかった。

「このあたりは、ほんの数か月前まで、我々王兵でさえも入ることを躊躇われる危険な土地でした。喧嘩は日常茶飯事、昼間だというのに酒を飲んで寝ているもの、女子供を襲う者……厄介者の吹き溜まりだったんです」

「今は、そんな連中はどこにもいないようだが」

翠蘭が不思議そうに呟くと、彼は「ええ！」とやけに溌剌《はつらつ》とした声で答えた。

「それを変えられたのは奎真様です」

「自ら退治に乗り出したのか」

「いいえ。彼らに仕事を与えたんです」

奎真に心酔しきっているらしく、青年は誇らしげに説明をする。

「まずは公費で土地や住宅を買い上げ、家や道を直す仕事をさせました。同時に彼らに安く家を貸し、生活を安定させたんです。住むところと食べ物が真っ当になれば、多くの人間はやる気が出ると、奎真様はおっしゃいました」

輿はしずしずと進み、漸く人気《ひとけ》の多い一角に出た。人々は真剣にあるいは楽しげに工事に従事し、汗水を流している。

「彼らは自分たちの街を、自分たちの手でよくしようとしている。その政策を決められたのは奎真様です。ほかの者は無気力な連中を罰しようとしたのに、奎真様は民を信じておられる」

「…………」

返す言葉を、思いつかなかった。

「奎真様こそ、この国の王に相応しいお方です」

同意することはできかねて翠蘭は曖昧に頷くに留

めたが、額に汗して働く人々は、確かに生き生きして眩しいほどだ。

「危ねえぞ！　そっち、無理するな」

「おう！」

朗《ほが》らかな様子から、街を己の手で変えようという民の熱気に触れた気がした。

こんなふうに磬《けい》の民が一丸となって国を立て直そうとする光景を、自分は見たことがあっただろうか。

亡父は叛乱を恐れたがゆえに、民を取り締まるために『目』『耳』という警邏《けいら》に街々を常に見回らせ、なおかつ密偵を放った。言論を封じられた人々は一様に口を閉ざし、暗い顔をしていた。

「こちらです」

壮達を形式的に梟首《きょうしゅ》した後、奎真は郭《かく》の外に簡単な墓を造らせて埋葬したのだという。

生前、父は立派な陵墓《りょうぼ》を造営することを望んだが、当然ながらそれは果たされなかった。

野原は荒涼とし、人気がない。頭布を深く被って顔を隠した翠蘭は、輿から降りた。

墓碑の代わりに粗末な木札が一本立てられ、風雨に滲んでいたが、墨で父の名が書かれている。

人は死ねばこんな板一枚で表されるのか。

かつて、磬の民の大半は遊牧生活を送っていた。従って獣に食い荒らされぬように遺体を火葬し、適当な場所に埋める風習を持っていた。先祖代々の墓などというものはもとよりないが、王の墓にしては淋しいものだ。

ふと人の気配に気づいた翠蘭は、衛兵たちに目配せをして木立の陰に隠れさせる。

墓荒らしかと思ったが、やってきたのは粗末な袍に身を包んだやせっぽちの少女だった。

彼女は頭布を被って木陰に佇《たたず》む翠蘭を認め、はっと足を止めた。

「——この墓に何用だ」

「わ、私は……ただ……」

墓荒らしではないようだが、壮達の墓を訪ねれば罰せられかねないと怯えているのだろう。

「咎めたりはせぬ。私にはその資格もないからな。

それに……奎真はそんなことで人を罰するような男ではない」

翠蘭は顔を隠したまま告げる。

彼女は震えながら「これを」と握り締めていた一輪の花を差し出した。

「墓参か？　そなた、何か王と関係があったのか」

「いいえ」

少女は大きく首を振る。

「では、なぜ」

「誰も来ないからです」

端的な返事に、胸を衝かれた気がした。

「それは……前の王の治世が酷いものだったからだろう……」

「ですが、死んでしまった人には、もう罪はありません」

凛とした声だった。

「間違ったやり方だったかもしれないけど、それでもこの国と民を守っておられたのは壮達様です。訪れる人もないのはお可哀想《かわいそう》です」


信じ難い発言に、頭布を押さえる指が震えた。

父が民を信じていなかったのは、政からも明白だ。

なのに、そんな父のことでさえも許し、礼を尽くし、素朴な感謝の念を捧げる者もいるのだ。

——これが、民というものなのか。

自分はこれまでに、民と真っ向から向き合ったことがあっただろうか。

翠蘭にとって民も国も抽象的なもので、一人一人に向き合う気持ちなど欠片もなかった。民など、駒のようなものとしか思っていなかった。

翠蘭は父の不興を買わぬように努めるばかりで、国の現状も知らず、民が叛乱を起こすほど追い詰められていたという事実にも気づけなかった。

己は武将として、一体何を守ろうとしていたのだろう。誰を守ろうとしていたのだろう。

それすら考えることなく、翠蘭は心を閉ざし、無為に生きてきたのだ。

そのことが無性に腹立たしく、そして恥ずかしくてならなかった。

花を手向けた少女に褒美をやりたいと思ったが、生憎、何も持ち合わせていない。虜囚の身では、彼女たちにしてやれることは何もなかった。

「若いのに感心な心がけだな」

去りゆく少女の背中を見送りながら、翠蘭は何気なく呟いた。

「お言葉ですが、そう若くはないと思いますよ。あなた様と同じような年頃かと」

「私と？」

「昔起きた飢饉ゆえ、若い時分に思い切り食べることができなかったのでしょう」

木立に消えていく華奢な背中を見ていると、ずきりと、心臓が疼くように痛んだ。

飢饉——か。

以前、己に蜜以外の食料を与えなかった奎真の仕打ちにより、翠蘭は飢餓の苦痛を知ることとなった。

だが、それは真の苦痛ではない。

あのときの翠蘭は自尊心を捨てれば腹を満たせたが、本当の飢餓では、誰に頼んだところで食料など手に入らない。ひたすらに飢えるほかない状況というのが、この世の中にはあるのだ。

幸い、ここ数年の天候は安定しているものの、磬は豊かではないし、いつ状況が覆るかはわからない。民を守り、富ませてこそ国は成り立つ。

武人として剣を振るうことも大切だが、今の磬は土台そのものが不安定だ。ならば、剣を握るよりも先にすることがあるはずだ。

「帰ろう」

青年に声をかけると、彼は弾かれたように顔を上げた。

「もうよろしいのですか？」

「ああ」

「本当に？」

重ねて問う口調に、彼が翠蘭の命運を想像しているのであろうと思い至った。翠蘭は、いつ死罪になるとも知れぬ身の上なのだ。

「気にせずともよい。私にはもう十分だ」

「…………」

「それに、することができた。あまり時間がない」

翠蘭は頭布を上げ、青年武官に向かって微笑む。

「ありがとう、いい思い出になった」

「……はっ」

彼は頬を赤らめ、そして俯いた。

どんな日々にも、終わりはいつか訪れる。

果てのない憎悪であっても、自《おの》ずと限界があるのかもしれない。人の心の容量を超えるほどの憎悪など、保ち続ければ心そのものを蝕むだけだ。

たとえば己の心に宿る焔《ほむら》はどうだろう。

このまま燃やし続けることができるだろうか。

……わからない。

しかし、翠蘭はともかく、奎真ほどの男が憎悪を乗り越えられぬわけがない。

悪心《あくしん》を乗り越えた奎真は素晴らしい王になり、妻を娶るだろう。あるいは、寵姫を手に入れるかもしれない。いずれにしても、翠蘭は用済みだ。

無骨に見えて知恵のありそうな王烈のことだから、最も効果的な時機を見計らって翠蘭を始末するに違いない。

翠蘭は、父を殺し、己を辱めた男を今なお憎んでいる。だが、日を経るごとに、いつのまにか、逃げて奎真に復讐をするという気持ちは薄らいでいた。

この国にとって、奎真は必要な存在なのだ。

そして、翠蘭こそが父の荒《すさ》んだ治世を見て見ぬふりしてきた償いをしなくてはならぬのではないか。

それが、かつての王子であった自分の義務だ。

輿に揺られた翠蘭は、空を流れる雲を見上げて息を吐き出す。

頬にあたる風の感触でさえも、奎真の指先を思い起こさせる。

いつも自分は、奎真のことを考えているのだ。

ひどく愚かしかった。


「何だよ、奎真。もう行っちまうのか」

北方の警護から戻った兵士たちを労う宴は、今やたけなわだった。王烈は宴席を抜け出そうとする奎真を見咎《みとが》め、声をかけてきた。

「今宵の主役は彼らだからな。私はいないほうが羽も伸ばせるだろう」

「そんな気遣いは不要だぜ」

このような夜くらいは、王烈の風当たりも弱くなる。そう踏んで翠蘭の許を訪れようと思ったのだが、彼は奎真の首に太い腕を巻きつけ、放そうとしない。

「ところで、奎真様はご結婚はなされないんで？」

兵の一人に話しかけられて、奎真は「私はまだ」と笑んだ。

「いやいや、ご結婚より先に、奎真様にはすべきことがあるではないか！」

「早う白虎の試練を受けて、この国の王になっていただかなくては」

「そうだそうだ！」

明るく囃《はや》し立てる兵士たちの純粋な好意と期待が、心にまで突き刺さるようだ。

「私はそのような器では……」

「器じゃないなんていつまでもおっしゃってると、口さがない連中に逃げてると言われますぜ」

「我らが奎真様は逃げたりなさるものか」

賑やかに酒肴《しゅこう》を楽しむ彼らの言葉は屈託がないぶん、奎真の心は苦いものに支配された。

「時に王烈殿はどうなのだ」

「おお、女殺しで鳴らした王烈殿の武勇伝を是非聴きたいものだ。なあ、皆の衆！」

話題が王烈のことに移ったのを潮に、奎真はそっと立ち上がる。気づかれぬように広間を抜け出すと、月宮へ向かった。

入り口で衛兵に目配せし、真っ直ぐに翠蘭の部屋に向かう。玉簾を揺らして月光門を潜ったが、牀榻《しょうとう》に翠蘭の姿はなく、露台にいるようだ。

月明かりの下。

春宵《しゅんしょう》を惜《お》しむように、はらはらと梅の花が散る。

「…………」

詩を諳《そら》んずる翠蘭の儚《はかな》い声。

佇む翠蘭が月の光に溶けてしまいそうで、無意識のうちに手を伸ばしかける。それをすんでのところで思いとどまり、代わりに奎真は口を開いた。

「優雅なものですね」

顧みた翠蘭は近寄った奎真を見て、わずかに表情を緩める。

「優雅なのはそなたも同じであろう。斯様なところに、日を置かずに訪れる」

一段と伸びた翠蘭の髪を一房《ひとふさ》掴み、奎真は唇を寄せた。

「随分、伸びた」

「そなたが切ることを許さぬからだ」

「あなたの美しい御髪《おぐし》を切ることなど、どうして許せますか」

「邪魔なだけだ」

翠蘭は己の麗容にはまるで関心がないのだろう。どれほど美しい衣服を与えても、彼が望むのは質素な衫だけだ。

自分だけが、翠蘭の美貌に執着している――麗姿のみならず、その存在に。

この執心ぶりはいっそ滑稽なほどだ。

醜悪な真似をしている奎真に対し、翠蘭から向けられるのは軽蔑と憎悪だ。ほかの誰も寄越さぬ感情を、翠蘭は剝き出しのままぶつけてくる。

なのに、それを心地よいとすら思うのだ。

ふいと身を翻した翠蘭が室内に戻ったため、奎真はその後を追った。

「月を眺めながら梅花に酔うとは、大層なご身分だ」

「梅香はどのような美酒にも勝る。そういえば、そなたに」

翠蘭が言葉を切ったのは、奎真が机上に置かれた紙に気づいたのを見て取ったせいだ。

「これは」

手を伸ばそうとする奎真の動きを阻《はば》み、いち早く翠蘭が紙を奪い取る。

「地図ですね」

性懲《しょうこ》りもなく翠蘭は、逃亡を企《たくら》んでいるのか。

けれども翠蘭は怯えもせず、寧ろ含羞《がんしゅう》を滲ませて長い睫《まつげ》を伏せた。

「またお逃げになって、罰を受けたいのですか？」

「……違う」

「では、何のために？」

翠蘭が暫し黙していたので、奎真は彼に一歩近づく。至近で見つめる翠蘭の美貌は儚くも麗しく、なにゆえか、抱き締めたいという衝動に駆られた。

「おっしゃいなさい」

動揺を湛えた奎真が、口を割らせるために彼の薄い唇に指を這わせると、翠蘭の口唇《こうしん》から甘い吐息が落ちる。自然と中枢に熱が集まり、翠蘭を抱きたいという欲望が立ち上る。

「黙《だんまり》を決め込んで、私に責められるのを待っているわけではないのでしょう？」

「………………」

「あなたに口を開かせることができるか、試してみましょうか。――いらっしゃい」

彼の腕を摑んで褥に引き入れようとしたが、意外なことに翠蘭は抗った。

「南方の」

予期せぬ言葉に、奎真は足を止める。

「南州《なんしゅう》の砦のことを考えていた」

「砦？」

「あの砦はだいぶ老朽化している。大々的に補修したほうがいいと思う」

振り返った奎真は、翠蘭の双眸をじっと見つめる。

「何のために？」

「このまま国情が落ち着かなければ、他国から攻め入られるかもしれぬ」

南北に長い磬は、北方は冬は風雪で閉ざされて自然の要塞《ようさい》となるが、南方は違う。とはいえ、手薄な南方の砦を補修するためには街道を整え、補給路を確保しなくてはいけなかった。

「補給路はどのようにするおつもりですか」

改めて差し出された地図を見ると、舌を巻くほど精密な図面だった。砦の地図は奎真と軍務を預かる太尉《たいい》のみが持っているため、己の記憶に頼ったのだろうが、かなり緻密だ。

「運河を造ってはどうだろう。大きな工事になるが、運河は灌漑《かんがい》にも使える。工事に民を雇えば、彼らに仕事を与えられる。そうすれば……」

翠蘭の発言に思わず押し黙った奎真に気づき、彼は言葉を切った。

「――そなたの言いたいことはわかる。私の考えなど……机上の空論だと言うのだろう」

そうではない。

――敵わない……。

どれほど辱め、貶めたとしても、翠蘭は生まれながらに民を思う明君としての資質を備えているのだ。

それは次期国王として育てられた彼の特質なのに、周囲に歪められ、本人すら気づいていない。

本当は奎真も気づいていた。翠蘭が華美な衣を好まずともそれを身につけるのは、女官たちを気遣ってのこと。冷たさの裏側に、彼は優しさを密ませているのだ。

「あなたなりに考えた結果なのでしょう。それを否定するつもりはありません」

「……だが、所詮は私の案だ。誰も賛同すまい」

「民を思う心に軽重《けいちょう》も貴賤《きせん》もない。提案された意見が納得できるものであれば、採用されるはずです。民に手を差し伸べる手だてを考えることを誇りさえすれ、恥じる理由はありません」

奎真はきっぱりと言い切った。

「あなたは、力押しばかりの武人ではなかったようだ。安心しました」

「な……」

褒めているつもりなのに、翠蘭は困惑した様子で視線を落としてしまう。

「壮達王の記録も、私情を排して上手くまとまっていました。本来ならば、武芸よりもこちらのほうがお好きなのではありませんか」

「私は武人として生きることを選んだのだ。今更道を違えるものか」

その意地も、翠蘭らしい。

翠蘭が武人として生きることを壮達が反対しなかった理由が、奎真にはわかるような気がした。

この明晰《めいせき》さは危険だ。

国情や民意を知れば、彼はいつか壮達自身に刃向かうだろう。だからあえて辺境の砦に追いやり、壮達は翠蘭の目を塞《ふさ》いでしまったのだ。

「頑固な人だ」

奎真は翠蘭の手を摑み、その甲に唇を押しつける。

「あなたの案はそのままでは使えないが、検討の余地はある」

「そうか。よかった……」

ほっとしたような声を出した翠蘭は、口許に穏やかな笑みを浮かべた。月光のつける陰翳《いんえい》によって、翠蘭の婉《えん》美《び》な顔立ちはますます艶《つや》めいて見える。

——相変わらず……なんて美しいのだろう。

「奎真？」

怪訝そうな声を出した翠蘭の躰を、奎真は我知らず抱き寄せていた。

今はただ、こうしていたかった。

実感してしまう。

どれほど憎んでも飽き足りないのに、彼を失うことなどできはしない。殺すことなど考えられない。

翠蘭の前では、奎真は己の醜さを隠さずに済む。完璧《かんぺき》な人間として振る舞わなくていいのだ。憎悪だけで互いの心を染めることを願いながらも、彼を見ていると、気持ちが安らぐときがある。翠蘭の美点を知ると嬉しくなった。

自分は——翠蘭を求めている。今も、こんなにも。

幼い頃の弟としての彼でなく、ここにいる翠蘭にこそ惹かれているのだ。

「どうした？」

「……いえ」

困惑したような翠蘭の声を聞くのが嫌で、奎真は首を振って彼の躰をそっと離した。

「何か欲しいものはありますか」

「欲しいもの？」

「民のために政策を進言したのですから、褒美がなくては」

奎真が欲しいと、言わせたかった。

翠蘭の腕を摑み、その手を持ち上げる。指の一本一本を舐《ねぶ》り、付け根まで舌を這わせた。

「…っ」

性感を煽るようにじっくりと舐めると、翠蘭の睫が苦しげに一度震える。何かを耐えるような表情は悩ましげで、奎真の欲望を一層そそった。

「おっしゃいなさい」

逡巡した後に、翠蘭は漸《ようよ》う口を開いた。

「──安らかな夜が」

「え？」

虚を衝かれた奎真は聞き返す。

「安らかな夜が欲しい」

「今宵くらい一人で眠りたいということですか？」

「………」

翠蘭ははっきりとは答えなかった。

拒絶とは。

俯いた翠蘭の表情は見えなかったが、彼がどんな顔をしているかは手に取るようにわかった。

これまで翠蘭はどんなことがあっても、奎真との媾合を退けはしなかった。それが奎真に膝を折ることになると、わかっていたからであろう。

だが、今は違う。

翠蘭は、骨の髄から、奎真を拒んでいるのだ。

今更、どうして落胆することがあろうか。

わかっていたことではないか。

自分たちのあいだには憎悪しかない。

何度彼を抱いても、そこに情が生まれることはない。翠蘭にとっては、性交は恥辱を与えられることと同義なのだ。

そのくせ、奎真の抱くこの不可解な情念ばかりが膨《ふく》れ上がっていく。

「それがあなたにとって、褒美になるのですか」

「そうだ」

「──わかりました」

奎真は頷き、翠蘭から手を離した。意外な行動に驚いたらしく、翠蘭が顔を上げてこちらを見やる。

「望みどおりにいたしましょう」

「……本気か？」

翠蘭の声には、珍しく驚愕が滲む。

「ええ、独り寝があなたの願いならば。せいぜいゆっくりお休みになるがいい」

そのときの翠蘭の表情から何を読み取ればいいのか、奎真にはわからなかった。

月宮を出た奎真の耳に、広間で酒宴を楽しむ人々の声が届く。

立ち止まった奎真は手近にあった木の枝を摑み、それを乱暴に折る。

疎んじられるのも、当然だった。

自分も翠蘭を憎んでいるのだから。

なのに、どうしてこんなにも苦しいのか。

一体、なぜ。

十

「翠蘭《すいらん》様。お申しつけの筆と紙を持って参りました」

「ありがとう、春妹《しゅんまい》」

年若い女官に礼を告げた翠蘭は、榻《ながいす》にもたれかかって庭の外を見やる。

梅の花はすっかり散ってしまったことだろう。

あの穏やかな一瞬を留めておくものは、何もない。だからこそ、梅を見るのが嫌で、ここ最近の翠蘭は露台に出ようともしなかった。

「あの……お顔の色が勝《す》れませんわ」

「気にすることはない。光の加減だろう」

全身が火照るのは、微熱のせいか。昨日から妙に調子が悪く、立っていると時々躰がふらついた。しかし、弱みを見せることはできず、翠蘭は己の不調を女官たちに訴えることはなかった。

「この頃、奎真《けいしん》様はおいでになりませんね」

「忙しいのだろう」

表向きは機嫌がよかったが、政策について進言したのがよほど腹立たしかったのか、奎真はあれから一月近く、月宮《げっきゅう》を訪れなかった。

褒美に一人の夜が欲しいと言ったことを、忠実に実行しているだけなのかもしれない。

あのときは抱かれるのではなく、奎真と話をしたかった。彼の声を聞きたかった。

だが、奎真は自分を憎んでいる。穏やかな語らいなど、与えてくれるはずがない。おそらく彼は、己を抱くだろう。奎真に抱かれれば、自分は欲望を持つ塊《かたまり》であることを意識せねばならない。

物言う愚《おろ》かな、不浄《ふじょう》な肉なのだと。

そうなれば、その前に会話したことの意味さえ変わってしまうように思えた。

だから、祈るような思いで願いを口にした。

「お淋しいのですか？」

「――淋しい……？　私が？」

「ええ。そんな顔をなさってます」

若い春妹は、他の女官が口にしないようなことも、さらりと口にしてしまう。

「あ、あの、申し訳ありません。よけいなことを言ってしまいました」

「……いや」

春妹は「失礼いたしました」と飛ぶように退室し、翠蘭だけが残された。

「淋しい、か」

そんな惰弱な思いを抱かぬようにしていたから、意外だっただけだ。

そうか。

孤独をひしひしと感じるのは、淋しかったせいなのか……。

翠蘭には、そのようなか弱い感情は不要だ。

そのくせ、ひとたび意識すると、その単語は翠蘭を芯から蝕《むしば》み、じわじわと心を覆っていく。

榻の手摺をきつく摑み、翠蘭は人知れず呻いた。

奎真に会えないことが、淋しい。

なぜ？　どうして？

奎真は幼馴染みであるが、それ以上に、翠蘭にとっては父の敵《かたき》で憎むべき簒奪者だ。

なのに、奎真に会いたい。会いたくてたまらない。触れたい。触れられたい。

心の中はぐちゃぐちゃに掻き乱されている。

これは一体、どうしたことなのか。

肉体を飼い慣らされてしまったならば、まだ我慢できる。心が――己の中の憎悪が薄らいでいったのだとすれば、そちらのほうが問題だった。

「……奎真……」

どうして来ないのだろうか。

無論、彼が地方の視察に出向いたりと、忙しくしているのは知っている。しかし、それでも折り合いをつけられなかった。

あの男の考えていることが、まるで解《げ》せない。

奎真は中途半端なのだ。

憎しみで結びつきたいというのなら、もっと手ひどく凌辱でも何でもすればいい。それに飽きたなら、いっそ打ち捨てればよい。首を刎ねるなり笞《むち》打つなり、好きにすればいいのだ。

仕事は次々に与えられるが、いつ処刑されるとも知れぬ心痛に耐える日々は、翠蘭を疲弊《ひへい》させていた。女官たちはよそよそしく、翠蘭に積極的に話しかけてくるのは先ほどの春妹だけだった。

それとも、これも奎真の策謀なのかもしれない。己に科せられた孤独を噛み締め、死が与えられる日を思って心を磨《す》り減らせという。

こんな気持ちを味わわずに済むように、父である壮達《そうたつ》は誰にも気を許すなと翠蘭に教えたのか。

中庭から聞こえてくる明るい笑い声。奎真が気分転換に、兵士と一手交えているところのようだ。

無関心は憎悪よりも辛い。

「……ああ……」

翠蘭は低く呻いた。

狂おしいほどの焦燥が押し寄せてきて、思わず露台に出た翠蘭は、きつく手摺を握り締めた。

胸を掻きむしられそうだ。

欲しい……！

せめて、憎悪だけでいい。憎悪だけでも翠蘭に向けてほしい。彼から何の感情も向けられないのでは、あまりに虚しすぎる。

それがだめなら、いっそ死なせてほしい。

なんという弱さだろうと、翠蘭は己の思考を懸命に打ち消そうとした。

体調が悪いせいか。もしくは、孤独が深すぎると、人は斯《か》くも弱くなるのだろうか。

だが、耐えられないのだ。

奎真から忘れ去られることは。

「…………」

躰に力が入らず、ふらついた翠蘭はその場に膝を突く。

そのまま、意識がふっつりと途切れた。

翠蘭が倒れたと聞かされ、執務を終えた奎真は顔を隠し、兵士の変装をして一度城下へ出向いた。

一刻も早く翠蘭の元へ向かいたかったが、先に市場で手に入れたいものがあったのだ。

かつてより人の多くなった市場でも、果物を売る店はなかなか見つからなかった。それでも人に尋ねて漸く行き着くと、人の良さそうな親父《おやじ》が店じまいを始めている。

「蜜柑《みかん》はあるか」

「おや、お客さんは運がいい。今の季節はこれが最後でさ」

果物や野菜を並べた屋台の前に立っていた男は、愛想よく言った。

「ちょうどよかった。ありがとう」

蜜柑をありったけ買い、奎真は月宮へ向かった。

昔、翠蘭は熱を出すと決まって柑橘類《かんきつるい》を食べたがった。思えば翠蘭はあまり丈夫なほうではなかったのだろう。奎真が覚えているだけでも、彼が熱を出して寝込んだ回数は片手では数え切れない。

本来ならば、翠蘭は武人になど向いていないのだ。多少腕に覚えがあったとしても、あれほどの美貌の持ち主であれば、与《くみ》しやすしと侮《あなど》られるか、兵たちのよからぬ欲望が膨れ上がるか……いずれにせよ、軍兵たちには悪影響を及ぼしかねない。

月宮に出向くと、翠蘭は薄暗い部屋で一人眠っている。女官たちには翠蘭と必要以上に関わらせないため、看病する者はいなかった。

蒼褪めた翠蘭は、凍えた軀《むくろ》のようだ。淡い色合いの寝間着のせいで、翠蘭の顔色は一層白く見えた。

手にした布を洗い、冷やしたものを改めて額に載せてやる。その拍子に触れた頬は炎のようで、熱が相当高いことが窺えた。

見つめているうちに、込み上げる衝動を抑えきれなくなった。

「翠蘭……」

彼の上に覆い被さり、奎真は乾いた唇に自分のそれを押しつける。

……甘い。

もう一度接吻を試みる。

己の中に押し込めた欲望が、燃え上がりそうだ。

美しい屍でもいいから、この男が欲しい。

「………」

ふと、翠蘭がぼんやりと目を開けたため、奎真は何食わぬ顔で問いかける。

「翠蘭様。気分はいかがですか」

「ん……」

子供のように無防備な様子に、奎真の胸はざわめく。昔も今も、奎真の心を揺らすのは翠蘭の存在にほかならない。

「水を召し上がりますか？ 蜜柑もありますよ」

翠蘭は唇を震わせ、奎真の衫《さん》を握り締めた。

「…阿南《あなん》……」

阿南というのが誰の名前かすぐには思い浮かばなかったが、翠蘭に常に付き従っていた従者のことだろうと思い当たる。

「……もう…我が儘、言わないから……だから、」

幼げな翠蘭の口調は、妙に辿々《たどたど》しかった。

「秘密にして……お願い……」

何のことだろうという疑問を覚えつつも、布団の中から伸ばされた彼の手を握り返す。

「秘密にします」

「あの人…の、こと……言わないで……」

第三者を仄《ほの》めかす単語に、奎真はぴくりと表情を動かした。

「……お願い……」

誰のことなのだろう。

「そんなに大切なのですか?」

「うん……とても……」

秘密にして、と翠蘭は何度も繰り返した。

翠蘭の熱心な懇請からは、「あの人」とやらが特別な相手だということがわかる。

胸の奥が、焼け焦げるようだ。

もしや、翠蘭には、心に秘めた思い人がいたのではないか。

その相手が奎真だという可能性は、皆無だった。仮に翠蘭が自分に特別な思いを抱いていたら、必ずや養父を助けてくれただろう。

——誰かがいるのだ。彼の心の内に。氷のように冷たい男の心を、攫《さら》った者が。

翠蘭が女性を苦手とする以上は、相手は男だろう。となれば、当の阿南とやらか?

翠蘭を最初に征服したのが自分だとわかっていてもなお、悔しかった。

翠蘭が奎真の暴虐にここまで耐え続けたのも、その人物への思慕の念があったがゆえではないか。

込み上げてきた苛立ちを振り払うように奎真は身を翻し、部屋を後にする。

「……畜生……!」

押し寄せる感情に、眩暈《めまい》すら覚えた。

翠蘭の中にほかの男が棲み着いていることが、口惜しくてならなかった。

一体どこの誰なのだ、それは!

今すぐにでも翠蘭をたたき起こし、相手の名を聞き出したい。

「くそ……」

そこまでの衝動に駆られる己の心情が、今はただ信じられなかった。

冷静にならなくては。このところ、しばしば己の中から顔を出しそうになる荒々しい感情を、押さえ込まなくては。そう努めねばならぬほど、自分は変わってしまったのだ——翠蘭のせいで。

殺してやりたい。

こんなふうに自分を乱す、翠蘭という男を。

彼は養親だけでなく、奎真の未来とこの心をも奪ってしまった。

囚われていることを、ひしひしと実感する。

翠蘭のせいで、奎真は先に進むことも後戻りすることもできずにいるのだ。

この感情をどう名づければしっくりくるのか、自分でもわからない。

だが、何よりも確かなことは一つ。

この御《ぎょ》し難い執着は、日々狂おしいほどに膨れ上がる——それだけだ。

「……あの、奎真様」

月宮の戸口で不意に声をかけられた奎真が振り向くと、女官の春妹が立っていた。

「どうかしましたか」

「翠蘭様を看病してはいけませんか。まだ熱が高いですし、お一人では辛そうです」

「その必要はありません。あの方はあれでも武人です。一人で耐える気力は持ち合わせている」

「でも……」

こんなに食い下がるとは、彼女は翠蘭に気があるのかもしれない。そう思うと尚更、苛立った。

「あなたの務めはこの月宮の秩序を保つことです。翠蘭様の面倒を見ることではない」

かっと頬を染めて彼女が俯くのを一顧《いっこ》した奎真は、自分が大人げないことを口にしたと、心中で苦いものを噛み締める羽目になった。

しかし、昏い感情は消えることはなかった。

熱は三日で下がり、翠蘭はだいぶ調子を取り戻していた。

寝込んでいるあいだ考えたのは、村々に救貧院《きゅうひんいん》を作ることだ。国を富ませるためには、基盤となる国民が健やかでなくてはいけない。そのためには、ただ税を取り軍隊を作るだけでは足りないはずだ。

こうして体調を崩すまで、民の窮状《きゅうじょう》を想像もできぬとは。つくづく己には王の資質がなかったのだと、翠蘭は苦笑せざるを得なかった。

この間、奎真の目を盗んで、春妹は献身的に看護をしてくれた。その手厚い看護のおかげで、救貧院を思いついたのだ。

民が暮らしやすい世の中を作るために、翠蘭にもできることを考えたい。運河や砦の補修は大がかりすぎてすぐには実現できないようだが、救貧院なら可能性も高いはずだ。

牀榻で身を起こし、翠蘭は伸びをする。

ちらりと目をやると、枕元《まくらもと》には大きな蜜柑が置かれている。手にした蜜柑は馨《かぐわ》しく、奎真のように清潔な匂いがした。

夢うつつだったが、奎真が見舞いに来てくれた気がする。最初は、蜜柑に思い至るとは阿南かと考えたが、そんなわけがない。奎真が昔のように果物を届けてくれたのだと思うと、擽ったかった。

「――翠蘭様」

「奎真」

戸口に奎真の姿を認め、翠蘭は表情を輝かせた。久しぶりに奎真に会えたことが、嬉しかった。

奎真が自分を生かしておくのは、ただ、翠蘭の苦しみを深めるためだけだ。なのに自分は、奎真に感情を向けられることを喜んでいる。

自分が生きていれば、他者を恨む負の感情で、それだけ奎真を苦しめるとわかっているのに。

本当に己は、醜い人間だった。

自己中心的で、鈍感で、奎真に憎まれて当然だ。でも、せめて今だけは、喜びに浸らせてほしい。

「元気になられたようですね」

「ああ。来てくれてよかった」

「え?」

「そなたに頼みがある」

切り口上に言ってしまってから、すぐに翠蘭は後悔した。先に蜜柑の礼を言うべきだったのに、照れくささから順番を誤ってしまったのだ。

「じつは春妹……」

「話なら後です」

珍しいことに、奎真は傍目《はため》にもそうとわかるほどにひどく不機嫌だった。

奎真が女官たちを自分から遠ざけ、孤独を味わわせようとしたのに、春妹は言いつけに背いて自分を看病してくれた。ここでその話をしては、春妹に罰が与えられるかもしれないと、翠蘭は口を噤《つぐ》む。

「頼みを聞いてほしいのならば、あなたに一つ仕事をしていただきましょう」

「仕事?」

「本日は鉦《しょう》からの使いが来られます。接待の宴に出ていただけませんか。あなたが顔を見せれば花を添えることができる」

武術を披露《ひろう》するならばまだしも、花を添えよとはどういうことか。

「美しい女官は、月宮にたくさんいるだろう」

「それが、あなたを生かしていると知って、是非顔を見たいと頼まれたのですよ。この陽都《ようと》でも、冷たい美貌が殊に麗しいと評判のあなたを見たいと」

奎真の意図を知った翠蘭は、己の顔から血の気が引くのを感じた。

「私に酌婦《しゃくふ》の真似をしろと言うのか」

「それではまだ足りません」

「どういうことだ」

男が手を伸ばし、翠蘭の腕を摑んだ。

虚を衝かれた翠蘭は、彼の胸に抱き寄せられることとなった。

体温の近さに、心臓が跳ね上がる。

「病気をなさったせいで、随分肉が落ちた。春妹の看病も程度が知れている」

春妹のことを、知っていたのか。

「春妹は、よくやってくれた」

「庇うのですか」

ふっと笑った奎真は、翠蘭の躰を寝台に押しつけ、乱暴に衣服を剝いだ。

「何を……！」

「支度です、翠蘭様。この私が手伝って差し上げますよ」

嗤いた奎真の声は、何よりも冷たく凍えていた。


「終わりましたよ、翠蘭様」

涼しい顔で奎真に告げられて、宴のあいだぼんやりとしていた翠蘭の躰がびくりと震える。

「ッ」

浅ましい。なんと惨めなことだろう。

たかだかこの程度のことで息が上がり、言葉を発することもままならないとは。

「部屋に戻れないなら、手をお貸しします」

身じろぎするたびに、秘肉の狭間に埋められたものを、意識してしまう……。

漸《よう》う椅子から立ち上がった翠蘭は、何とか歩きだした。

「平気、だ……」

気丈さを装って答える声も震え、掠れている。我ながらみっともないと歯嚙みしたくもなったが、この状況で平静であれと要求するほうが残酷なのだ。

髪を結い上げ、女物の美しい衣装を身につけた翠蘭は覚束ない足取りで、本殿を出て月宮へと向かう。

緩やかな上り坂の途中、立ち木に縋《すが》って息をつくと、付き添った奎真が低く笑った。

「この程度で我慢できませんか」

「……ちが…」

気を抜くと、中に納めたものが落ちてしまう。

躰を小刻みに震わせながら翠蘭はぎゅっと自分の服を摑んだが、この状態では王城から月宮までの距離でさえも歩けなかった。木に取り縋ったまま動けぬ翠蘭に、奎真は冷ややかな視線を向ける。

「翡翠を落としてしまうかと思いましたが、一度咥え込んだら離しませんでしたね」

「ッ」

嬲るような言葉に、よけいに意識してしまう。

「よほどお好きなのですね。あなたの口に合ったと見える」

「なぜ、このような……」

声が不自然に途切れる。

「宴のあいだ、ずっと感じておられたのでしょう。ほかの男にもあんなに浅ましい顔を見せて……鉦の使いがあなたと共寝したがるのも当然だ。あなたが男なら誰でも咥え込むと感づいたのでしょう」

「誰、が……そん…なっ……」

体内に納められた幾つもの翡翠の玉は、奎真が挿《い》れたものだった。それらは身じろぎするたびに多感な襞を刺激し、翠蘭はその違和感に苛《さいな》まれる。おまけに翠蘭の性器は付け根を縛《いまし》められ、達することは許されなかった。

鉦の使いは「女人にはない色香がある」と翠蘭を許し、終始上機嫌だった。彼は翠蘭を連れ帰りたがったが、奎真にそれとなく止められて、女官を伴って閨《ねや》に向かった。

使いは名残惜しそうだったが、いくら今は虜囚とはいえ元は王子だった男に春を鬻《ひさ》がせるのは、本国に知れてはまずいという判断が働いたのだろう。

「楽になりたいのなら、尻《しり》を出しなさい」

「……こ、んな……」

屋外のこんな場所で、下肢《かし》を暴《あば》かれるというのか。

首を振った翠蘭は、不用意な動きのせいで体内の玉を意識し、歯を食いしばった。

「う…ッ……くう……」

出したいとは、言えなかった。

玩具《がんぐ》でいたぶられるくらいなら、奎真自身に弄ばれたほうが遥かにましであっても。

「酒色をもって他国の使者をもてなすのは、あなたの父上も望んだことだ」

意味がわからずに、翠蘭は男を顧みた。

「父、は……私を、こんなふうに……」

幹にしがみつき、翠蘭は息を吐き出す。

快楽など感じてはいないが、縛められた部分が蜜でとろとろになっているのが知覚できる。

「あなたは何もわかっていない」

忌々しげに呟いた奎真が、背後から翠蘭の耳朶《じだ》に歯を立てる。嚙み千切られそうな痛みさえも、今や別の感覚として翠蘭を懊悩《おうのう》させた。

「王は、あなたを人形としてしか見ていなかった」

「……っ」

声が跳ね上がったのは、中にある玉がぐりっと動いてしまったせいだ。体温でぬくみを帯びた玉のことを思うと、羞恥に気が狂いそうになる。その玉は不規則に動き、過敏な襞肉を擦《こす》るのだ。

「おや、初耳でしたか？」

奎真はどこか愉快そうに笑う。

「訂正しましょう。人形なら、まだましでしたね。王はあなたを憎んでおられた」

「嘘だ……」

「つくづく、滑稽なものだ。王はあなたを憎み、陥れようとしていたのに、なぜそんな相手の復讐のために牙を研《と》ぐのです？」

囁く吐息が項《うなじ》に触れ、翠蘭を刺激する。

「そんな…ことはない……私は、父に……」

可愛がられていた。掌中の珠《たま》の如く、大切にされていた。でなければ、あんなふうに他人を疑い、信じるなと繰り返し教えるわけがない。

「何もご存じないのですね。いいことを教えて差し上げましょう」

だめだ。聞いてはいけないと直感しても、疼く躰はままならず、男を止めることも耳を塞ぐこともできなかった。

「幼い頃、あなたは師父に襲われたのでしょう。あの男によからぬ性癖《せいへき》があると知りながら、あなたの師父に選んだのは、お父上ですよ。あなたが世継ぎを作らぬよう、早くから男を教えようとした。武人になるのを許したのも、兵に襲われ、あなたが色に狂うことを望んだゆえです」

本当に翠蘭の身を案じるならば、そもそも軍になど置くはずがない。手許で大切に愛でるはずだ。

内容とは裏腹に耳打ちする声はひどく甘く、翠蘭は無意識に戦《おのの》く。いつのまにか奎真に尻を突き出すような格好になっていたが、頓着《とんちゃく》できなかった。

「そんな、こと……どうして、おまえが……」

「来発《らいはつ》に聞きました」

仮に奎真の言うことが本当ならば、なにゆえに父は翠蘭を陥れようとしたのか。そして、こんなふうに秘密を明かす奎真はどこまで冷酷なのだろう。それほどまでに、翠蘭が憎いのか。

「あうっ」

唐突に声が跳ね上がったのは、奎真の指が翠蘭の窄まりをぎゅっと押し、体内の玉の間隔が詰まったためだった。

「お父上の願いどおりに、男に犯されて悦ぶ淫乱になったのですから——あなたはつくづく親孝行だ」

悦んでなんて、いない。

その証拠に快楽なんて、感じていない。

「やだ……いやだ、よせ……！」

では、この感覚は何だ？　痛みではない、この疼きは。

「いやらしく腰を振りたくって、そんな誘い方、どこで覚えたんです？　それとも、生まれつきご存じなのですか」

「ああっ！」

蜜に塗《まみ》れた部分を強く握り締められ、とうとう悲鳴が溢れた。じっとりと蒸れた腿を、玉のような汗が伝い落ちていく。

「絶望することさえも許さない。あなたにはもっと苦しんでいただくのですから」

なぜ、という疑問符を翠蘭は胸の裡《うち》に押し込める。ここまで酷い真似をされる原因は、翠蘭自身にあるのだから、聞くまでもない。

「達かせてくださいと言えるでしょう。私に膝を折り、永劫《えいごう》の隷属《れいぞく》を誓いなさい」

どこか掠れた奎真の声が、翠蘭を誘惑する。

「…やめろ…ッ……」

蕾に忍んだ指が、玉を更に奥へと押し込んだ。

「そこは……いやっ……」

奎真は最も敏感な浅瀬を指で執拗に揉み、翠蘭を更なる狂乱へと追い込もうとする。

「…っ！」

そこを強く刺激されて、翠蘭は上体を撓《しな》らせた。

なのに、肉体は絶頂を極めることを阻まれたままで、やるせなさに身悶える。

楽になりたい。精を吐き出してしまいたい。

「こんなところで男を誘うとは、浅ましい雌犬だ」

「……も、もう…放せ…っ……」

奎真に浴びせられる凄まじい激情に、心のほうが先に壊れてしまいそうだった。

「お言葉の割にはここも尖ってますよ。ご自分でも御せぬほどの色狂いというわけですか」

奎真が、布越しに胸のあたりをさする。それだけで凝《しこ》った乳首が擦れ、躰の奥が更に疼いた。

いっそ、ただの肉塊になりたい。

自分が物言わぬ肉であれば、奎真はきっとこんな真似はしない。

振り向きざまに見やった奎真の表情は、ひどく虚ろだった。

――自分が悪いのだ。己が、奎真を斯《か》くも苦しめている。

奎真は王となるべき男だ。憎悪を捨て、正しく民を導かなくてはいけないというのに。

その瞬間、翠蘭の心に満ちたのは、果てのない絶望だった。


宴の後、翠蘭《すいらん》はまたしても寝込むこととなった。病み上がりの肉体に、奎真《けいしん》の無体はひどく堪えたからだ。武人でありながらあれしきのことで倒れるとは、我ながら情けなかった。

奎真は昨日から地方の視察へ出かけたとかで、翠蘭はゆっくり休むことができた。

月のない夜だった。

露台に人の気配を感じ、牀榻《しょうとう》に伏していた翠蘭は身を起こす。

「よっと」

体軀に似合わず身軽に露台に上ってきた王烈《おうれつ》は、目を瞠る翠蘭に「何だよ」と不機嫌に問う。

「なにゆえに斯様なところに来た」

「あんたに夜這《よば》いをかけにきたとでも思ったか？

生憎、俺にも選ぶ権利ってもんがある」

　挨拶も抜きで、王烈はさらりと答えた。

「あんたのことをここから逃がしにきた。この俺が、手引きしてやる」

　唐突な王烈の言葉を、すぐに信じられるわけがない。逃亡の罪を着せ、陥れるつもりではないのか。

　翠蘭の沈黙を疑念と解釈したらしく、彼は逞しい肩をひょいと竦めた。

「あんたを殺したりしない。それは保証する」

「そなたの保証など当てにならぬ」

「かもしれねえな。でも、今は信じてもらわんと困る」

　王烈は無造作に頭を掻き、それから複雑な表情で翠蘭を凝視した。

「あんたがいると、奎真はおかしくなる」

「——何だと？」

「あんたのせいで、奎真は道を誤るかもしれん。いや、とっくに誤ってるのかもしれんな。そいつばかりは、親友の俺にも止められなかった」

　どこか自嘲気味に言ってのけた王烈は、腕組みをして翠蘭を睥睨する。負けじと見返した翠蘭は、毅然と口を開いた。

「ならば、私を殺せばいい。奎真は、そなたたちの大事な統領であろう」

「あんたに手をかけたら、こっちが奎真に復讐されかねない」

　憎んで憎んで憎み尽くさねば殺せぬとは、奎真も随分拗《ねじ》くれた男だった。

「そうだな。あの男は私を憎んでいる。他人に手出しされたら、さぞや業腹だろう」

　そしてそれは翠蘭も、同じことだった。

　奎真の命を握るのは、翠蘭自身でなくてはならぬ。ほかの誰にもあの男を渡さない。

「本当に気づいていないのか？」

「何が」

　怪訝そうな王烈の口ぶりに、翠蘭は眉を顰めた。

「奎真は、あんたが……あんたを欲しくて叛乱を起こしたんだ」

「そうもこの首を欲しがるほど、恨み骨髄《こつずい》に徹すというわけか。あのような高潔な男に、そこまで憎まれるとは光栄だな」

「――つくづく、鈍い王子様だな」

王烈は呆れたように呟く。

「俺も……たぶんあいつ自身も、最初は勘違いしてたけどな。でも、奎真のことを見ていれば、すぐにわかった」

「奎真が聖人君子ではないということをか」

翠蘭は投げ遣りに言う。

「ああ、そうだよ。とにかく、あんたに死なれたら俺たちも困るんだよ。奎真の仕打ちに耐えかねて、自害でもされたら面倒だ」

「見くびるな。私はそんな惨めな真似はしない」

「いいから着替えろ。今宵は奎真も留守だし、仮に兵が逃亡に気づいても、俺以外に連中に号令をかけられる者がいない。時間稼ぎはできるし、逃げるならば今のうちだ」

唆《そそのか》す言葉の真偽を判断する猶予《ゆうよ》はない。

「あいつには、どうあっても磬《けい》の王になってもらわなくちゃいけないんだ」

王烈の言は、いちいち尤もだった。

万が一、翠蘭を寝所で嬲り殺したりすれば、奎真の評判は地に落ちるだろう。

「城壁のそばに、あんたのお仲間を待たせてる。そこまでは連れていってやる。これが通行証だ」

そのときだった。

「翠蘭様?」

人の気配を感じてやってきたのか、簾で隔てた戸口から春妹《しゅんまい》に声をかけられ、翠蘭は身を強張らせる。緊張が過《よぎ》り、王烈は短刀の柄を握った。

「春妹か。どうしたのだ」

「物音が聞こえました。翠蘭様、入ってもよろしいですか」

「特に問題はない。寝ていなさい」

「……はい」

聡い春妹が疑念を抱くのではないかと思ったが、彼女はおとなしく引き下がった。人の気配が消えるのを待ち、翠蘭は言われたとおりに白粉《おしろい》を叩《はた》き、唇には紅を差した。

王烈は翠蘭の姿を見て満足げに頷くと、露台から外に下りるように指示をした。

本当に逃げ切れるのか。これは罠ではないのか。不安と期待に鼓動が激しくなり、破裂しそうだった。

王烈は茂みに隠してあった娼婦《しょうふ》の衣服を翠蘭に着せ、頭から薄衣を被せた。この程度の変装では見つかってしまうのではないかと気が気ではないが、今は王烈を信用するほかない。

連れだって足音を忍ばせて裏門へ向かうと、すぐに詰め所で衛兵に「誰だ」と呼び止められた。

心臓が跳ね上がる。

「俺だよ。お務めご苦労だな」

「王烈様……！」

衛兵たちがあたふたしたのは、酒を持ち込んでいたからだ。床には壺が幾つも転がっている。

「昼間のうちに連れ込んだこいつを帰らせたいんだ。お互い様ってことで、通らせてくれないか」

彼はそう言って、顔を隠した翠蘭を指さす。

「……大柄な女性ですね」

酔っていてもそれくらいの判断力はあるらしく、衛兵はそう指摘する。

掌にじわりと汗が滲み、膝も震えそうだ。衛兵の不躾《ぶしつけ》な視線から逃れるべく、翠蘭は疑われぬ程度にそっと顔を背ける。

「俺くらいになると、それなりに頑丈な女でなけりゃ相手ができねえのさ。でなけりゃすぐに滅茶苦茶《めちゃくちゃ》にしちまう」

「……ああ」

文脈を読み取り、若い衛兵は声を上擦らせた。

「このことは奎真に黙っててくれないか？　あいつは身を固めろだの何だのとうるさいからな」

「わかりました！」

すぐさま疑いは晴れ、翠蘭は王烈と共に王宮を出ることができた。城の敷地は広く、王宮を離れれば警備は手薄になる。翠蘭は王宮を離れてから「嘘が上手いな」と嫌みをお見舞いした。

「世渡りには、嘘の一つや二つはつけないとな。ま、あんたは嘘をつくのは下手そうだが」

「私が？」

翠蘭は訝しげに問う。

「隠しごとはできても、嘘はつけない。そういうやつは一番手に負えん」

「だから逃がすのか」

確かに、決して明かせぬ真実を墓場まで抱えていこうとする翠蘭は、隠しごとは得意かもしれない。

「かもしれん。奎真さえ玉座に就く気になれば、問題はないんだがな」

意味ありげに言い、王烈は改めて口を開いた。

「あの男に敵対したりしなければ、当面は命は取られずにいよう。あんたには、まだ利用価値がある」

「考えておく」

それきり会話は途切れた。

この時間は城門は閉まっているため、都の外に出られないが、王烈は石垣に近づいていく。

暗がりに数人の気配があり、翠蘭は身構える。

「——翠蘭様、私です」

聞き覚えのある声が密やかに紡がれ、翠蘭は凝然と立ち尽くした。

まさか、生きていてくれたとは……！

「阿南《あなん》、本当にそなたなのか……!?」

「はい」

再会を喜びたかったが、今はその場合ではない。

「挨拶は逃げてからだ。夜が明ければ開門だし、隙を見てさっさと都から出ていけよ」

「王烈殿。ご厚情《こうじょう》、心より感謝いたす」

阿南が礼を告げると、彼は軽く頭を振って翠蘭に向き直った。

「言っておくが、俺はあんたを完全に自由にしたわけじゃない。いつでもあんたを追うことができる。それを忘れるな」

密偵でもいるというわけか。

自由に動ける存在がいなくては、こうして阿南を呼びつけることも不可能に違いない。

「わかっている。だが、王烈、そなたに礼を」

「言わなくていい。あんたが得たのは一時の平穏だ。礼を言われるほうが寝覚めが悪い」

意味ありげな言葉に翠蘭は眉を顰めたが、問い質す気はなかった。

「じゃあな。……幸運を」

軽く片手を挙げた王烈は身を翻すと、明るい方角に消えていった。


「どういうことだ！　あの方が逃げ出しただと!?」

視察から戻ってきた奎真に伝えられたのは、衝撃的な報告だった。

奎真は苛々《いらいら》と歩き回り、翠蘭の牀榻《しょうとう》に触れる。褥に体温が残されているはずもなく、苛立ちは募るばかりだった。

「そのとおりでございます」

奎真から剝《む》き出しの怒りをぶつけられ、女官たちは右往左往している。

心ない、非情な仕打ちをしたことが悪かったのだろうか。殊に鉦《しょう》の使いをもてなした晩のことを考えると、弁解の余地はない。

「……くそ！」

「奎真、朝から騒ぎ立てるな。一国の王になろうという男が、みっともないぞ」

玉簾《ぎょくれん》を揺らして入室した王烈のさっぱりした顔を見て、奎真はすべてを悟った。

「――おまえか、王烈」

押し殺した声を吐いた奎真は剣の柄に手をかけたが、王烈はそれを軽くいなした。

「よせよ、奎真。落ち着けって。槍のない俺がおまえと戦ったら負けるだろうが」

殺す気かと揶揄され、奎真は漸く怒りを収めた。震え上がる女官たちに、人払いをする。

「おまえがあの方を殺したのか、王烈」

「殺すものか。始末すれば、おまえが黙っていまい」

「では、どうするつもりだ？」

「大事な生け贄だ。そのときまでは泳がせておく」

意味ありげな言葉に、奎真は表情を硬くする。

「おまえは白虎の試練を受けるべき男だ。違うか、奎真」

唇を噛み締める。奎真の真情を知っていて、王烈は残酷な要求をするのだ。

神意を問う儀式の内容を知らなかったときには、もう戻れない。叛乱を起こした当初は、場合によっては自分が王位に就いてもいいと思っていたが、今や奎真にはその実行は不可能だった。

憎んでも憎んでも飽き足らぬ相手。

尽きせぬ激情はあるが、それは翠蘭をこの手にかけたいという欲望とはまた違うのだ。

「王位のために、人の命を捧げよというのか」

「王とはそういうもんだよ、奎真。犠牲なくして平和はない」

「私は王にはなれぬ！」

「逃げるなよ」

悟りきった王烈の態度が憎らしく、奎真は声を荒らげたが、親友の言は痛烈だった。

「民は王を求めている。適切な候補者が見つからないなら、これ以上先延ばしするわけにもいくまい。おまえもこの一月あちこちを視察したが、相応しい者を見出《みいだ》せなかったんだろ？　そろそろ白虎の試練を受け、民を安心させてやるのも、俺たちの統領としての責務だ」

真の王が玉座に就かぬ限りは、磐は神獣の加護を得ることはできぬ。国土は荒れ果てたままで、人々は困窮するだろう。

「この国を救えるのはおまえだけだ。煮え切らないことを言うのはやめて、現実を見ろ。空位のままでは、他国に攻め込まれても、軍を束ねる者もいないのだぞ」

王烈の論理は確かで、奎真には何も言えなかった。

一人その場に取り残され、奎真は机を叩く。

「翠蘭……！」

激情が身中に渦巻いている。

漸く手に入れたあの人を失うのが、こんなに苦しいとは。

これほどまでに、己は翠蘭を欲していたのだ。

「…………」

そうだ。

蜂起すると決めたあの日から、玉座を欲しいと願ったことは一度もない。叛乱を起こしたのは、王位が欲しかったからではない。磐をあるべき姿に正したかったためだと、そう、思い込もうとしていた。

だが、本当は一歩でもいいから彼に近づき、手に入れたかっただけなのだ。

欲しかった——翠蘭のことを。

気が狂いそうなほどの渇望が、奔流のように押し寄せる。それは、奎真自身でさえも押し隠してきた激烈な欲望だった。

見せしめも辱めもただの言い訳にすぎず、己はただ単に、翠蘭を手に入れることだけを望んだ。願いは常に、一つしかなかった。

もう、誤魔化せない。

翠蘭だけが欲しくて、欲しくて、そのために自分はすべてを擲《なげう》ったのだ。

いつの頃からか、奎真は翠蘭を求めていた。弟でも友でも敵《かたき》でも、何と名をつけてもかまわなかった。表面上の思いは慈愛や憎悪に何度もかたちを変えたが、根底にある望みは揺らがなかった。

どんなに変わり果てても、彼が史《し》翠蘭であるがゆえに、魂の奥底から相手を欲してしまう。

その証拠に、憎悪など意味はなかった。翠蘭の前に、復讐は大義名分に成り果てたではないか。

「なんと……愚かな……」

奎真は肩を震わせて笑いだす。

浅ましいのは、我が身なのだ。

翠蘭に対する執着を捨てきれぬ、己こそが。

十一

「こうして再び翠蘭《すいらん》様に相見《あいまみ》える日が来ようとは、思ってもみませんでした」

平伏する阿南《あなん》に、翠蘭は「そうかしこまるな」と微笑む。

阿南とその仲間が人目を避けて翠蘭を連れ出した先は、都から馬で半日ほどの、鄙《ひな》びた農村だった。農家に滞在するのは初めてだが、阿南と再会できたことが素直に嬉しい。

身支度を整えた翠蘭が質素な牀榻《しょうとう》から出ると、彼は己が作ったという汁を椀一杯に盛っていそいそと運んできた。

互いに袍に袴という質素きわまりない庶民の服装だったが、阿南はよく似合う。日焼けした膚からも彼が元気であることを見て取り、翠蘭は改めて安堵を覚えた。

「半年以上前……あの戦いで、私は瀕死《ひんし》の重傷を負い、山賊に助けられて一命を取り留めました」

山賊の頭目は阿南の強い生命力に感心し、命を助けてくれたのだという。とはいえ故郷に戻れば追っ手がかかったときに逃げ切れないと、阿南は友人に匿《かくま》われることとなった。

「生き恥を晒すのは耐え難く、陛下の後を追いたかったのですが、翠蘭様が月宮《げっきゅう》に囲われたと知り……奪い返す機会を窺っておりました」

「……民のあいだでも話題になっているのか」

翠蘭は苦笑し、そして首を振った。

「気にするな、阿南。私もそなたに再会できて嬉しい。生きていてくれて、本当によかった」

熱っぽく言い募る翠蘭を見ていられぬのか、頰を紅潮させた阿南は目を伏せる。

「どうした？」

「いえ……そのようなお言葉、私のような者には勿《もっ》体《たい》ないことです」

「命の尊さは、人によって違うわけではない。誰の命であっても、大切であることは変わらぬ」

翠蘭の言葉があまりにも意外だったようで、阿南は一瞬ぽかんとしたものの、気を取り直したように口許を引き締めた。

「翠蘭様。我々は、叛乱軍に対する不満分子を集めております。味方は此度の叛乱で実権を失った豪族ですが、金はたっぷりあります。彼らを率い、都を奪還する計画を進めております。翠蘭様には、是非、その旗頭《はたがしら》になっていただきたい」

答えることは、できなかった。

「本当は来発《らいはつ》殿を仲間に引き込んでいたのですが、ご存じのとおり、件《くだん》の計略には失敗しましたので」

「来発はどうなった？」

「温情措置とやらで……謹慎中の身です。故郷の邑で、おとなしく過ごしております」

「そうか……よかった」

奎真《けいしん》は来発を殺さないだろうと思っていたものの、実際に無事だとわかるとほっとする。


「それで、いかがでしょうか、翠蘭様」

この邑に来るまでに翠蘭は幾つもの集落を目にしたが、人々は生き生きとしたものだった。

かつて翠蘭自身も軍務で国内を見回ったが、当時の民の表情は一様に暗く、憂鬱《ゆううつ》そうだった。

だからこそ、民に鮮やかな変化をもたらした奎真を討つことが正しいとは、到底思えなかった。

民を変えたのは、奎真の治世だ。

奎真は明君になるだろう。私人としては父を殺されたことは許せないが、公人として民を思うならば、奎真こそが磬王《けいおう》になるべきではないか。

「翠蘭様？」

「私は旗頭は勿論《もちろん》のこと、王にもなれぬ」

「どうしてでございますか」

「磬《けい》を導くのは、奎真のような男でなくてはならない。私にその資格はないし、今のままで十分だ」

翠蘭の言葉を聞き、阿南は顔色を変える。

「それでは仲間たちが納得しません！」

「いざとなれば、私が彼らを説得しよう」

翠蘭は強い口調で請け負ったものの、阿南は退かなかった。

「奎真は腰抜けです。あいつの見かけや物腰に騙《だま》されてはなりません」

「何？」

「――白虎の試練がどのようなものか、翠蘭様はご存じですか？」

声を落とした阿南に唐突に問われ、翠蘭は素直に首を振った。父は白虎の試練がどういうものか、ひた隠しにしていたからだ。

「王都《おうと》の西方に千尋《せんじん》の谷があります。神意を問うため、候補者はそこへ行かねばなりません。そして、己の最も愛する者を、生きたまま谷底に投げ込む――そう、来発殿に聞きました」

初めて聞くことに、翠蘭は言葉を失う。

「国を治めるためには、それくらいの覚悟がなくてはいけない。私心がある者を、白虎は決して認めませぬ。壮達《そうたつ》様は、かつて……最愛のお后《きさき》を投げ込んだとか」

「母上は暗殺されたのではなかったのか!?」

「それはただの噂です」

ならば、父こそ真の王だったということになる。

「なぜ、父上はご自分が試練を乗り越えたとおっしゃらなかったのだろう……」

父がどれほど妻を愛していたかは、周囲の人間からも教えられている。そのことを国民に伝えれば、父の治世も別のものになったのではないか。それとも、ほかにより愛する者がいたからこそ、母の命では王位を贖《あがな》えなかったのだろうか。

「儀式の方法が知れ渡れば、王位を揺るがしかねない。それゆえに歴代の王は儀式の方法を隠蔽《いんぺい》し、偽の噂をたくさん流すのです」

「そうだったのか……」

「ですから、いつまでも儀式を実行できぬ奎真は臆病者です。そばに置いておきながらも、あなたを生け贄にはできなかった」

「私を……？　何を言ってるのだ？」

話が意外な方向に流れ、翠蘭は目を瞠った。

「その話が真実ならば尚更《なおさら》、奎真が私を生け贄にな
どするものか」
まったく、意味の通らない話だった。
「ですが、翠蘭様を死罪にもせず生かしておいたこ
との理屈が通りません。奎真の翠蘭様への思いは人
一倍と、来発殿も申しておりました。そもそも、殺
す気があれば陛下と翠蘭様を同時に処刑したほうが
いいはずです。時間を置けば、あなたへの同情心が
生まれてしまう」
そんなわけがないと、翠蘭は一笑に付した。
同情はともかくとして、愛情など、一片たりとも
あるものか。
「奎真のことはともかく、私には無理だ」
「え？」
「そんなにも思う相手が、私にはいない」
「それこそ、奎真がいるではありませんか」
意外な男の名前を出されて、翠蘭は当惑から秀麗
な面を上げる。
「なぜ、奎真の名前がそこで出てくるのだ？　私は
あの男を憎んでいる」
「…………」
阿南は戸惑ったように暫し口を閉ざし、「そうで
すか」とだけ言った。
確かに、奎真は思いのすべてを向ける相手ではあ
る。強さで比べるならば、それは愛情にも劣らぬも
のかもしれぬ。
しかし、この思いは愛情ではない。愛情というも
のが、斯《か》くも濁ったものであるわけがない。
では、憎悪なのか。嫌悪なのか。
――わからない。
縺《もつ》れ合った感情に名前をつけることなど、翠蘭に
はできそうになかった。

都よりも北方の邑は、春の訪れが遅い。
山から薪《まき》を拾ってきた翠蘭は、漸く膨らんできた
花の蕾に目を留め、月宮の老木を思い出した。
あれから十日。

阿南に紹介されて翠蘭は豪族たちや支援者に会ったが、立ち上がる気持ちにはなれなかった。

奎真は今頃、どうしているのだろうか。

翠蘭の逃亡に手を貸した王烈と、仲違《なかたが》いをしなければいいのだが。王烈は嫌な男だったが、常に真剣に奎真を案じており、奎真にとっては失ってならぬ人物のはずだ。

奎真こそが、この磐の王となるべき男なのだから。

ならば、奎真は一体誰を崖から突き落とすのだろう。どこぞの美姫かと思えば、灼けるように熱く胸が疼いた。

「こっちこっち！」

子供たちがはしゃぎながら走り回る。

彼らの頭上にかかった雲を払い、光溢れる世界をもたらしたのは奎真なのだ。

——奎真……。

もう二度と奎真に会うことも叶わない。彼から憎悪をぶつけられることさえないのだ。

邑での穏やかな暮らしに慣れ、不器用ながらも薪割りや水汲みに精を出す翠蘭に、阿南ははじめは驚いていたものの、文句は言わなかった。

「可愛いものですね」

やってきた阿南に声をかけられ、翠蘭は頷く。

「私が奎真に会ったのは、ちょうどあの年頃《としごろ》で……兄ができたようで嬉しかった。周囲はかなり年上の者ばかりだったからな」

苦笑した翠蘭は、膨らみかけた蕾を指先で撫でる。

「今にして思えば、私は奎真にたくさんのものを与えられた。なのに……あのとき、恩を仇《あだ》で返してしまった……」

幼い日々、奎真がそばにいてくれたから、翠蘭は幸福で満たされていた。その余韻があったからこそ、月宮での辛い生活にも耐えられたのだ。

「——翠蘭様。奎真を殺すべきです。あの男を生け贄にすれば、あなたは救われる」

「また、それか？　冗談を言うな」

「いいえ。翠蘭様は気づいていないだけだ。あの日……良林《りょうりん》を処刑することになったときのことを、忘れたわけではありますまい！」

　血を吐くような阿南の言葉に、翠蘭はびくりと肩を震わせる。

「あのときあなたが、良林の命で何を贖ったか……それすらもお忘れだというのですか？　あなたは本当は……」

「よせ！」

　翠蘭は短く叱咤した。

　思い出してはいけない。

　あのときの自分が、父の忌まわしい命令に何と答えたのか。

「あなたは常に奎真を守ろうとした。知られれば王に殺されるかもしれないからと、奎真に何ら思いを残していない振りをし続けたではありませんか！」

「黙れ、阿南！」

　――生きていてほしかった。

　もう二度と翠蘭に笑いかけてくれなくなると知っていても、それでも、奎真には生きていてほしかったのだ。


　取り残されたあとも奎真を捜さなかったのは、未練があることを父に知られたくなかったからだ。

　信じたくはなかったが、父が己に関わる人々を害するのではないかと、翠蘭は薄々疑っていたのだ。

　夢の中でも阿南に口止めするほど、翠蘭は常に己を律していた。

　それほどまでに、奎真が大切だった。

　では、今はどうなのか。

　幼馴染みで、嘘つきで、父を殺して王位の簒奪を目論《もくろ》んだ憎むべき男。

　翠蘭の肉体を奪い、辱め、心まで嬲ろうとした男。

　思い出すだけで、怒りと憎悪に心が沸騰《ふっとう》しそうだ。

　なのに――あの男がいないことが苦しい。

　ここにいると、己の孤独を思い知る。

　阿南がそばにいても、それでは満たされない。

　奎真の体温がないというだけで、寂寥は増すのだ。

　ここまで憎いと思う一方で、己はなぜ、あの男の心を、体温を求めてしまうのだろう……。

　なにゆえにあの男の命を惜しみ、彼の存在を狂おしく欲するのだろう。捻《ねじ》れた感情に名前をつける方法を、翠蘭は未だ知らない。

「そうでなくては、奎真はあなたを草の根を分けてでも捜し出して、生け贄にしようとするでしょう」

「違う！　あの男は私を憎んでいた！」

憎悪以外の何があるというのだ。

あんなにも歪んだ二人の関係に。

しかし、時に奎真は、昔のままの優しさを見せ、翠蘭を惑わせた。

そうだ……思い出すのは、慈しむように自分の髪に触れた奎真の指の優しさ。瞼に触れる唇の熱。

——翠蘭様……。

時折漏れ聞こえる、愛しげな声。

「嘘だ……！」

惑乱に襲われた翠蘭は大樹にもたれかかり、その幹を拳で叩いた。

喉の奥までひりひりと焼けつくような焦燥に、気が狂いそうだ。憎しみだけでは読み解けない感情が、この胸の奥でのたうつ。

自分はあの男を愛しているというのか？

奎真は翠蘭からすべてを奪った、忌むべき相手だというのに！

あのとき、翠蘭の心は凍えてしまったはずだ。良林の命運が決した、父王との会談の夜から。

だが、この熱い感情は翠蘭の心中に常に眠っていたのだろうか。

そして奎真もまた、翠蘭と同じように御し難い感情に苦悶《くもん》し、この怪物を抑え込もうと必死になっているのか。

「…………」

いつしか互いの真意は憎悪の下に隠れ、見えなくなっているのかもしれない。そうでなくては、この熱い思いの意味がわからない。

こんなにもおまえが憎い。

だけど、それ以上におまえが——愛しい。

憎くて、愛しくて、たまらない。

奎真、おまえのことが——。

だから、これほどまでに苦しかったのか。

翠蘭が次の言葉を発するまで、阿南は辛抱強く待っていた。

「――――この国に必要なのは、正しい王だ」

長々と考えた末に、翠蘭は漸く口を開いた。

「しかし、白虎の崖まで奎真を連れていくのは難しい。民を煽動《せんどう》し、奎真が白虎の試練を受けねばならぬように仕向けるのがよかろう。民の求めとあらば、奎真も無視できまい」

「それだけでは、翠蘭様が儀式を行うのは無理です」

あくまでも阿南は冷静だった。

「かといって、あの男を無理に突き落とすこともできないだろう。まずは、人心を離れさせるところから始めなくては」

疑わしげに阿南が翠蘭を見つめたが、翠蘭は真っ向から彼を見返した。

「私を信じてくれ。この国を取り戻すために……できることをする」

「わかりました、翠蘭様」

阿南は力強く頷いた。


「奎真様！　どうか我々の願いをお聞き届けくださいませ！」

「奎真様！」

ここ三日で、城を取り巻く民は更に増した。これではうるさくて、執務に支障を来《きた》す。一体どこから湧いてきたのかと、奎真は苦々しい気持ちになった。

「どうにかしてくれよ、奎真。このままじゃ、連中、城の中にまで入ってきちまう」

王烈の仕業かと思ったが、彼は覚えがないようで、困惑しきっている。

「城を守るのが、おまえたちの仕事だ」

「いくら何でも、丸腰の民衆に剣を振るって追い払うわけにはいかないだろ？　しかも、彼らはおまえに対して悪意があるわけじゃない」

一度は兵が民を散らしたが、奎真が王位に就くことを一心に望む罪のない連中を力でもって押さえ込むことなど、できようがない。

「奎真、おまえに策はないのか？」

「私が聞きたいくらいだ。本当におまえが煽動したわけではないのだな？」

改めて確かめる奎真に、王烈は呆れ顔になる。

「煽動しておまえが言うことを聞いてくれるなら、翠蘭が手許にいるうちにやってるよ」

「…………」

そのとおりだが、翠蘭を儀式に使えという王烈の意見には、奎真は賛同しかねた。

なぜ、翠蘭なのか。

こんなにも憎く、恨みをぶつけるしかない相手なのか。

複雑に縺《もつ》れた感情の糸を、解くことはできない。たった一語で言い表すことなど、無理な話だった。

わかることは一つだけ——自分は翠蘭に執着している。殺すことなどできないほどに。

「とにかく、民には何か示したほうがいい」

「ああ。だが、儀式は……」

「しないでどうする！　民に新しい夢を見せたなら、最後まで責任を持て」

王烈の真摯な叱責が耳を打つが、女々しいほどに自分は優柔不断だった。

そのとき、何か動きがあったらしく、外で人々がどよめくのが聞こえる。

「何だ？」

奎真は眉を顰めたが、ここにいては原因がわからない。

「様子がおかしいな。見にいこう」

部屋から出ようとした王烈は、ちょうど駆けてきた衛兵とぶつかってしまう。

「おい、外で何があった？」

「触れ書が出たというのです」

王烈が「触れ書だと？」と問い返す。

「はい！　明後日の正午、白虎の谷で、奎真様が神意を問う儀式を執り行うと！」

「馬鹿な！　そんな触れは出していない！」

思わず奎真は声を荒らげる。

振り返った王烈は肩を竦め、「俺じゃねえぞ」と低い声で言った。

「十中八九、こいつは罠だろうな。おまえを試したがってる連中がいるんだ」

「試すまでもない。私は王の器ではない」

「その言い訳に納得するやつが、磬の民に何人いる⁉」

往生際の悪い奎真の言葉に、王烈は声を荒らげた。外で「奎真様万歳！」と人々が声を上げるのが、切れ切れに聞こえてくる。波のように押し寄せる声が、奎真をひしひしと責め立てた。

暫くの沈黙のあと、王烈が顔を上げて奎真を真っ向から見据える。

「——もうこれで引き返せぬぞ、奎真」

王烈が静かな声で告げた。

「翠蘭を連れてこよう。異論はないな？」

答えることはできなかった。

こうなった以上は、自分は試練を受けねばならない。それが叛乱を起こした者の義務だ。

己は本当に、このような結果を望んでいたのか。

奎真は昏い瞳で、己の両手を見つめる。


こんなものは、愛ではない。こんなにもどろどろとして不毛で醜悪なものが。だが、いっそ試してみれば答えは出るのだろうか。ここまでの執着と情念の理由が、わかるのか。

十二

蒼穹《そうきゅう》は澄み渡り、雲一つない。

正午近く、渓谷《けいこく》には大勢の人が詰めかけ、その瞬間を一目見ようと待ち構えていた。

翠蘭《すいらん》は頭から暗い色合いの上衣をかぶり、顔を隠すように群衆に紛れ込む。幸い人々は興奮しきっており、翠蘭に気づくものはいなかった。

「大丈夫でしょうか」

小声で不安げに問う阿南《あなん》に、翠蘭は頷く。

翠蘭は数日前に阿南たちと邑を出奔《しゅっぽん》し、王烈《おうれつ》が放った密偵からも身を隠した。その間、阿南の仲間たちが、周到に人々を煽動した。

連中が必死で翠蘭を探しているのは知っていたが、何とか逃げ切れた。

翠蘭が見つからぬ今、奎真《けいしん》は儀式を執り行うことはできない。かといって奎真が儀式をやめれば、彼の名声に傷がつく。民衆の心も離れるだろうというのが、自分たちの狙いだった。

崖の突端に向け、馬から降りた奎真が徒歩で進む。

翠蘭は息を潜めて、人垣の狭間から彼を見守った。

相変わらず、奎真は堂々として美しかった。威儀を正して濃色の衫《さん》を身につけ、凛々しい顔つきで毅然と前を見据えている。

供は不機嫌そうな顔の王烈と衛兵数名しかおらず、それに気づいた民衆は、俄《にわか》にざわめき始めた。

「どういうことだ？」

「衛兵を生け贄にする気か？」

やはり、奎真は儀式を行うつもりはないのだ。どこまでも高潔で憎らしい男だった。

「皆の者、怪我をしたくなければ下がれ！」

王烈が人々に下がるように促したので、不満を言いつつも彼らが一斉に後退する。興奮した人々が殺到して怪我でもしないようにという配慮だろう。

だが、翠蘭だけはそうしなかった。

「そこの者、危ないぞ。下がらぬか！」

王烈に声をかけられ、翠蘭は逆に足を踏み出す。そして、制止を無視し、崖を上がっていった。

奎真が自分に気づく前に身を翻し、被っていた布を勢いよく脱ぎ捨てた。

「翠蘭様！」

「翠蘭だぞ！」

人々のどよめきを聞き流し、翠蘭は毅然と顔を上げる。

「我が名は史《し》翠蘭。知ってのとおり、この国の前王である史壮達《そうたつ》の嫡男《ちゃくなん》である」

翠蘭の言葉に、野次が飛んだ。

「その王子様が何の用なんだよ、今頃さ！」

「そうだそうだ！」

簡素な旅支度でありながらも気品を失わず、凛然と前方を見据えた翠蘭は続けた。

「奎真は、王位を我が命で贖《あがな》わねばならぬ」

力強い翠蘭の声が、あたりに響き渡る。

「白虎の試練には諸説あるが、私は王族であるがゆえにその真の方法を知っている。……王は時に苛烈にならねばならない。白虎が求めるのは、前の王族の命。つまりは我が命だ」

振り返った翠蘭は、色を失ってその場に佇《たたず》む奎真の許へ近寄った。

「この国の王位に就くのはそなただ、奎真」

民には聞こえぬよう、翠蘭は囁く。

「違います、翠蘭様。王位に就くために必要なのは……」

「知っている」

奎真の態度から、彼の真意を拾い上げた気がして翠蘭はうっすらと微笑む。

なんて、己は愚かだったのか。

今も狂おしいほどの熱さで自分を見つめる奎真の瞳から、どうしてこれまで、彼の真情を読み取れずにいたのだろう？

「必要なのは、最も愛する者の命だろう」

「——では、なぜ、あなたが」

「おまえは私を愛しているはずだ」

翠蘭は胸を張り、毅然と奎真を見つめた。

「おまえ自身は気づいてなくとも、私にはわかる」

たとえば今、奎真の指先から、唇から、彼の心情を感じ取ることができる。

相手に消しようのない憎悪を向けつつも、根底にある互いの思いはいつも一つだった。

あまりにも自信に満ちた発言に驚いたのか、奎真が口を噤む。

「私はおまえを愛している」

翠蘭の言葉に、弾かれたように奎真が顔を上げる。信じられぬことを聞いたとでも、言いたげな顔つきだった。

「だが、私がこの世にいればそなたを苦しめる。それに、そながた試練を受けねば、民も王の不在に苦しむことになろう。それだけは許せぬ」

「翠蘭様、それは」

奎真が何か言いかけたが、人々は儀式が始まらぬ苛立ちに、不満の声を上げ始めた。微かに蒼褪《あおざ》めた奎真と目が合い、翠蘭は唇を綻ばせる。

「そなたこそが真の王。そなたを戴《いただ》けば、民も幸福になる。この国には王が必要なのだ」

身を翻した翠蘭は、躊躇わなかった。

ごく自然に、崖に向かって一歩踏み出す。

……落ちる。

「翠蘭様！」

驚くほどの素早さで、奎真が翠蘭の肘《ひじ》を摑んだ。

翠蘭自身の重みに耐えかねた彼の手が一瞬離れ、崖から落下する寸前に、再び腕を握られる。

「ッ！」

衝撃が肩に伝わり、激痛に汗が滲んだ。

小石がぱらぱらと奈落の底に転落していく。

崖に落ちかけた翠蘭の躰は反転し、今や腕一本で奎真に支えられていた。

谷底から伝わるのは、恐ろしいほどの冷気だった。どれほどこの谷が深いか、それだけでわかろうというものだ。

「放さぬか、奎真！」

土埃が落ち、顔にかかる。

「いいえ」

「民を導くのは王の務め。そなたには王としてすべきことがある！」

痛みに耐え、翠蘭は懸命に声を張り上げた。

「私は王にはなれません」

「まだそのような繰《く》り言《ごと》を申すのか」

「私には、あなたを殺せはしない！」

向き合った奎真の表情は、驚くほどになまなましかった。

「民のために命を捨てたところで、私は後悔はしない！」

「あなたの命を誰にも渡しはしない。たとえ神であっても！　あなたは私のものだ！」

さすがに腕一本で支えるには翠蘭は重いらしく、奎真の額に汗が滲んでいる。

「私はあなたに縛られ、囚われている。百万の民よりも、あなたの命のほうが尊い」

それを聞ければ、十分だ。

通り一遍の愛の言葉など、いらない。

万言を費やすよりも、よほど価値のある告白だった。

「愚かな男だ……そなたは」

翠蘭は薄く微笑み、右手で衣服を探り、護身用に忍ばせておいた短刀を握る。

そして、奎真の腕に短刀を突き立てた。

「ッ」

「なぜ放さぬ！」

彼の腕から流れ出した血が翠蘭の顔に滴ったが、それでも奎真は翠蘭を放そうとしなかった。

「私の命の上に国を築くのが、そんなに怖いのか！　この愚か者！」

「怖いに決まっている……私は、あなたを失うのが怖い。あなたを失えない」

熱い血潮が、翠蘭の頬を汚す。

民のためには、愛憎など些事《さじ》でしかない。彼らには奎真が――王が必要なのだ。

「この命一つで民を幸福にできるのなら、安いものだ」

翠蘭が言い切ったそのときだ。

それまで晴れ渡っていた空が、瞬時に掻き曇り、雷鳴が轟《とどろ》く。

遠くで獣の咆哮《ほうこう》が聞こえ、崖の下から突風が吹き上がる。自然と奎真の手が解け、躰が一瞬宙に浮いた。

「翠蘭様！」

翠蘭の全身を目映い光が包み込み、ふわりと地上へ押し戻した。

あたたかい……。

隅々まで、躰と心がぬくもりに満たされる。

地上に足が着き、翠蘭は呆然と奎真を見下ろした。

これが神獣の――白虎の御心なのか。

二人のやりとりは聞こえずとも、固唾《かたず》を呑んで成り行きを見守っていた民衆がどよめく。

「新しい王だ！」

「神獣が王を選んだ！」

誰かが叫び、続けざまにわあっと歓声が上がる。

それに応えるように、もう一度虎が吠《ほ》えた。

「翠蘭様こそが王だ……」

「磬《けい》に新しい王が生まれたぞ！」

歓喜に沸いた人々は翠蘭たちの許へ殺到しようとしたが、王烈が兵に命じてそれを押さえる。

彼らのあいだを縫って、よたよたとした足取りの一人の男が現れた。阿南の肩を借りて近づいてきたのは、旅装束《しょうぞく》の来発《らいはつ》だった。

「間に合いましてよかった、翠蘭様」

急いできたらしく、彼は息を切らせている。

「これはどういうことだ、来発」

今の事態が信じられぬ翠蘭は、父の腹心だった男を凝視した。

「神獣が求める者は、この国のために命を捨てられる勇者でございます」

来発は平伏しつつも告げる。

「真に民を思い、民を愛する者こそが王に相応しい。白虎は翠蘭様をお選びになった」

「だが、私より奎真が……」

「もとより、私にその資格はない。今日も、儀式を行うつもりはなかったのです」

奎真は厳《おごそ》かな声で言い切った。

「愛する者を殺すことはできない。あなたを残して、死ぬこともできない。私はあなたに囚われているがゆえに、進むことも戻ることもできないのだから」

冷えた声で紡がれるそれは、何よりも甘い。

「あなたがいるからこそ、私は何ものにもなれぬ」

悔しげに呟く奎真の声に、彼の苦渋《くじゅう》を見る。

その、あまりにも昏い——千尋の谷より深い妄念。


夜になって月宮《げっきゅう》を訪れた翠蘭は、春妹《しゅんまい》の案内で奎真の部屋へ向かう。

華美な衫を身につけた翠蘭に対し、質実な袍を与えられた奎真は露台に佇み、何事かを考え込んでいる。

「奎真」

顧みた奎真は、「翠蘭様」と神妙な顔で拝跪した。

本来ならば彼は牢に繋がれるべきだが、民のため蜂起した奎真に罪はないと判じ、月宮で蟄居《ちっきょ》させていたのだ。

「即位の日取りは決まったのですか」

「ああ、明日にでも」

父がどうして翠蘭を恐れていたのかは、王宮に戻った来発が具《つぶさ》に教えてくれた。

壮達は、どこまでも憐れな人だった。

自分が王の器ではないと知りながら王位を欲した壮達は、儀式のために己の命を捨てられなかった。王に相応しくない者は神獣の加護を受けられず、崖から飛び降りれば死ぬほかない。儀式の方法が秘匿《ひとく》されているのをいいことに、壮達は白虎の試練は后を生け贄とすることだと誤魔化し、偽王となった。

だが、王宮を訪れた占い師が幼い翠蘭を指し、「この者こそが磐の真の王になろう」と予言したため、一人息子を憎むようになったのだ。

どうせ王になるのならば暗君たれと、父は翠蘭に歪んだ教育を施した。翠蘭の愛するものをすべて奪い、殺し、他者を信じられぬように仕向けたのだ。

翠蘭も薄々気づいていたが、自分に仕える女官や側仕えが次々と辞めたのも、そのせいだ。

　奎真を学友に望んだときも、父は天涯孤独と偽る彼の嘘にあえて目を瞑《つぶ》り、翠蘭が心を許しきったところで奎真を追放した。

　翠蘭に言い寄る男たちを次々と処罰したのも、翠蘭に孤独を与えるため。

　壮達の狙いどおりに翠蘭は次第に鬱屈《うっくつ》し、民も臣も信じず、彼らを顧みぬ暗君への道を歩もうとしていたのだ。

「来発も面倒なことをしてくれる」

あの狸《たぬき》め、と翠蘭は内心で苦笑する。

　翠蘭を逃すことを諦めた来発が儀式の方法を偽ったのは、奎真はいずれ翠蘭を崖から突き落とすだろうと考えたからだ。だが、翠蘭こそが真の王ならば、白虎は翠蘭を救い、王に選ぶだろうと。

　尤も、翠蘭がこの期に及んで明君の資質に目覚めていなければ、今頃転落死していただろう。なのに来発は、「ここまでの試練を経ても王の素質が目覚めないのなら、仕方がない。奎真様に真実をお知らせして、改めて試練を受けていただくつもりでした」などとぬけぬけと言うのだから、恐れ入る。

　白虎の神意を問う儀式の方法に民衆は気づいていないようだが、彼らがそれを知ったところで構わない。真に国を思い、我が身を投げ出そうとする者に次の磬王《けいおう》の座を護れるのならば、翠蘭は喜んで王位を明け渡すだろう。

「来発なりに国を思っての結果です。私の処刑はいつですか？」

　やけに静かに問われ、翠蘭は首を振った。

「そなたや王烈のような、真に民を思う者を殺すほど私も暗愚《あんぐ》ではない。それに、そなたも王になる資格があったのだろう？　金色がかったあの瞳の色は、候補者の証《あかし》と聞いた」

　互いの瞳の色が変わったことに驚き、来発に三日三晩調べさせて、漸く真実が判明したのだ。無論、父も知らぬ言い伝えだった。知っていたら彼は、少年の奎真をも殺めていたに違いない。

「忘れ去られた、この国の古い言い伝えだとか。確かに私の瞳は黒に戻り、今度はあなたの瞳が金色になった。あなたの父上も……かつては、そんな瞳だったのかもしれません」

　晩年の父は一際高く暗い場所に玉座を据え、目の色など確かめるべくもなかった。

「そなたは白虎によって許されたのだ。胸を張って仕えればよい」

　奎真によって、翠蘭は王として目覚めた。だから白虎は王を辱め、穢した奎真を許したのだろう。それどころか、翠蘭に刺された奎真の腕の傷をたちどころに癒《いや》し、崖から戻ったときには、あの傷は跡形もなくなっていた。

「司徒《しと》には来発を任命するつもりだが、そなたは司《し》空《くう》になってくれぬか」

　司徒とは行政における最高責任者であり、司空は副丞相《じょうしょう》。そして太尉は将軍にあたる。まだ若い王烈を太尉《たいい》にすることは無理だったが、中尉として磬都の治安維持の任に当たってもらうつもりだった。

「私にその資格はありません」

　言下に否定されて、翠蘭は微笑する。

「ならば、私に男妾として囲われるか？」

「あなたに囲われる理由がない」

　奎真はあくまで頑《かたく》なだった。

「そなたを愛していると言ったろう」

「愛、ですか？」

　翠蘭の言葉を、奎真は鼻先で笑い飛ばした。

「私はあなたの父を殺し、貞潔を奪い、何度となく犯した。そんな私を愛せるというのですか」

　自嘲を多分に含んだ口ぶりだった。

「――私はそなたが今でも憎い。八つ裂きにしても飽き足らぬほどだ。何かあれば、そなたをこの手で葬ると心に決めている」

　あれだけの負の感情の応酬があったのだ。増悪を理性で制御することはできなかった。

「ならば」

　奎真の言葉を遮り、翠蘭は続けた。

「だが、憎しみだけでは心は折れてしまう。暗く醜い思いだけを抱いて生きることは、私にはできぬ」

かつて王烈が言ったことを、翠蘭は思い返す。

「その理由を考えたときに、漸く思い当たった。私はそなたを愛しているのだと」

「誇りを傷つけられたことを、ご自分を誤魔化すことで埋め合わせようとしているだけですよ。目を覚ましなさい、翠蘭様」

奎真もまた、ひどく頑固だった。

「好きでもない相手のために、誰が己の命を擲《なげう》てるものか！」

昂《たかぶ》った翠蘭は、険しい声になる。

命を捨てようとしたのは、民のためでも、そして奎真のためでもあった。奎真には、この国の王になってほしかったのだ。

「憎しみがないとは、間違っても言えぬ。しかし、それと同じ……いや、それ以上に私はそなたを求めている。奎真、そなたを誰にも渡したくはない！」

どう言えば、奎真は理解してくれるのだろうか。

心中で滾《たぎ》る憎悪を、完全に消し去ることはできない。けれども、それすらも時に凌駕する深く激しい愛情が、翠蘭の心に共存しているのだと。

その共存がたとえどれほど苦しくとも、耐え抜くつもりだった。

「愛憎に折り合いをつけるとおっしゃるのですか？ なぜそんなに、険しい道を選ぶのです？」

「愛していると……何度言わせる気だ」

翠蘭は視線を落とし、ぽつりと呟いた。

「――私には耐えられません……！」

押し黙っていた奎真が顔を上げ、声を荒らげた。

「あなたを憎んでも憎んでも、なお捨て去れずにあなたを求めるこの感情を愛というのなら……私はたまらなく苦しい。あなたに私と同じ思いをさせていることが、辛い……！」

近寄った奎真は、翠蘭の躰を骨も砕けるほどの勢いで掻き抱いた。

「あなたにも、こんな思いをさせているのですか。私はあなたを苦しめ、傷つけるほかないのですか！」

それは魂の慟哭《どうこく》のような、切なる叫びだった。

奎真の中に潜む感情の、何と激しいことか。

「一つだけ教えてください」

顔を上げた奎真に、ごく間近から真摯な瞳で見つめられて、翠蘭は怯んだ。

「何を」

「あなたは本当に、私の養父を処刑させたのですか」

予期せぬ質問に、翠蘭は唇を閉ざす。

「お答えを」

「……本当だ」

憂苦《ゆうく》に満ちた声で、翠蘭は告げた。

「私は良林《りょうりん》の命で……そなたの命を贖った」

「今……何と?」

驚愕に、奎真が目を瞠るのがわかった。

あの日、早馬で都に戻り、良林の助命を嘆願した翠蘭に、壮達はこう言った。

――良林とやらの命を救ってやってもよい。だが、王の裁きに間違いがあってはならぬし、代わりに息子に罪を着せて処刑しよう。それならば民も納得しようというものだ。

それだけは許してくれと哀願する翠蘭に対し、壮達は決して容赦しなかった。

――選べるものは二つに一つ。それが嫌ならば、一刻も早く良林を処刑せよ。

情に流される翠蘭の弱さを嘲笑《あざわら》う父王の声を、一生忘れないだろう。

仕方なく翠蘭は、良林を処刑せよという命を、王に代わって発したのだ。

「死なせたくなかった……どうあっても!」

声が掠れ、我ながら無様な告白になる。

「おまえの父を見殺しにすることで、おまえが私を憎んでも、蔑んでも、それでもよかった。おまえが生きることだけが我が望み。悔いはなかった……!」

どちらにしても、奎真は決して翠蘭を許さないだろう。奎真ならば、良林のために喜んで命を投げ出すとわかっていた。あるいは、父の命で贖われた己のことを許せずに自死を選ぶかもしれない。ゆえに、翠蘭はこの秘密を、墓場まで持ち去るつもりだった。

心を閉ざし、凍らせればその秘密を守れると信じて。

「すべて、私の我が儘だ。だから、そなたに……許せとは言わぬ……」

生きていてほしかった。

二度と――否《いな》、一生会えなくてもいい。

蔑まれても、足蹴《あしげ》にされても、それでもよかった。

それほどまでに自分は、この男を愛していた……。

「……翠蘭様」

「私はおまえがこの世で一番憎い。だが、そなたがいなくては生きていけない……」

奎真が翠蘭の頰を両手で包み込む。

溢れ出した涙で視界がぼやけたが、奎真はその雫を唇で吸い取った。

「私もあなたと同じことをした。王を処刑しなくては、民の非難があなたへ及ぶとわかっていたから……壮達様の命を奪った。それだけでなく、叛乱に当たって多くの命を犠牲《ぎせい》にした。私の罪は、絶対に消えはしない」

互いに背負う痛みと罪は、永遠に消し去ることができないのだ。

他人に憎しみを抱く苦痛は、自分が一番よく知っている。奎真のように優しい男は、醜悪な感情を抱えることに、どれほど苦しんだだろうか。そしてこの先も、翠蘭は奎真を苦しめることだろう。今は、そのことが一番辛《つら》かった。

「……お互い様だ」

強がる翠蘭を、奎真は淋しげなまなざしで見やる。

「――あなたはずっと、ここにいた。幼い頃の素直で優しいあなたは……消えたわけではなかった。あまりの淋しさに、冷たさの仮面の裏に身を潜ませていただけで、あなたはあなたのままだった」

奎真は密やかに呟き、翠蘭を抱き寄せる。

「あなたが褥で罰されることを望むのも、私のせいなのですね」

「おまえが私を罰したがるのも……そなたを苦しめた私のせいなのだろう」

可愛げなく言い切った翠蘭を見て、奎真は漸く小さく笑う。

「わかったのなら、王命を受け容れよ。でなければ、そなたを男妾として月宮に囲うという先の言葉を、実行する」

「ご冗談を」

「王たるもの、この月宮の秩序くらい乱しても構わぬはずだ」

「一つの乱れが大事になるのが、政です」

余裕を取り戻し、澄ました顔で奎真が嘯《うそぶ》く。

「ならば、乱すのは褥《しとね》だけにしておこう。それでもまだ不満か？　そなたは、私に触れずとも耐えられるのか」

傲然とした翠蘭の言葉に、身を屈めた奎真は改めて耳打ちした。

「罰してほしいですか？」

「――今宵は、罰ではないものが欲しい……」

「何を？」

答えは言わずとも知れたものだった。


衣服を脱ぎ捨てた奎真の裸体は、鍛え抜かれている。彼は牀榻《しょうとう》に寝かせた翠蘭の喉を擽るように舐め、薄い皮膚に舌を這わせた。

「……っ」

久しぶりの行為に、全身が敏感になっているのがわかる。己の反応のなまなましさに怯え、翠蘭は唇をきつく噛んだ。

褥に長い髪が散り、膚に当たるとどこかむず痒《かゆ》い。

「声を出してください、翠蘭様」

「いや……」

抵抗の声さえも、あえかなものになる。

「聞く者など誰もおりますまい」

「……でも……っ……」

小さく笑んだ奎真が、翠蘭の唇を軽くなぞり、右手の指を差し入れてきた。湿った口腔の粘膜を爪《つめ》で引っ掻かれて、曖昧な感覚に頭の芯が滲む。

「ん、んっ……」

溜まってきた唾液を掬われ、上顎を軽く擦《こす》られる。それだけで翠蘭の下腹部は疼き、熱が溜まっていく。

「ッ！」

思わず息を呑んだのは、奎真が空いている左手で翠蘭の乳首を摘んだせいだった。

「……ふっ……」

おまけに舌を指に挟まれて引かれるのは苦しかったが、奎真は頓着しなかった。

「声を出したくないとおっしゃるので、塞いであげているのですよ」

そのあいだも彼は左手で翠蘭の胸の尖りを引っ張り、押し潰し、器用に弄ぶ。

「んむ……ん、んっ……んく……」

舌を引かれたかと思えば、付け根の弱い部分を爪で押される。自分でも触れたことのない歯茎の裏を緩やかかつ慎重に刺激されて、思考がぼやけていく。

「や……っ……」

首を捻《ねじ》って奎真の指から逃れると、今度は唇を押しつけられる。こちらのほうが、いい。深い接吻を求めて、翠蘭は積極的に舌を絡めた。

愛撫さえ与えられぬままなのに、性器は痛いくらいに張り詰めている。自然と下腹部を奎真に押しつけた翠蘭に、彼は「もう濡らしておられる」と囁いた。こんな淫らな躰にされてしまったことが、恥ずかしくてたまらないのに、抗《あらが》えない。

そんな翠蘭の狼狽すら無視し、奎真は濡れた指でいきなり窄みに触れる。

「いや…だッ……」

「嫌ではないでしょう？　ほら……翠蘭様」

何度か撫でられただけで蕾は綻び、奎真の指をすんなりと受け容れた。ひくつく襞が男の指を従順に呑み込み、いじらしく蠕動《ぜんどう》しながら更に内側へと迎え入れていく。

「奥だけでなく、ここもお好きでしたね」

囁いた奎真が浅瀬を指で探るものだから、翠蘭の瞳にはうっすらと涙が滲んだ。

「やめろ……そこ、だめ…だ…」

指が届く部分にひどく感じるところがあり、そこを責められるともうひとたまりもない。

「だめですか？　こんなに感じているのに？」

奎真に媚肉《びにく》を捏ねられるたびに快楽を煽られ、否応なしに性器に意識が集中する。淫蕩な遊戯のせいで全身は熱を帯び、汗に塗《まみ》れた膚が蒸れていく。

「…そこ、は……もうっ……」

「お好きでしょう。こんなに反応しておられる。ああ、蜜が零れてしまった」

すっかり兆した花茎《かけい》の先端には先走りの雫が浮かび、翠蘭の幹を伝い落ちる。言葉で説明されるとよけい意識し、繊毛《せんもう》を濡らす己の浅ましさに翠蘭は激しい羞恥を覚えた。

「嫌……奎真、…やめ、…あ、あぁッ…!」

抗おうと躰を捩《よじ》った刹那、逆に奎真の下腹部に強くそれを押しつけてしまい、呆気なく熱が弾ける。

どうしよう……達ってしまった……。

性器にまとわりつく雫を指で拭い、奎真が見せつけるように舐めたため、翠蘭は羞《は》じらいに耳まで赤くなった。

「私以外の男は、咥え込んでいなかったようですね。こんなに濃い」

「誰が、そなた以外に……許すものか……」

ふ、と彼は微笑んだ。

「光栄です」

尚《なお》も彼が指を差し入れたものだから、翠蘭は焦《じ》れて項《うなじ》を捻《ねじ》った。

「ん、んっ……それ、は……いいから……もう……」

「もう、何ですか?」

小刻みに指を回しながら問われたところで、翠蘭にはその一言が言えなかった。

「聞くな……」

「言えませんか?」

「ん、ん…っ…」

唇を重ねられたまま、蕾を指でじっくりと解される。だが、彼のしなやかな指では届くところには自然と限度があったし、何よりも物足りなかった。

逞しいもので奥まで塞がれて、一つになりたい。

「翠蘭様」

「——好きにするがいい……」

逡巡の末に翠蘭が呟くと、彼は低く笑った。

「あなたらしい求め方だ。お望みとあらば、そういたしましょう」

奎真は翠蘭を改めて組み敷くと、脚を持ち上げるようにして躰を二つに折る。両手で肉の薄い双丘を拡げ、奎真はそこに猛《たけ》りを押し当てた。

「……っ」

痛みに躰が撓《たわ》むが、丹念な愛撫で蕩けていた秘所は、奎真をなめらかに受け容れていく。

「…は…っ……」

「痛いですか？」

「……構わ…ぬ…」

硬くて大きいのが、中に入ってくる……。

性器を基点に微かに腰を揺さぶられ、翠蘭の躰は跳ねた。額には脂汗が滲み、呼吸が浅くなる。

「…揺する、…なっ……」

「それだけ？」

奎真が今度は強引に、狭窄《きょうさく》な肉を拡げて腰を進めてくるものだから、翠蘭は小さく呻いた。

「だめ…っ…まだ……」

「何がいけませんか？」

「中、まだ…、あ、あっ……動くな…っ」

「動いているのではなく、挿れているのです」

冷静に告げる奎真が憎らしいものの、全身汗みずくになった翠蘭は抵抗することもできなかった。

「よせ…、…そこ……深…っ……」

内壁を巻き上げながら秘裂《ひれつ》に入り込む楔の大きさに、翠蘭は総身《そうみ》を引き絞り、儚《はかな》く喘いだ。

「…離せ……」

「離さないのはあなたでしょう」

気づけば翠蘭は奎真の腰にしっかりと自分の両脚を巻きつけ、彼の二の腕を摑んでいた。

翠蘭は慌てて脚を解こうとしたが、奎真は笑って押しとどめる。

「そうではなく、私を離さないのはこちらですよ」

囁いた奎真が軽く腰を引いただけで、蕩けきった肉層が灼熱にまとわりつき、ずるりと蠢く。

「…あぁ……」

堪えようもない感覚に、鼻にかかった声が漏れた。

「気持ちいいでしょう？　こんなに嬉しそうに食むくらいですから」

翠蘭様、と囁いた奎真が耳朶を嚙む。その甘い刺激が、全身に伝っていくようだ。

「よくありませんか？」

たたみかけるように問われると、理性ごと何もかもが流されていきそうだった。

「私が欲しいと言ったでしょう、翠蘭様。いい加減、これを快楽と認めてしまいなさい」

「く…ッ……」

今まで、奎真に何度抱かれても、翠蘭は快楽を覚えたことなどなく、そうならぬよう必死で耐えてきた。そこまで落ちてしまえば、溺《おぼ》れてしまいそうで怖かったからだ。

「翠蘭様」

促される声の甘さと、熱。

またもくちづけられて、口腔をこれ以上ないというほど執拗にまさぐられる。

これまでに与えられたことのない熱烈な接吻に、強張っていた心が溶けていくようだ。

こんなにも求められている――奎真に。

それを実感できたからだ。

「……いい……」

今までに、心では頑なに快楽を認めようとしなかった翠蘭だが、押し寄せる波には抗えなかった。

そう、それは確かな快感だった。最早、拒むことはできない。

たまらずに認めた瞬間、下腹部がじいんと熱くなり、疼痛《とうつう》に神経が痺れた。

すごく……気持ち、いい。

「いい……奎真……」

とうとうそれを認めたことで加速度的に快楽が増し、翠蘭は下肢を揺すりながら、奎真の逞しい腰に脚を絡めた。

「快《い》い……いいっ……」

こんなに感じてしまうのは、初めてだ。

気持ちよくて、よくて、たまらない。

「よく言えましたね、翠蘭様」

愛しげな声音が嬉しくて、翠蘭は半ば無意識のうちに「いい」と喘いだ。

もっと深く穿《うが》って、潤んだ粘膜をぐずぐずになるまで擦ってほしかった。

「何がそんなにいいんですか?」

「挿入《はい》って…る、…」

感極まった翠蘭がぎちぎちと奎真を締めつけると、男は息を吐き出す。

「ええ。気持ちよさそうに咥えてますよ。こんなに締めて」

「ああ…」

素直に快感を認めて抱かれることがこんなにも気持ちいいのだと、翠蘭は知らなかった。

心身ともに愉悦に身を委ね、溺れることで、快楽の純度はより高くなり、翠蘭を狂わせる。

おかしくなりそうだった。極限まで拡げられた部分が、熱のせいで融解しかかっている気がする。

「……いい……とても……」

脳まで焼け爛れそうな快感に、たまらずにまたも熱が弾ける。咽《むせ》びながら達する翠蘭を見下ろし、奎真は「ずるい人だ」と呟いた。

「こんなに淫らで可愛くて、美しくて……あなたのような人は見たことがない」

「嫌い、か……?」

不安から無防備に問う翠蘭に、奎真は首を振った。

「愚問ですね」

奎真が翠蘭の腰を摑み、繫がったまま抱き上げる。

「ああっ!」

躰がぐっと沈み込み、剛直に貫かれる衝撃に翠蘭は背中を仰け反らせた。

「だめ……こわれる…っ……」

「壊したりしませんよ。ほら、達って」

「ん、ん……達く、いく…」

はしたない言葉を使えば使うほどに羞恥は募るが、同時に愉悦は深くなるような気がした。翠蘭は自ら腰をくねらせ、奎真を熟れた最奥へと誘い込む。

「よせ……あ、あっ……ふかい、っ……奎真……お、奥…もう…」

激しい抽送《ちゅうそう》に耐えかねて、自分でも何を口走っているのかわからない。でも、声を出していないと意識もろとも引きずられてしまいそうだった。

「理性など奪って差し上げます」

「…そんな……い、嫌…っ…」

「嫌でこんなに感じてるんですか？」

囁く奎真は、翠蘭の躰のことなど知り尽くしているかのように、繊細な秘部を抉《えぐ》った。

「やめ…、…おおき……」

大きくするなと訴えたところで、奎真は取り合ってくれなかった。

「我が儘をおっしゃらないでください。大きいのが、いいでしょう？」

「ん…うん、おおきい…気持ち、いい……」

矛盾した自分の言葉にも気づけぬほど、翠蘭は溺れていた。

「そろそろ出しますよ」

「…ど、どこ…に……」

「中にたっぷり出して差し上げます。だからあなたも、私で達ってください……翠蘭様」

奎真が掠れた声で告げる。

「だめ…っ……、ああっ…」

凄まじい抽挿《ちゅうそう》の音に、自分が動いているのか、彼が突き上げているのかの区別がつかなかった。ただ、突かれるたびに躰が軋み、頭が真っ白になって、全身が昂っていくのがわかる。

「…っ」

熱いものが、全身に満ちる。

奎真に体内に注がれるのは、初めてだった。

嬉しい。

「いい、い……いく…っ……」

男の劣情の証を浴びたことを意識した刹那、翠蘭もまた高みに引き上げられた。


「……静かにしないか。翠蘭様が起きてしまう」

寝返りを打った翠蘭が目を覚ますと、奎真が露台で小鳥たちと戯れているところだった。

折角気持ちが通じ合った朝だというのに、置き去りにするとは無粋なものだ。

「そなたは私より、鳥が好きなようだな」

掠れた声で翠蘭が呼ぶと、奎真が振り返った。

「この鳥たちは、あなたを案じているのです。それであまりにうるさくするから、静まるようにと」

「何？」

理解できぬ発言に、翠蘭は身を起こして問う。

「案じるも何も、それにしては私に懐かないが」

長い髪を掻き上げると、奎真が笑う。

「王には独特の気というものがございます。翠蘭様は白虎の気配を纏っておられるからこそ、鳥獣はあなたを恐れるのでしょう」

淡々と話をしているうちに、翠蘭は昨晩の己の狂態を思い出し、羞恥に俯いた。

「どうなさいましたか？」

不思議そうな顔をされたので、翠蘭は仕方なく口を開く。

「昨晩のそなたは、大層意地悪だった」

「もともとああいう性分です。翠蘭様もひどく乱れておられたでしょう。とても可愛らしかったですよ」

そう言われると、もう立つ瀬がない。

「――私のように浅ましい者が……王になれるのか……」

「白虎が選んだ以上は、あなたが正当な王です。それは多くの目撃者がいる。これからのあなたの治世が、あなた自身の評価を決めるのです」

近づいてきた奎真は、未だ全裸の翠蘭の肩を恭しく抱いた。

「聖人君子であろうと淫乱であろうと、私にとってはどちらでも大差ありません」

奎真の唇が、翠蘭の瞼に触れる。

その優しい仕種に心が解け、翠蘭は唇を開いた。

「ならば、奎真、おまえの前では何にでもなってやろう。そなたが望むものに」

「私が望むのは……ただ、あなただけです。あなたが何ものであろうと、私はあなたに囚われ続けるだけだ。この感情を……何と言えばいいのか、私にはわかりません」

奎真の言葉は、静かな狂気を孕む。

常に冷静な男から絶え間なく浴びせられるのは、息が詰まるほどの執着だった。

「言葉で表せる感情などいらぬ。奎真――そなたがいれば、私はそれでいい」

愛情か、憎悪か。

そんな区別などどうでもいいほどに、互いの感情は複雑に縺《もつ》れ合う。何重にも絡まり合い、解《ほど》くことは永遠にできぬ。

共に消し去れぬ感情に苦しみながらも、離れることすら不可能なのだ。

この先一歩も進めない。一歩も戻れない。

けれども、思いの最果てに、相手の存在があればいい。

互いで互いを縛り合う、苦痛と同等の幸福がありさえすれば。

白虎《びゃっこ》の求愛

一

朝の穏やかな光が、王宮の閨房《けいぼう》にも届いている。どこかかしましい小鳥の囀《さえず》りを聞きながら、劉奎真《りゅうけいしん》はゆるやかな眠りに身を委ねていた。

「……奎真。奎真」

寝衣越しに遠慮がちに肩を揺さぶられ、奎真は牀《しょう》榻《とう》の上で目を覚ます。

「ん……」

「そろそろ起きぬか。一度帰らねばならぬと申したのは、そなただろう」

言われるままに目を覚ました奎真は、自分の傍らに立つ史翠蘭《しすいらん》を見上げた。

「翠蘭様」

夜が明けてすぐだというのに、翠蘭はもう衣服を整えている。質素な紺色の衫《さん》を着た翠蘭は、奎真を見て微笑《ほほえ》みを浮かべた。

このところ翠蘭は朝が早く、奎真の知らぬ間に一仕事済ませていることもあった。

「相変わらずお早いですね」

結い上げてしまった髪が惜しいが、奎真は手を伸ばして、代わりに翠蘭の頬《ほお》に触れる。

「今日は楽《がく》の国から使者がおいでだ。その宴《うたげ》の準備もある」

国王らしからぬ言葉に、奎真は苦笑する。

翠蘭が磬《けい》の玉座に就いて二月《ふたつき》あまり。

即位式は簡素に済まされたが、国民の多くは劇的な儀式の後に選ばれた新王を祝福した。無論、翠蘭が月宮《げっきゅう》に囲われていたことを知り、眉《まゆ》を顰《ひそ》める者も少なくないため、翠蘭は王に相応《ふさわ》しいところを見せようと躍起《やっき》になっているのだろう。

「宴くらい、我々に任せておけばよいでしょう」

宴の算段まで王がするとは、陽都《ようと》広しといえどもそんな話は聞いたことがない。

これでは己が何のために司空《しくう》として宮廷に残るこ

とになったのかと、奎真は呆《あき》れ顔になった。いっそ王の秘書である尚書《しょうしょ》の任を阿南《あなん》と交代したほうが、翠蘭を監督できるかもしれない。

「まるで、あなたのほうが大臣のようだ」

「そなたの手間を減らしているのだから、感謝するがいい」

「勝手に仕事を奪わないでください、翠蘭様。私にもやり甲斐《がい》のある仕事なのですから」

奎真が目を細めて優しく笑むと、翠蘭は照れたように頬を染めた。白皙《はくせき》の膚《はだ》が淡い桜色に滲《にじ》み、初々しい羞《は》じらいが何とも艶《なま》めかしい。

「そなたの仕事を奪うつもりはないが、我が国は国庫が空に等しい。私が出向いてもてなしになるのなら、安上がりではないかと思うのだ」

「お戯れを」

奎真は翠蘭の腕を摑《つか》み、ぐっと引き寄せる。

陽射《ひざ》しを反映するかのように、高貴で金色がかった瞳が至近にある。

「あなたは千金にも値する。白虎《びゃっこ》が選んだこの国の王が、そんなにも安いわけがない」

「……奎真」

咎《とが》めるように鋭い言葉が挟まれたものの、奎真は頓着《とんちゃく》するつもりはなかった。

「黙ってください、翠蘭様」

もう一度唇を合わせると、翠蘭の躰《からだ》からふっと強張《こわば》りが解ける。

「奎真……」

奎真を押し退《の》けようとしているのか、胸に添わせた翠蘭のほっそりとした指が、微《かす》かに震えている。だけどそうし得ないのは、翠蘭もくちづけを望んでいるせいだと思いたかった。

「翠蘭様」

「ん……」

薄く開いた唇の輪郭《りんかく》を確かめるように、舌先でそうっと触れていく。玻璃《はり》の如《ごと》き繊細な作りの美貌《びぼう》をかたちづくる一つ一つを壊さぬように、奎真はできる限り丁重に翠蘭を扱った。

甘い唇を吸っていると、抱きたいという劣情が込み上げてくる。

「……もう、よせ……」

舌を絡めかけたところで翠蘭は強引に奎真を押し退け、口許《くちもと》を手の甲で拭《ぬぐ》った。

「これから朝議だと言っているだろう。早う支度をしないと間に合わぬ。何のために、そなたたちに遅くまで働いてもらっているというのだ」

「申し訳ありません」

複雑な気分で奎真は答えた。

翠蘭が真面目なのはよいが、己に対する態度は、とても恋人に対するものと思えない。

このところ、翠蘭の思いを、奎真は摑みかねていた。

即位を果たしてからというもの、翠蘭はくちづけは与えても、膚を許そうとはしない。

やはり、嬲《なぶ》るように抱き続けたことが問題なのだろうか。これまで彼にした仕打ちを、何もかも消し去れたわけではないのはわかっている。

互いの思いが明確になったからといって、関係が劇的に変わったわけではない。

しかし、奎真は、これまで翠蘭に憎しみしかぶつけてこなかったことを反省し、どのような態度を取るか模索し続けていた。そして一環として翠蘭が自ら手を伸ばすまで、彼には触れずに待つことに決めた。そう考えるようになったことが、この二月での奎真の最大の変化だろう。

これを愛情といっていいのか、奎真には未《いま》だにわからない。愛と呼ぶには己の思いはあまりにも醜悪で、昇華することなどできそうにないからだ。

ただ、己は翠蘭を欲し、執着している。誰《だれ》にも渡したくないと思う。それが神獣であろうと、天帝であろうと。

「早くしろ、奎真」

「かしこまりました」

それにしても、翠蘭の淡泊な態度は不可解だ。

取り返しがつかなくなる前に思いの行き違いを食い止めたはずだったが、それは奎真の独りよがりだったのだろうか。

——まさか、な。

　こうしてそばにいることを、翠蘭は許してくれている。寧《むし》ろ、奎真が傍らにいることを求めるような節もあるゆえに奎真は、同じ夜を過ごすためだけに王宮に留《とど》まってしまう。

　誰よりも強い自尊心を持つ翠蘭が、そう簡単に他人に心を許すわけがない。奎真が特別で、互いに相手がかけがえのない存在だと、確かめ合ったはずだ。

　でなくては、お互いに犯してきた過ちに目を瞑《つぶ》れるわけがない。自分たちの罪深さに耐えられるはずがないと、奎真は己の手をきつく握り締める。

　牀榻の傍らに置かれた机に、奎真の着替えの衣服を載せた盆が置かれている。翠蘭が女官に命じて用意させたのだろう。

　奎真が今なお翠蘭と同衾《どうきん》するのは、来発《らいはつ》を含めて一部の者しか知らない。それは王が家臣とそのような関係を結んでいると人に知られるのはまずかろう、と考えた結果だった。月宮を廃したことで翠蘭は王宮内に寝所をいくつか持つようになったため、注意すれば奎真が見つかることはまずなかった。

　翠蘭に負担をかけぬよう、こっそりと出入りしなければならない。欠伸を噛《か》み殺しつつ、奎真は身支度を整えた。

　朝議は食後すぐに始まったが、幸い奎真は遅刻することはなかった。

「それでは、今日の事案だが——」

　翠蘭が口を開くと、円卓を囲んだ大臣たちが顔を上げる。

　叛乱軍の処置や大臣、地方の役人の任命など、政を変えるにあたってさまざまな変化があり、ここにきて漸く通常の政務を行えるようになっていた。

「月宮の解体と売却を考えている」

「解体と売却……でございますか」

　鸚鵡《おうむ》返しに声を上げたのは、来発だった。

「そうだ。国庫を潤すにはそれしかあるまい」

　かつて後宮として機能していた月宮は、役割を失っていた。

「楽王《がくおう》は凝った建築が好きだという話だし、解体してそのまま引き取っていただけぬか打診するつもりだ。それについて、そなたたちの意見を聞きたい」

翠蘭の言葉に、大臣たちは「特に異論はありません」と答える。末席に座した奎真もそのようで、表情に変化はなかった。

「先の朝議で、民に仕事を与えるために、事業を興すという話をしていたであろう。月宮を処分すれば、元手になるのではないか」

「月宮の処分だけでは到底間に合いません」

奎真が翠蘭の言葉を受け、口を開いた。

「ざっと試算いたしましたが、月宮を売り払ったところで焼け石に水。といっても税を上げることは難しいので、他国から金を稼ぐ方策を考えねばならぬでしょう」

奎真の怜悧《れいり》な言葉は、翠蘭の耳に心地よく響く。

「他国か……」

翠蘭は難しい顔になった。

他国との力関係を考えても、徒《いたずら》に関税を上げるような真似《まね》はできない。そうすれば軋轢《あつれき》が増し、戦争が起こる可能性があった。父である壮達《そうたつ》の悪政に悩んだ人々を、今度は戦で苦しめるわけにはいかない。

「そなたからよい意見はないのか」

「近隣の諸国や商人から、金を借り入れることはできます」

「しかし、商人は我々の足許《あしもと》を見て高利を吹っかけてくるのではないのかね?」

大臣の一人が心配そうに言う。

その可能性は否めず、翠蘭は難しい顔で頷《うなず》いた。

結局、それは検討するという結論になった。

王になると気にかけることは多く、翠蘭の心は安まる遑《いとま》がなかった。

「ほかに、そなたたちから何か申したいことは?」

「先王の陵墓《りょうぼ》を整備する件についてはいかがなさいましょうか」

「金がないからできぬ」

翠蘭が一息に言ってのけると、来発が不安そうな面持ちになる。

「何かあるのか、来発」

「確かに我が国の国庫は空に近い状態ですが、かといって、先王の政《まつりごと》をすべて否定するのはいかなものでしょうか」

来発の言葉に、翠蘭はかたちのよい眉を顰めた。

先王である壮達は暗君、彼の施政を評価する余地は一切ない。

「父の墓を整えれば、民衆の反発は必須ではないか？　そもそも我々は、他国と違って墓石を立てるという習慣はない」

「しかし、王となれば別です。不孝もまた民衆の憎むところ。立派な墓を立てろとまでは申しませんが、かたちだけでも整えるべきかと存じます」

言い放った来発に、翠蘭は「わかった」と頷く。

「なるべく費用のかからぬ方向で考えよう」

父の陵墓の話は、あまりしたくはない。奎真が荘達の死に負い目を感じるかもしれないと、翠蘭は素っ気なく打ち切った。追悼《ついとう》は、己の心中ですれば十分だ。

「そう難しい顔をなさいますな」

場を和ませるように、来発が優しく声をかける。

「翠蘭様は生粋《きっすい》の武人。政に不慣れでも、民は責めません。おいおい学んでくだされればよいのです」

「そう、だろうか……」

民衆にとって大事なのは、理想を掲げることではない。

日々飢えずに暮らしていけるか、それだけだ。

だから翠蘭は、彼らのささやかな願いを叶《かな》えられる、君主になりたい。

白虎の加護があれば、害獣の繁殖が妨げられ、天災が減るとも聞いたが、それだけでは民を救えない。

荒廃した町や村、街道や河川を整備し、公共事業を興すことで成年男子に仕事を与え、賃金を支払う。それらの政策を行うには、翠蘭もこの国も、まだまだ力不足だった。

「我々が補佐します。どうかご安心召されよ」

来発に言われて、翠蘭は曖昧《あいまい》に頷く。

父の政権は独裁に等しく、三公と呼ばれる大臣たちも、王の意思を上意下達するための役割しか果たさなかった。

大臣たちを信じろと言われても、全部を委《ゆだ》ねきれないのは、彼らの力量がわからぬせいかもしれない。

「ありがとう」

困惑しつつも、翠蘭は礼を告げた。

翠蘭が政務において失敗すれば、不幸は民に及ぶ。また、翠蘭の失敗は、翠蘭を王に引き立てた奎真の声望を落とすことになりかねない。

国を率いる身では、自分のことだけにかまけてはいられない。寧ろ、己のことなど二の次に思わなければ。

ちらりと末席の奎真を見やると、彼は涼しい顔で隣席の大臣と話をしている。

奎真に触れられることがなくなって、どれほど経《た》つことか。

素直に奎真を求めることができぬ淋《さび》しさに胸の奥が疼《うず》いたが、奎真自身も翠蘭を求めないのだから、仕方がない。

奎真はまだ翠蘭を憎み、お互いのあいだには埋め難い隔たりがあるのだろう。

それは消しようのない事実だった。


「奎真。城下へ出かけるぞ」

翠蘭は動きやすい質素な袍《ほう》に着替え、髪を結い上げる。袖《そで》も細くきびきびとした格好に着替えると、どこぞの育ちのいい若君のようだ。

「お忍びでですか、翠蘭様」

「わかっているなら聞かずともよかろう」

「はい」

翠蘭は頭布を深々と被《かぶ》って顔を隠そうとしたが、それこそ焼け石に水であろう。

いくら翠蘭が秘密裏に出かけるつもりでも、ここまで美しい男性が磬に二人といるわけがない。どうせすぐに知れてしまうと思ったものの、あまり頑なに反対するのも逆効果だ。

「何だ、奎真」

「相変わらずお美しいと」

奎真が告げると、翠蘭は呆れた面持ちになった。

「戯《ざ》れ言を言っていないで、そなたも準備をしろ。それとも留守番がいいのか？」

「いえ、着替えて参ります。暫《しば》しお待ちください」

翠蘭はお忍びを所望したが、真に受けて何かあったら一大事だ。奎真は慌てて王の警護の任に就く朗《ろう》中令《ちゅうれい》を呼びつけ、城下に目立たぬように兵を配置することを命じた。

翠蘭は武人であるし、優秀な暗殺者にでも襲われない限りは面倒な事態にはならないだろう。

このところ雨が少なかったせいで、街はどことなく埃《ほこり》っぽい。そうでなくとも磬は国土の大半が砂漠であるため、季節によって砂混じりの風が吹くのが常だ。

磬都《けいと》の城下の市場は、賑《にぎ》わいはそこそこだった。王が代替わりしても、物資がなければ活気が出るはずもない。さすがに即位して二月ほどしか経っていない現状では、大きな改善はなかった。

「ここもかつてのように賑わいを取り戻してくれればいいのだが……」

「そうはおっしゃっても、賑わっているところなどご覧になったことがないのでは」

奎真がからかうように言うと、翠蘭は俯《うつむ》く。珍しく軽口を叩《たた》いたつもりだったが、翠蘭にとっては痛いところを衝《つ》かれたように思えたのだろう。

また、失敗してしまった。翠蘭との距離の取り方に、最近の奎真は戸惑っている。

夜な夜な彼を辱めた頃《ころ》のほうがよほど近く感じられるのだから、我ながら笑いたくもなる。

「……あの方、もしかしたら……」

そんなざわめきが聞こえ、奎真は身構える。

――遅かった。

翠蘭はあっという間に民衆に囲まれていた。

「翠蘭様！」

「翠蘭様、お顔を見せてくださいませ」

「即位式は大変ご立派でした」

十重二十重《とえはたえ》の人垣に囲まれて、翠蘭はすっかりたじろいでいる。

翠蘭は躊躇《ちゅうちょ》したようだが、人々に乞われて仕方なく頭布を取ると、そのまばゆいばかりの美貌が露《あらわ》になり、どよめきが広がる。人々は間近に見る磬王の高貴な麗姿に、うっとりと息を吐《つ》いた。

「本当にお美しいこと」

「並の女人《にょにん》よりもよほど綺麗《きれい》じゃないか」

ひそひそという囁《ささや》き声が奎真にも聞こえ、柄にもなくむっとしてしまう。

「そなたたちには、窮乏を強いてすまないと思っている。だが、今暫《しばら》くは耐えてほしい」

翠蘭が告げると、「何をおっしゃいます！」と中年の女性が声を上げた。

「正しい王が即位すれば、国が次第に豊かになるもの。希望を持ってそれを待てるのだから、これ以上に幸せなことはありませんよ」

女性の声に、皆が「そうだ」と口々に同意を示す。

その様子を複雑な気分で見守ってる自身に気づき、奎真はさても見苦しいことだと心中で苦笑した。

翠蘭が慕われることほど、嬉《うれ》しいことはないはずだ。国民にそっぽを向かれる王よりは、愛される王のほうが治世が上手《うま》くいくに違いない。

「何を言ってるんだ、くだらないな！」

誰かが揶揄《やゆ》の声を挟み、翠蘭の表情が強張る。

「まだろくなことをしてないのに、どうして豊かになるなんてわかるんだよ」

これ見よがしの罵声《ばせい》を聞かされ、奎真は振り返ったが、翠蘭はそれを押しとどめる。

王に反対するものの意見を徒《いたずら》に押し込めるのでは、前王と同じ専制への道を歩みかねない。

耐える翠蘭の表情は毅然《きぜん》として美しく、奎真は暫しそれに見惚《みほ》れずにはいられなかった。

この人は、本当に王に相応しいのだ。その証拠に、自分への憎悪を抑え、民のために奎真を主にしようとした。だからこそ、彼を支えたい。民に翠蘭を名君と呼ばせたかった。

二

「佳《よ》き報《しら》せにございます、翠蘭《すいらん》様」

急な謁見《えっけん》を申し出てきた家臣の拓孫《たくそん》は、内朝にある執務の間にせかせかと入ってきた。

「どうしたのだ、拓孫。そんなにも慌てて」

「じつはこのほど、素晴らしい話を聞いたのです」

翠蘭が個人的に政務に当たる執務の間にやって来た拓孫は、大臣の中では一番世知に通じている。

かなり急いでいるようだと取り次ぎの者に言われて奎真《けいしん》の報告を聞くのをあえて中断したのだが、そこまで大事な用件なのだろうか。

「人払いをしたほうがよいか？」

奎真を目線で指した翠蘭に問われ、拓孫は「とんでもない」と笑う。

「今回のことは、是非、お若い奎真殿にも意見を伺いたい」

「私に？」

翠蘭の傍らに控えていた奎真は、不審そうに眉を顰めた。

「はい」

拓孫が飛んできた用件は、画期的な財政改善の方法を考えたというものだった。

「此度《こたび》の一件で、奎真殿は国を思う仁の者、翠蘭様に至っては命を擲《なげう》ってまで人民を救おうとした義のお方と広く知られております」

「そうか」

椅子《いす》に座した翠蘭は、鷹揚《おうよう》に頷く。

「つまり、翠蘭様は陽都《ようと》各地で人気が高い」

急いでいるという割には、拓孫の話はのらくらとしていて一向に先に進まなかった。

一体何が言いたいのかと、翠蘭は半ば苛立《いらだ》っていた。奎真も今日中に仕事にけりをつけてしまいたいらしく、どことなく機嫌が悪いのが気配でわかる。

「それで、拓孫。そなたは何が言いたい?」

「翠蘭様には——国王陛下にはご結婚していただければ、と」

「——私が、結婚……?」

翠蘭は目を瞠《みは》った。

翠蘭が奎真に囲われていたことは、民衆も知るところであった。しかし、白虎が認めた王だからと、人は不問に付している。

臣下もごく一部を除いて翠蘭と奎真の今の関係を知らぬがゆえに、拓孫も結婚を勧めるのだろう。

だが、宮廷でその事実を知る者は数少ないが、翠蘭は女性が不得手だった。経験はあるものの、妻を娶《めと》るつもりは毛頭ない。

「拓孫、私は結婚は……」

そもそも、陽都の王家にとって婚姻は閨閥《けいばつ》を作ることだ。しかし、神獣に護《まも》られた国において、王位は血脈では繋《つな》がらないことも多く、結婚相手としては優先順位が低くなるのが通例だった。

「たとえば、豪商の娘とでも結婚すれば、多額の持参金を望めます」

「金目当ての結婚など!」

堪《こら》えきれずに、翠蘭は思わず声を荒らげた。

「今は金が必要なのです」

拓孫はここぞとばかりに熱弁を振るった。

「国王陛下に娘を見初められれば、それで光栄だという連中も多い。せめて会うだけでも、会っていただきたい」

「しかし」

どう反論すればいいのかわからず、翠蘭は言い淀《よど》んだ。奎真ならばもっと真っ当な金の稼ぎ方を知っているのではと、縋《すが》るような視線を向けたものの、奎真は無表情で沈黙を保つ。

「どうか真剣にお考えくださいませ、翠蘭様」

「……………」

「国家の一大事でございますぞ」

念を押されると、翠蘭としてもそれをすぐに断ることはできなかった。

「わかった。もうよい。話はまた聞く」

「絶対に、ですな」

「ああ」

翠蘭はそう伝えると、拓孫は意気揚々と退室していく。その後ろ姿を睨《ね》めつけ、翠蘭は傍らの奎真を一瞥《いちべつ》した。

結局、奎真は拓孫に一言も言わなかった。

奎真は自分が結婚しても、いいと思っているのだろうか。

「そなた、私が結婚することには賛成なのか？」

翠蘭が筆を置いて問うと、それまで黙っていた奎真がやっと口を開いた。

「それが国のためであり、あなたの意志ならば、反対する理由はございません」

「なるほど」

臣下としては非の打ちどころがない回答に、翠蘭は自嘲《じちょう》気味に笑んだ。膝《ひざ》に載せてあった扇を手に取り、風を送る。

美しい扇は即位の祝いに奏《そう》から届いた贈り物で、戒焔《かいえん》と雪花《せっか》が選んでくれたようだった。

「ただ、あなたは女性が苦手なのはわかっています。王であるあなた自身に重圧がかかれば、心の健康を損ねる。それは、国にとって最善とは言えません」

「わかっているのなら、どうして止めなかった」

己が突っぱねなかったことを棚に上げ、翠蘭は声を荒らげる。奎真さえ止めてくれれば、角が立たずに断れたはずなのに。

「拓孫殿は国のためになることをしようと、奔走《ほんそう》しています。即座に断れば傷つきましょうし、多少時間を置いたほうがいい。それに、彼の親しくする商人たちとの繋がりは大事なことで、むげに断ち切るのは惜しいと存じます」

そんなやり口は、拓孫の自己満足ではないか。

無言になった翠蘭を見下ろし、奎真が唇を綻《ほころ》ばせた。

「でしたら、私が代わりになりますか」

「何？」

「一応、女性の扱いは心得ております。私が結婚すればよい」

「今は皆の力を合わせて国を立て直す方策を探す時期だ。そなたにそんな真似をさせるわけはいかない」

翠蘭の言葉に、奎真は一瞬、物言いたげな表情になる。

「成陵《せいりょう》や楽《がく》には金持ちも多いし、多額の持参金を寄越すものもおりましょう。寄付は難しいでしょうが、それを磬《けい》の国家に低利で貸し付ければよい。私が結婚する価値は十二分にあると存じます」

「馬鹿馬鹿《ばかばか》しい！」

翠蘭は、思わず尖《とが》った声を上げた。

「それでは人身売買と同じではないか」

奎真は「王のご命令とあらば従うまでです」と極めて冷徹に告げた。

「あなたが犠牲になることはない」

「…………」

翠蘭は唇をきつく嚙んでから、「もうよい、下がれ」と短く告げた。


それから三日のあいだ、奎真は翠蘭の閨《ねや》を訪れることはなかった。

そして、四日目。

——今日も、よく、眠れなかった。

褥の中で、翠蘭は一人寝返りを打つ。

奎真にも己の家屋敷があるのだから、彼がそちらに戻るのは当然のことだ。寧ろ、彼が翠蘭の望みに応じてしばしば閨房を訪れたことに、感謝しなくてはならない。

一人で寝ることが当然のはずなのに、奎真がいないことは翠蘭の寂寥《せきりょう》をいや増した。

淋しさなど感じることがあろうとは、かつての自分ならば信じられなかったに違いない。

しかも、その感情をもたらすのは常に奎真なのだ。

奎真は、確かに翠蘭に仕えてくれている。

だが、これほど近くにいるのに、この頃は奎真が遠く感じられて仕方がなかった。

仮に翠蘭が普通の立場であれば——王でなく臣下であれば、愛憎の果てにあるこの関係も、また違ったものになったのか。

けれども、翠蘭には白虎に選ばれた王としての責任がある。磬を正しく導かなくてはならないと、常に己を律し、心がけているのだ。

なのに、奎真は国のために結婚してもいいなどと言う。

「何もわかっておらぬ……」

翠蘭は悔しげに呟《つぶや》き、上掛けをぎゅっと摑む。

いくら奎真を愛《いと》しく思おうとも、翠蘭の中にある憎悪を消し去れるわけではない。複雑に絡み合う愛憎に苦痛を覚えるからこそ、翠蘭は奎真との距離を摑みかねていた。

奎真はどうなのだろう。

斯様《かよう》に翠蘭を翻弄《ほんろう》するのは、憎しみの埋《うず》み火が未だにあの男の身中で燻《くすぶ》るせいなのか。

「翠蘭様」

外から女官の春妹《しゅんまい》に声をかけられ、翠蘭は「何事だ」と答える。

本日は政務は休みのはずだ。

形式的な挨拶《あいさつ》のあと、春妹が用件を口にする。

「翠蘭様に謁見を願い出ている者がおります。いかがなさいますか」

「私に？」

早朝だというのに、どこの誰であろうか。

もしかしたら、奎真かもしれない。

奎真は外面を考慮し、翠蘭に個人的に会う際も謁見というかたちを取るからだ。

「はい。楽からやってきた絵師だそうです」

「……会おう」

奎真でないことに落胆を覚えたものの、用向きが政治的なものでないということならば有り難い。

絵師というのが不可解だが、珍しい来客のほうが気持ちが晴れるかもしれない。

身支度を済ませて謁見の間へ向かうと、年若い絵師は翠蘭を見て目を輝かせた。

「これはこれは翠蘭様……お噂《うわさ》に違《たが》わぬ艶《つや》やかさに驚きました。翠鬢《すいびん》の佳人と申し上げるに相応《ふさわ》しい」

挨拶もそこそこに翠蘭の美しさを褒め称《たた》えたのは、

ひょろりとした線の細い青年だった。

「申し遅れました。私は月蛾《げつが》と申します」

「月蛾と？」

翠蘭が眉を上げると、彼は嬉しげに「ご存じでしたか？」と尋ねる。

「勿論《もちろん》だ。そなたの肖像は素晴らしいと、あちこちで聞き及んでいる」

中には金に飽かせて、月蛾の描いた絵を集めるものもいると耳にする。

月蛾は一年の半分を旅に費やして己の描きたい相手を探し、ここに辿《たど》り着いたのだとか。

「じつは、噂に名高い翠蘭様の絵を、描かせていただきたいのです」

「私の？」

翠蘭が訝《いぶか》しげな顔になると、「はい」と頷く。

月蛾の絵は大半が美人画で、男性を描くことは滅多にないはずだ。その美人画の艶めかしさゆえに、月蛾の絵が収集対象となるのだ。

「そなたはまるで生きているかのように人を描くと評判だ。私の絵が人目につけば、いろいろと障《さわ》りがある」

「画題は特に伏し、公にならぬよう気をつけます」

「だが」

尚も渋る翠蘭に、彼は重ねて告げた。

「御礼とまではいきせんが、そのあいだに諸国の話をさせていただきたく存じます」

諸国の情報を得る機会は貴重なものだ。月蛾の言葉に、翠蘭は漸《ようや》く愁眉《しゅうび》を開いた。


以前は楽《がく》王のお抱え絵師だったという月蛾は、驚いたことに三十をとうに超えていた。

見た目が若々しいのはくよくよとものを考え込まぬ性情ゆえだと朗《ほが》らかに言うとおり、絵師にしては妙に明るい男だった。

城下に宿を取った月蛾は翠蘭のもとに日参し、政務を終えた翠蘭が外朝の謁見の間に向かうと、待ちかねたように何枚もの絵を描いた。

「今日の釵《かんざし》は素敵ですね」

「これか」

翠蘭は唇を綻ばせて、釵を抜き取って月蛾に渡す。

「珍しい鳥の羽をあしらって……ああ、胸元の飾りとお揃《そろ》いだ」

「女官が作ってくれたのだ。この城には珍しい鳥が多く訪ねてくるのでな」

奎真が翠蘭のためにたびたび鳥を呼ぶせいか、珍しい南方の小鳥までもが庭園に棲《す》み着いている。その羽根を拾った春妹が、仕事の合間に作ってくれたのだ。貴石を使ったものは豪奢《ごうしゃ》すぎて気が引けるが、これなら粗末に見えることはなく、王としての威厳を適度に引き立ててくれる。

「素晴らしいですね。私もあちこちを巡りましたが、斯《か》様《よう》に気の利いた装飾品は見たことがない」

「そういえば、持ってきてくれたのか？」

「はい」

諸国を漫遊している最中《さなか》だという月蛾に「描き溜《た》めた絵を見せてほしい」と頼むと、彼は快く宿から持参してくれた。

「こちらは美しい男性だな」

「桃華郷の男妓《だんぎ》の蘇聚星《そしゅうせい》ですよ。あちらでも最も格式のある東昇閭《とうしょうりょ》の一番の売れっ子だったんですが、最近引退したんだとか」

「落籍《らくせき》されたのか？」

「さて、そこまでは」

栗色の長い髪を結い上げた青年は、華やかな美貌の持ち主だった。一番人気というのがわかる艶《つや》やかさだ。

「ああ、これは……」

驚いたことに、その中には懐かしい顔があった。

「雪花殿か。何ともお可愛《かわい》らしい」

「おや、雪花様をご存じですか？」

「奏王《そうおう》の即位式に出向いたのだ」

「なるほど、そうでしたか」

月蛾はにこやかに笑った。

「あの方の見事な金の髪は陽射しを映して輝くので、目が眩《くら》むのではないかと思ったものです」

過去を懐かしむような口調だった。

「わかるな。天帝様もこの地上に、美しい者をお遣わしになると思ったものだ」

しかし、異相ゆえに雪花がどれほどの偏見と闘ってきたのか、想像には難くない。あの儚《はかな》げな美しさと引き替えに彼が得たもの、失ったものもあろう。

罪のない少年に試練を課すことが天帝の御心かと思うと、口にはできないが、翠蘭は素直に天帝を信仰する気になれなかった。

「天帝は……神であるのに、人を試すのだな」

「試されてこそ、人は成長するものですよ。雪花様は本当にお可愛らしく、絵を描くのもそれはそれは張りがありました」

「私では張りもなかろう」

からかうような翠蘭の口ぶりに、月蛾は「とんでもない」と首を横に振る。

「翠蘭様ほどにお美しい方ともなれば、己の筆を振るって、全身全霊でその美を描《か》き表さねばなりません。それがなかなかどうして難しい」


「そういうものか」

芸術的な素養がない翠蘭には、月蛾の言がよく理解できなかった。

「はい。殊に優れた絵師の手による絵には、描かれた方の内面が現れてしまう。今の翠蘭様は、何かに迷っておられる」

「そなたの腕は認めるが……」

月蛾の言葉に、翠蘭は眉を顰める。

「これを」

月蛾が差し出した紙を見やると、翠蘭はいずれも愁《うれ》いに満ちた顔で描かれていた。

「即位したばかりの王とは思えませぬ」

「……確かにこれでは、景気が悪すぎるな」

「王が希望に満ちていなくては、民の心に迷いが生まれます」

月蛾は穏やかな口調で告げる。

翠蘭の胸に沁《し》み入る、不思議な声だった。

「白虎に認められた王でも、か」

「玉座を借りた正しい王であっても、いつか終わりは来る。それが王の死か、堕落《だらく》により神獣に見放されるか、いずれかはわかりません。でも、民もまた恐れているんですよ、折角得た光を失うのではないかと。なればこそ、民にはこの王室が安泰だと知らせねばならない。それが王の義務だと、僭越《せんえつ》ながら思います」

「………」

翠蘭は思わず俯いた。


たまたまやってきたために、聞くつもりもなく二人のやりとりを耳にしてしまった奎真は、心中でため息をつく。

生真面目《きまじめ》な奎真には上手く言葉にできないことを、月蛾はあっさりと告げてしまった。それがまた妬《や》けてくるのだから、我ながら不甲斐《ふがい》ない。

「よう、どうした、奎真」

背後から不意に声をかけられて、さしもの奎真もびくんと肩を跳ね上げる。

陽気に話しかけてきたのは、中尉として都の警護を統率する王烈《おうれつ》だった。

「王烈！　どうしてここへ？」

王烈は休暇をとって北州県《ほくしゅう》に戻っていたため、帰りはまだ先だとばかり思っていた。

「どうしてって……」

王烈の声は大きすぎると、答えようとした彼の口を奎真は慌てて塞《ふさ》いだ。

「静かにせよ、王烈。翠蘭様に気づかれてしまう」

「聞いたのはおまえだろ。何だ、国王陛下は間男を引き込んでるのか？」

奎真の手を外し、ぷはっと息をした王烈が声を潜めて問うたので、奎真は彼を睨《にら》みつけた。

「馬鹿、不敬罪で捕らえられるぞ」

「悪かったって。……おやまあ、ちょっと見ないうちに随分窶《やつ》れちまって」

玉簾《ぎょくれん》の狭間《はざま》から室内を覗《のぞ》き込み、王烈は心配そうな口調になる。

「……やはりそう思うか」

「ありゃ、月宮《げっきゅう》にいたときと変わらないぜ。おまえ、可愛がりすぎなんじゃないのか？」

「そういう言い方はよせ」

奎真は気まずい面持ちで、王烈の足を踏んだ。

「噛みついてくるところを見ると、上手くいってないな。喧嘩《けんか》でもしたのか」

「喧嘩をする遑《いとま》さえない」

奎真は自嘲気味に呟いた。

このところの翠蘭は、朝議、謁見、来客と忙しく働いている。

翠蘭に求められていない以上は、多忙な彼を強引に抱くことはできない。そこまで、奎真も無体ではなかった。

おまけに、拓孫があの案を持ってきてからというもの、気まずさは決定的になった。

結婚の話だって、本気だったわけではない。

ただ、拓孫の提案を拒絶しようとしなかった――寧ろ、奎真が止めることを待っていた翠蘭の態度に腹が立ったのだ。本当に嫌ならば、即座に却下する自由くらい、翠蘭にはあるというのに。

「暇なんだろう？　ちょっと来い」

「何だ？」

「飯くらい奢《おご》ってやる」

王烈の腕を引いて、奎真は城下へ向かった。

「なら、ここで奢ってくれよ。旨《うま》いんだ」

言われた居酒屋は賑わっていたが、幸い片隅に二人ぶんの席を見つけることはできた。人々は奎真の顔を見知っているが、こうした場所では無視するのが礼儀と、特に気に留めることはない。

どんな貧しい国でも酒は特別だというのが王烈の持論で、そのとおり、彼は旨い酒のある店をよく知っていた。つまみは大したものがなくとも、酒に合えば問題はない。

「で？　おまえはどうして景気の悪い顔なんだ？」

酒を頼んだ王烈は、不思議そうに問う。

「いろいろあるんだ」

「あの方は改心して、おまえの言うことを聞くようになった。それじゃいかんのか」

あの方、と王烈が言いづらそうに発音するのは、翠蘭に対して割り切れぬものがあるせいで、尊敬の念のみで接することはなかなかできないのだろう。

「改心ではなく、今の振る舞いはもともとあの方の心にあったものだ」

良き王としての資質は、常に翠蘭の内にあった。それを父である壮達《そうたつ》によって歪《ゆが》められ、表に出すことがなかっただけだ。

「少しは休ませてやらないと、壊れちまうぞ」

「何?」

王烈らしからぬ気遣いに、奎真は目を瞠った。

「慣れないことをして気を張ってるんだ。おまえもぎすぎすしていちゃ、さぞや辛《つら》かろう」

「私があの方を虐《いじ》めているとでも?」

「違うって。ただ、距離を上手く測れないんじゃないのか?」

いつになく真剣な王烈の口ぶりに、彼が翠蘭と奎真の行く末を心底案じているのだと気づく。

「……かもしれないな」

「まだあの方を憎いと思ってるのか?」

王烈の問いは簡潔だった。

「それを消し去るには——私は長いあいだ、同じ感情に囚《とら》われてしまった」

「大丈夫だよ。憎悪なんて、いつか終わる」

酒を呷り、王烈は言った。

「楽天的だな」

「憎しみをいつまでも保てる人間なんて、いないよ。もしいれば、そいつは相当心が貧しいんだ」

王烈はけろりと言ってのける。

「二人の人間が関《かか》わってりゃ、嫌でも関係は変わる。ずっと同じところで足踏みしてるなんて、どだい無理な話だ」

いかにも根が陽気な彼らしい発言だった。

「どうだろうな。関係が変わると言っても、今となっては、私とあの方では立場が違いすぎる」

「でも、根っこにあるのは同じ人間ってことだろ?神でも仙人でも何でもない。だったら、あの方だって戸惑ってるんじゃないのか?」

王にならねばならぬ、王として振る舞わねばならぬ、そう気を張って生活することは、翠蘭にとっては苦しくないのだろうか。

もともと王子だったにせよ、その変化にすんなりと馴染《なじ》めるとは限らない。

奎真がこの手を放したら、翠蘭はきっと迷ってしまうのではないか。ただ、誇り高い翠蘭には弱音さえ吐けないだけで。

だが、いくら奎真でも、素直に手を差し伸べることはできない。そこが問題だった。

「――おまえはいいやつだな、王烈」

「今頃気づいたのか？」

「生憎《あいにく》、かなり鈍感なんだ」

「そうらしいな。俺《おれ》を心配させたくないなら、早く初恋を叶えろよ」

初恋と言われて反論しようと思ったものの、藪蛇《やぶへび》になるだろうと、奎真は黙り込んだ。


その夜、王烈と別れた奎真は王宮に立ち寄るかを決めかねていた。

とはいえ、翠蘭の顔を見たところで、何も進展はないだろう。

こうしている今もなお、自分の心には、翠蘭に対する愛情と憎悪が等しく渦巻いている。それがわかっているだけに、翠蘭への接し方に迷わずにはいられないのだ。

暗がりから堅牢《けんろう》な城壁を眺めていた奎真は身を翻そうとしたが、そこに違和感を覚えてはっとする。

男、だろうか。誰かが城壁に取りついて、上ろうとしているのだ。明らかに不審な人物だった。

「何をしている！」

鋭い声で誰何《すいか》すると、影が身を強張らせ、慌てて城壁を登り切ろうとする。

咄嗟に守り刀を投げると、それが相手の腕に突き刺さったらしく、悲鳴と共に不審者が落ちてきた。

「く……」

指された痛みと落ちた衝撃に呻く男を素速く取り

押さえ、奎真は「誰か！」と声を張り上げた。

すぐに城内から衛兵たちが走り出る。

「奎真様！」

「いかがなさいましたか!?」

取り押さえられた男を見て、衛兵たちは色を失う。

「賊《ぞく》だ。城内に侵入しようとした。連れて行け」

「はっ」

武器を奪われた男は手際よく衛兵たちに縛られながらも、憎々しげな瞳を奎真に向けた。

「随分、飼い慣らされたもんだな。国王の犬が！」

「奎真様に何を！」

「構うことはない」

男のぎらぎらした瞳に宿るのは、紛《まぎ》れもない憎悪だ。奎真は残された衛兵に「ほかに仲間がいないか調べよ」と簡潔に命じた。

城の敷地は広大で様々な建物があるし、王宮の警備は殊更厳しい。そう簡単に侵入できないはずだが、念には念を入れる必要があった。

宮廷警備を司る衛尉《えいい》から異常なしの結果を受けた奎真が最後に衛兵の詰め所に向かうと、先ほどの男は縛られたまま床に転がされていた。

「この男は？」

「国王陛下の暗殺を企み、侵入しようとしたものと思われます」

奎真の質問に答え、衛兵がてきぱきと答える。

「なるほど。——なぜ、陛下を狙う？」

奎真が問うと、男は鼻先で嗤《わら》った。

「なぜ？　あいつの父親が何をしたのか、忘れたのか!?　過酷な税の取り立てのせいで、俺の妻も子供も飢えて死んだ！　今更、白虎に選ばれたからといって……許せるわけがないだろう！　犯した罪が消えるもんか！」

男は顔に憎悪の念をべったりと貼りつけ、ひどく荒んだまなざしをしていた。

鋭い刃《やいば》で、胸を衝《つ》かれたようだった。

——自分と、同じだ。この男は、憎しみに凝《こ》り固まり、そこから解放されない。おそらく奎真もまた、この男と同じ荒《すさ》んだ瞳をしているのだ。

己は翠蘭に、こんな瞳を向けているのか。

こんなにも苛烈《かれつ》で尖った視線を向け、彼を責め続けているのか。

「翠蘭様はやり直したいと、この国を作り直したいと願っている。それを手伝ってはくれぬのか？」

「やり直せるわけがない！　釈放すれば、俺は何度でもあいつを狙う。それが嫌なら殺せ」

男の声を聞き、奎真は首を振った。

「殺すことはできない。それでは、壮達と同じことになる」

彼は尚も口汚く罵《ののし》っていたが、これ以上は奎真の領分ではなく、衛尉たちに委ねることにした。

とりあえず、一度家に帰ろうと奎真は徒歩で城外へ向かう。

脳裏には、先ほどの男の険しい目が残っていた。

あんな瞳で、翠蘭を見つめたくはない。翠蘭は冷酷非情という心の鎧《よろい》を剝《は》ぎ取り、今は民を思う王であろうと努めている。己を守るものを持たぬ翠蘭を、激しい憎悪のまなざしで灼《や》けば、彼はきっと壊れてしまう。

折しも月が雲に隠れ、当たりは闇であった。月が出るまではとその場に佇《たたず》んだ奎真は、息を吐く。

一体いつから、こんなことになったのだろう。

少なくとも、幼い頃はこのような関係ではなかったはずだ。

目を閉じると、今も、すぐに思い出せる。

はにかんだ笑みを浮かべて、自分の後ろを追いかけてくれた幼い頃の翠蘭を。

幼いながらも、女官や周囲の家臣たちにまで心を配り、王に彼らを解雇されるたび、別れが辛いと泣いた。

――私は人を疑うのも、信じられないのも嫌だ。何があってもそなたを信じるから……絶対に嘘はつかないでおくれ………

尊敬する父王に「人を信じるな」と厳しく命じられても、それに懸命に抗い、必死で奎真を信じようとした幼い翠蘭。

そう、最初に彼を裏切ったのは自分ではないか。

「！」

心臓がばくんと震え、奎真ははっとした。

それくらい端《はな》から理解していたつもりだったが、互いに互いを裏切ったのだからと、じつはあまり深く考えていなかった。

だが、そこに大きな意味があったのではないか。

身寄りは父しかおらぬ翠蘭が、それでも彼に抵抗し、人を信じようとするのはどれほど苦しかったことか。だからこそ彼は奎真に縋ったのに、嘘をついて裏切ってしまった。たとえそれが翠蘭のそばにいるための嘘だったとしても、自分こそが翠蘭を傷つけ、苦しめたことは想像に難くない。

「…………」

そんな大切なことに、どうして今まで気づかずにいられたのか。

お互いに、たくさんの過ちを犯してきた。

だからといって奎真がいつまでも憎しみに囚われては、翠蘭もまた自分を憎むほかなくなる。けれども、本来の姿を取り戻しつつある彼にとっては、憎悪というのは甚《はなは》だしい苦痛かもしれない。

もう一度、幼いあの頃のように戻れないだろうか。

相手を慈しむ気持ちしかなかったときに。

憎悪も復讐《ふくしゅう》もなく、立場も地位もなかった頃に。

自分は憎悪の存在を容認し、それを捨てたり忘れたりする努力をしてこなかった。だが、今こそ、そうすべきときなのかもしれない。

ただの奎真としてあの人に向き合ったとき、どんな思いが生まれるかを知りたい。

そして、ただの翠蘭としての彼がどのように振る舞うのかを、この目で確かめたかった。

三

一人きりの夜は、空気さえも冷たく感じられる。広々とした牀榻《しょうとう》に横たわり、翠蘭《すいらん》は眠れぬ夜を鬱々《うつうつ》と味わっていた。

奎真《けいしん》がいれば、そんなことはないのに。

ここ十日余り、奎真はひどく忙しそうだった。政務を完璧《かんぺき》にこなすのは当然だが、仕事が終わるとそそくさと帰宅してしまう。これまでは一日一度は翠蘭に謁見を申し込み、個人的な時間を過ごしてくれたのに、それすらもないことが多かった。

よもや、好いた相手でもできたのだろうか。

それとも、王の情人などという立場は、奎真にとって我慢ならぬものなのか。

司空の地位を与えたのも、奎真の自尊心に障ったのかもしれない。だが、翠蘭も奎真にどう接すればいいのかわからないのだ。

おまけに、翠蘭をもとに何枚もの素描を描いた月《げつ》蛾《が》は、絵を仕上げるために楽《がく》へ帰ってしまった。彼は楽にいくつかの家を持っており、一番磬《けい》に近い別宅で仕上げるつもりなのだという。

翠蘭は、再び一人になった。

緑が日に日に濃くなる夏の光景も、一人で眺めれば味気ない。日々が過ぎるごとに、今度の秋の実りはどうなるのだろうと心配になり、翠蘭はそんな己の弱さを嘲《あざけ》った。

ふと。

外で何か物音がした気がして、翠蘭は身を起こす。枕元《まくらもと》に置いた護身用の短刀を摑んだ。

阿南《あなん》であれば必ず翠蘭に声をかけてくるし、彼ではないはずだ。

何ものかが忍び足で褥《しとね》に近づく気配に、翠蘭は緊張に身を強張らせる。

「――翠蘭様」

幕を一枚隔てた向こうから話し掛けてきたのは、

奎真であった。

「奎真……どうしたのだ。こちらへ来い」

布を捲《まく》り上げて、奎真が牀榻に近づく。彼は翠蘭を見下ろし、恭しく跪《ひざまず》いた。

「疲れた顔をなさっていますね」

体調を慮《おもんぱか》るような奎真の言葉に、翠蘭は柳眉《りゅうび》を顰めた。

「暫く放《ほう》っておいたくせに、何の用だ。私だって……疲れることは、ある」

「では、休みたいですか？」

要領を得ない言葉に、翠蘭は苛立ちを感じる。

「睡眠ならば十分に取っている」

「そうではなく、休暇という意味です」

「必要ない」

翠蘭は気丈に言い切った。

「でしたら、私に暇をいただけませんか？」

「何だと……？」

まさか、司空を辞めたいと言い出すつもりか。

「――そなた、ここから離れたいのか？」

「はい」

いきなりどうして、と疑心暗鬼になる翠蘭を見透かしたように、奎真は微かに笑んだ。

「休暇が欲しいのです」

「それならば、遠慮はいらぬ。健やかな心がなければ、健やかな政はできぬはずだ。そなたもゆっくり骨休めをするがいい」

奎真のことだから、ここのところの仕事の頑張りが休養のためだというのなら、納得がいく。翠蘭は心中で安堵《あんど》の息をついた。

「素晴らしいことをおっしゃる。――では、支度をしてください」

「支度？」

「これから、出かける場所があります。今回の休暇は一人で取るつもりはありません」

言われてみれば、奎真の衣服は動きやすい旅装だった。

「どういうことだ」

「一緒に来ていただきたい場所がある。阿南殿と来《らい》発殿《はつ》……皆には話を通しておきました」

「…………」

奎真の思惑は知れなかったが、拒み通せるほどに翠蘭の意志は強くなかった。何よりも、奎真が久しぶりに来てくれたことが嬉しい。

それに、話を通してあるという奎真の言は、真実のようだ。身支度を整えた翠蘭を、深夜も宮殿を守る衛兵たちが丁重に送り出したからだ。

城門の前では馬車が待ち構えており、奎真と翠蘭を乗せるとすぐさま走りだした。

「これは……夢か？」

王位に就いてからというもの、馬車に乗るような遠出は久しぶりだ。ましてや奎真が一緒というのは、初めてだった。

「かもしれません」

微笑んだ奎真が、翠蘭の額にくちづけた。

慈しむような優しい仕種《しぐさ》に、翠蘭はどうすればいいのか反応に困ってしまう。

「まだ暫くかかります。あなたは、休んだほうがいい」

「……わかった」

奎真に私心がないことは、わかっている。翠蘭が求めぬ限りは手を差し伸べることさえない、よくできた男なのだというのは嫌というほど知っていた。

ならば、今は彼に従うべきだろう。

翠蘭は眠りの中に引き込まれていった。


馬車が速度を落とす気配に、翠蘭は目を覚ます。

「ここは……」

門番が山を背にした質素な門を開けると、閑寂《かんじゃく》とした草原が広がる。道の先に、小さな建物が見えた。

「楽との国境、東州《とうしゅう》県です」

「ああ……近くに赴任したことがある」

風光明媚《ふうこうめいび》なことで知られる東州は、磬においてもやや南東に位置する。湿度が高いのが玉に瑕《きず》だが、常に暖かくて過ごしやすい。

「こちらに、王家の離宮があるのです。ご存じありませんでしたか」

「そういえば、そうだったな……」

父は奢侈《しゃし》を好んだゆえに、愛妾《あいしょう》を連れてお忍びで過ごす離宮をいくつも造営させた。半数近くはそのまま残してあるが、維持する費用も馬鹿にならず、いずれは処分するつもりだった。

石造りの瀟洒《しょうしゃ》な離宮の前で、馬車が停《と》まった。離宮の規模はほどよく手狭で、佇《たたず》まいは月宮《げっきゅう》によく似ている。

「どうぞ、お手を」

先に馬車から降りた奎真は、翠蘭に手を貸して下車を手伝う。

「美しいな」

「王が最近まで手を入れさせていましたし、私も手入れをお願いしました」

「無駄なことを。まさか、ここで私を休ませるつもりか？」

翠蘭がぎろりと彼を睨むと、奎真は首を振った。

「少しだけ、政を離れて——史《し》翠蘭でも劉《りゅう》奎真でもなく、ただの翠蘭と奎真にはなれませんか。あの頃のように」

「…………」

答えを求めずに、奎真は黒塗りの扉を開ける。しんとした空気は心地よく、父王が造営した割には意外にも質素だが、よく見れば家具はすべて紫檀《したん》で作られている。

「見事だ……」

「過ごしやすい離宮だったと聞いております。閨はこちらに」

翠蘭を閨に導き、部屋の奥に向かった奎真は窓の前に立つ。

木戸を開けると、窓の向こうには滾々《こんこん》と湧《わ》き出る泉が見える。その中央には大理石の台座が据えられ、大きな宝玉が置かれていた。

「あれは？」

「月明かりの美しい夜は、灯火の代わりにあの光で室内を照らすのだとか」

今も陽射しを受け、宝石は眩《まぶ》しく煌《きら》めいている。

奎真の言葉に、翠蘭は呆れてため息をついた。

「あれは売り払おう」

「かしこまりました。ですが、その前に」

「え？」

奎真は両手を虚空に向かって伸ばし、小さな声で何事かを唱え始める。

すぐに小鳥の羽ばたきと囀りが聞こえ、色鮮やかな鳥たちが、光の満ちる庭に集まってきた。

あまりに美しい光景に、翠蘭は言葉もなかった。

幼い頃、初めて鳥を招いてくれたあのときから、奎真はずっと特別だった。

たとえ、各々《おのおの》の心にあるのが愛だけでなくても、互いに狂おしいほどに相手を求め、欲している。

それだけに、彼も迷っているのかもしれない。王であり、情人であり、愛憎を抱く存在でもある翠蘭とどう接するべきなのか。その思いが、この頃の奎真の行動に現れていた。

だが、こうして休暇を企んだ以上は、奎真も何らかの覚悟を決めたのだろうか。

「あなたに触れることを許していただきたいのです、翠蘭様」

「……何を今更。王である私には、触れられぬというのか」

たかだか膚を重ねるためだけに、この地に連れてきたのだろうかと、翠蘭は半ば気を悪くしかけた。

「そうではありません。ただ、私たちのあいだにはよけいなものがありすぎる。それを取り除いて、もう一度あなたに向き合いたい」

「そなたは王としての私に不満なのか？」

「いいえ。あなたの本当の声を聞きたいのです」

つまり、正直になれと言われているのか。

地位や立場、消し去れぬ因縁、様々な感情。

確かに、お互いのあいだにはいろいろなものがありすぎ、混沌《こんとん》としている。いつのまにか、互いの声さえ届かなくなりそうなほどに。

……だが。

「取り除くなどと、簡単に言うな。おまえは憎悪を捨てられるのか」

声が震えぬように注意しつつ、翠蘭は毅然と問う。

「強い意志さえあれば、乗り越えられぬものなど何もないと信じています」

力強く真っ直ぐな、真摯な視線だった。

ならば奎真は、翠蘭の声を聞いてくれるだろうか。

これまで、堪《こら》えていて発することのできなかった声を。

「――そなたと……」

翠蘭は呟く。

「そなたと、ずっと……一緒にいたい……」

ささやかな声が、唇から零れ落ちた。

それが、虚飾を外した翠蘭の、唯一の願いだった。

「それだけですか？」

「王としての願いは、国の繁栄だ。しかし、ただの翠蘭になれというのなら、それしかいらぬ」

奎真がそう求める以上は、一生に一度くらい、素直になってやろうではないか。

「磬《けい》を、そなたを売らずともよいような、揺るぎない国にしたい。でなくては、そなたはいつ、持参金目当てで結婚すると言うかもわからぬからな」

「結婚に乗り気なのではなく、あなたが誰かのものになることなど、許せないだけです。それならばこの私が、心にもない相手と結婚したほうがましだ」

不意にぶつけられる狂おしいほどの感情に、翠蘭の心は甘く震えた。

「あなたのもとから、離れたいわけがない」

「ならば、お互い様ということだ。――許せるはずがないだろう、そなたが私以外と契ることなど」

翠蘭がそう言うと、奎真が微かに目を細めた。

「そなただけだ。私がすべてを許すのは」

愛情や幸福、憎悪や幸福――様々な感情を翠蘭に注ぐのは、奎真だけに許したことだ。だからもう、それに迷う必要はないはずだ。

「翠蘭様……」

ふと手を伸ばした奎真が、翠蘭の上体を掻き抱いた。なすがままになっていると、奎真は翠蘭を抱き、髪や背中を愛しげに撫《な》でる。

言葉すらないまま。

「──奎真……？」

　ややあって、相手の行動に訝《いぶか》しんだ翠蘭が問うと、沈黙していた奎真がやっと言葉を発した。

「漸く、わかりました」

「何が？」

「ただの奎真としてあなたに向き合ったとき、どうなるか知りたかった。やっとわかった。私は──あなたにこうしたかった」

　今度は力を込めて、より強く抱き締められる。

　奎真の胸は、ひどくあたたかい。

　その愛しげな仕種は、何よりも雄弁だった。

「それだけでよいのか？」

　翠蘭は微かに笑い、奎真を見上げる。

「ならば、私もただの翠蘭として望みのままに振る舞おう。覚悟せよ、奎真」

　翠蘭が厳《おご》そかに彼の耳許《みみもと》で囁くと、奎真は恭《うやうや》しく一礼し、牀榻に翠蘭を組み敷いた。

「御意のままに」

　そのまま彼が自分の衣服を剥《は》ごうとしたので、翠蘭は片手で男を制する。そして、身を起こすと男の下腹部に手を伸ばした。

　油断した奎真を、翠蘭は褥に組み敷く。

「翠蘭様？」

　かつてはあれほど酷《ひど》い真似を強要したくせに、いざ翠蘭が能動的になると、奎真は狼狽《ろうばい》するほかないらしい。だが、それを笑う余裕など、翠蘭には欠片《かけら》もなかった。

　欲しくて。

　欲しくてたまらなくて。

　でも、ずっと堪えていたのだ。

　自分は王であり人の上に立つ人間なのだから、浅ましい獣になってはいけないと、己を律してきた。

　けれども、今は違う。

　邪魔になる長い髪を耳にかけ、翠蘭は剥《む》き出しになった男の性器に顔を寄せた。

「……」

　奎真が短く息を呑《の》むのが、わかる。

　翠蘭は奎真の先端を窄《すぼ》めた唇に咥《くわ》え、見えない皮膜を被せるように顔を下ろしていく。まだ力のないのに、何とか口腔《こうくう》に納めることができるほどの大きさで、舌でちろちろと幹の中程を擽《くすぐ》った。

ついで蜜《みつ》の詰まった袋をあやし、丁重に舐《な》めてやれば、奎真の息遣いが次第に荒くなってくる。

もっと、乱してやりたい。

こんなにも狂おしく、おまえを欲していた。求めていた。

それを知らしめるために。

「んん…ッ…」

口腔から溢《あふ》れた唾液《だえき》が、奎真の花茎《かけい》を伝って落ちていく。それともその雫《しずく》は、先走りと翠蘭の唾液が混じり合ったものなのかもしれない。いつしか奎真のものには力が漲《みなぎ》り、孔《あな》からは先走りが湧き出ていることを感知できたからだ。

翠蘭は端整な顔を上下に動かし、舌をなすりつけ、欲望全体に濃《こま》やかな愛撫《あいぶ》を試みる。

「…は…ふっ……ん、んっ……んむ……」

次第に口腔から余るほどになっていたものを、翠蘭は殊更丁寧に育《はぐく》もうとした。

言葉などなくても伝わるはずだ。

胸を掻《か》き乱す、狂おしいほどの熱情。奎真を欲して、のたうち回るほどに悶えた夜を。

それでも自分で自分を慰めることなどできずに、翠蘭は悶々《もんもん》と眠れぬ夜を過ごしたのだ。

その証拠に翠蘭自身もとうに兆していたが、それを隠すつもりも恥じるつもりもなかった。

「翠蘭様。このまま口を汚してもよろしいのですか？」

掠《かす》れた声で、奎真が問う。

「……呑みたい」

顔を離し、翠蘭は唾液で汚れた唇を拭うこともなく、上目遣いに男を見上げた。

「おまえのなら、全部呑みたい」

「かしこまりました」

もう一度奎真のものを咥えたが、不意に頭に手を添えられる。やがて喉の奥でそれが弾《はじ》け、驚きについ顔を離した。

顔に精液がかかり、翠蘭は呆然《ぼうぜん》とする。

「申し訳ございません、翠蘭様」

「今のは私が悪い」

自分の頬を濡らすものを拭い、精液のついた指を丹念に舐める。

「美味《おい》しい……」

翠蘭の言葉を聞き、奎真が低く呻《うめ》いた。

「挑発しておいでですか」

「かもしれぬ。だが、今は私の好きにさせろ」

翠蘭は金色に煌めく瞳《ひとみ》で、押し倒した奎真を改めて見下ろした。

「そなたは私を焦《じ》らしに焦らした。私もそなたを待っていたのに……」

「御意」

奎真が引き下がったのをいいことに、翠蘭は再び彼のものを咥える。朝からこんな行為に耽《ふけ》ることに対する羞恥《しゅうち》は、周囲に人がいないと思えばとうに消えていた。


「う、ん…んっ…」

奉仕を存分にすることに満足したのだろうか。

翠蘭は自身への前戯もそこそこに奎真に跨《また》がり、性急に腰を落とそうとする。

懊悩《おうのう》を刻んだ表情は一つ一つが美しく、奎真から見ればまるで彫像のようだ。

——可愛い人だ。

そこまで焦って求めなくとももと奎真は思ったのだが、急いている翠蘭を見ると我慢できずに、ついなすがままに任せてしまったのだ。

「いかがですか？」

「無理……だ……」

ここ暫く営みから遠ざかっていたせいで、翠蘭の蕾《つぼみ》は処女のような慎《つつ》ましやかさを取り戻している。

「では、私に任せて」

奎真は翠蘭を呆気《あっけ》なくひっくり返すと、今度は彼を四つん這いにさせ、入り口に唇を押しつけた。

「あっ……」

驚きに翠蘭が顔を跳ね上げたせいで、彼の長く艶やかな髪も中空に散る。

美しい翠蘭の肢体を隅々まで征服し、開発したのは、ほかでもない奎真だ。だが、彼と情欲の至福を味わうまでもなく、お互いに多忙になってしまった。

孤閨《こけい》を強《し》いた分、せめて今は、できるだけ激しく情炎で炙《あぶ》ってやりたかった。

「……やめ……」

唾液で湿らせた舌先でねっとりとなぞると、案外すんなりと秘裂がひくつき出す。すかさずそこに指を忍ばせ、久方ぶりの襞肉《ひだにく》の締めつけを確かめた。

繊細な肉層が待ち侘《わ》びていたように奎真の指に食いつき、動かそうにもねっちりと絡みついて、上手くあしらうことができない。

ふと、翠蘭を桃華郷《とうかきょう》に売り飛ばそうと、王烈《おうれつ》と相談したことを思い出した。そうすれば、翠蘭はさぞや売れっ子になっていたことだろう。

それほどまでに、淫靡《いんび》な肉体だった。

翠蘭の白磁の膚は、今や興奮にぼうと桜色に染まり、いやに艶めかしい。長い髪を振りたくるたびに項《うなじ》から頬にかけてが紅に染まり、黒髪との対比が艶やかだった。

今度は煮詰めるように、ゆるゆると翠蘭の性欲を煽《あお》る。かつて奎真によって開かれた秘肉は、男に貫かれることに抵抗がなくなっているのだろう。布に口を押しつけて声を殺し、控えめに喘《あえ》ぐ翠蘭の媚肉を、奎真は殊更じっくりと指で解《ほぐ》した。

「もう……」

今にも消えそうな声で促され、奎真は「わかりました」と告げる。先ほど翠蘭が自分から迎え入れようとしたあの体位は惜しかったが、今は彼を満足させることが先だった。翠蘭を這わせたまま、昂りをそこになすりつける。焦らすように擦ったあと、奎真は彼の中に身を沈めた。

「くう…ッ…」

挿入の瞬間はさすがに声が上がったが、翠蘭は気丈にも耐えた。

奎真の雄根を受け容れた翠蘭の蜜壺《みつつぼ》は、それを構成する襞《ひだ》の一枚一枚が生き物のように蠢《うごめ》き、奎真の欲望を直截《ちょくさい》に煽った。更に奥へと動こうにも、みっしりとした肉の圧力に負け、すぐにでも達してしまいかねない。さしもの奎真の額にも脂汗が滲む。

「奎真……？」

首をねじ曲げた翠蘭が不思議そうに問うので、奎真は誘惑を振り切り、やや強引に深々と串刺《くしざ》した。

「……ッ！」

最奥まで貫かれる衝撃に、褥に這《は》った翠蘭は背中を撓《たわ》ませる。

「どうですか？」

「ん……」

いい、と翠蘭が夢うつつに答える。

浅ましく楔《くさび》に絡みつく柔肉《やわにく》をあしらいながら、奎真は押し寄せる喜悦の波に耐えた。

翠蘭がほかの男を咥え込んだりしたら、自分は彼を殺すだろう。それほどまでに、己は彼を――。

「出しますよ、翠蘭様」

掠れた声で囁くと、首を捩《よじ》った翠蘭が、潤んだ瞳で「出して」と訴える。

苛烈な情火に灼かれ、自尊心さえ棄てて奎真を求める翠蘭は、こんなときまで気高く美しい。

……私のものだ。

間隙《かんげき》などないほど埋め尽くし、臓腑《ぞうふ》の隅々まで穢《けが》し、劣情で征服してやりたい。

この人がいるからこそ、奎真は何ものにもなれないのだ。

己をただの男に、獣にしてしまう翠蘭に対し、奎真は限りない執着と言いしれぬ思いを抱えてきた。

昇華できぬ情念を抱えて泥の中で踠《もが》く奎真を知っているくせに、それでもなお気高さを失わぬ翠蘭が憎かった。

どれほどの感情をぶつけようとも、王である限りは翠蘭は民のもの。決して奎真一人のものにならぬのだ。それが、ひどく悔しかった。

だが、王ではない生身の翠蘭は奎真だけのもの。どこにいようと、それは変わらないはずだ。だからこそ、彼が愛しい。愛しくて愛しくてたまらない。

「あ、あっ……やっ」

激しい抽送《ちゅうそう》に翻弄され、翠蘭の声が乱れる。

「翠蘭様」

「……奎真……っ……」

呼ぶ声に促されるように、奎真は翠蘭の中に熱情を放った。


建物自体は規模は控えめだが、離宮の敷地そのものは意外なほどに広大だった。

いくらお忍びとはいえ、使用人や衛兵は必要で、彼らは奎真の命で目立たぬように配置されているらしい。寝ていて気づかなかったが、馬車には騎馬で衛兵が同行していたそうで、自分の休暇のために多くの者の世話になっているのだと、翠蘭はため息をついた。正確には二人きりではないが、見えなければ他人はいないも同然ということか。

なしくずしで取った休暇とはいえ、奎真や臣下の思いやりなのだと知り、存分に楽しむことに決めた。

それに、奎真の前で己の望むとおりに振る舞えるのは気が楽だった。そのせいか、ここでの奎真はひどく優しい。

「何の音だ？」

「小川……いえ、滝でしょうか。見てみましょう」

「うん」

午後になって急に温度が上がり、汗ばむほどだ。奎真に誘われて広大な敷地を散策していた翠蘭は、「こちらへ」と言われて枝を潜《くぐ》り抜ける。

「あ」

小高い丘から流れる川が、小さな滝となっているのだ。滝壺《たきつぼ》以外は浅瀬になっており、川に流れ込む水は澄んでいる。水中の石の一つ一つまでもが、きらきら光って宝石のようだ。

「水浴びなさいませんか？」

「足だけでよい」

気を利かせた奎真が着替えやら何やらを持っていたので、翠蘭は遠慮がちに水に足を浸《ひた》す。

思ったとおりに水は清冽《せいれつ》で、心地よかった。

「気持ちがいいな……」

「汗を掻いておいででしょう？　躰も流してはいかがですか」

「……おまえが、いるから」

翠蘭は悔しげに頬を染め、俯いた。

夜ごとにあれほどあられもない姿を見せていても、やはり全裸になるのは恥ずかしい。

「可愛いことをおっしゃる」

「な……」

いきなり言われて、ますます頬が火照《ほて》る。

「そういうふうに素直にされると、帰したくなくなりますね。都へ戻れば、あなたは私のものではなくなってしまう」

「奎真」

悲しげに翠蘭が目を伏せるのを見て、奎真がいきなり着衣のまま水面に踏み込んだ。

跳ねた水が、陽光に煌《きら》めく。

「何をしてる、そなた」

「来てください、翠蘭様。たまには羽目を外すのもいい」

「え？」

抗《あらが》う遑《いとま》もなく、そのまま腕を引かれて翠蘭は水に落ちてしまう。驚くよりも先に奎真に抱き寄せられて、唇を貪《むさぼ》られた。

「だめ…だ…」

水を吸った衣が、次第に重みを増していく。重くなってきた衣服を器用に脱がせつつ、奎真が「洗ってあげます」と囁いた。

「いや……」

漸く始めた抵抗さえも、今は大した意味を持たないことを知っている。

奎真の手で全裸にされた翠蘭の白い膚に、うねる黒髪がまとわりついた。

「綺麗だ」

両手で掬《すく》った水を翠蘭の膚にかけ、奎真が熱っぽく囁く。こうなると、もう降参だった。

「――仕方ない男だ。洗ってやるから……脱げ」

「私を？」

「慣れている。よく白蓮《びゃくれん》のことも洗っているからな」

照れ隠しからぶっきらぼうに言うと、笑みを湛《たた》えた奎真が服を脱ぎ捨てる。木漏れ日の下で彼の鍛えられた肉体が露になり、翠蘭は引き寄せられるようにその膚に唇を押しつけていた。

「翠蘭様」

「ん……」

裸で抱き合っているだけなのに、気まぐれに触れた互いの中心が熱を持って兆してくる。

伸び上がった翠蘭は、腕を回して奎真の首を引き寄せる。唇を重ね、思いきり吸うと、翠蘭の腰を抱いた奎真は情熱的に応《こた》え、舌を絡ませてきた。

「…ふ」

濡れた膚と膚が、ぴったりと合わさる。

まるで最初から一つの彫像だったかのように。

そうなると離れ難くて、接吻をやめる区切りもつかない。

「……ずるい誘い方だ」

顔を離して呟いた奎真が、翠蘭のものを両手でゆったりと扱《しご》く。

「は…っ」

ずるいのはどちらなのだろう。

あっという間に熱を高められた翠蘭は奎真にしがみつき、あられもない言葉を口にせぬよう、必死で彼の唇を塞いだ。

絡めた舌をきつく吸い上げられると、脳まで痺《しび》れてくる。鼻で息をする翠蘭をいなしながら、男は口腔を乱暴に擦《こす》った。

蜜《みつ》を搾り出そうとする手指の動きに耐えかね、翠蘭は男の肩に爪《つめ》を立てた。

「して……」

聞こえぬように翠蘭が囁いた言葉は、滝音に掻き消えそうになる。

「何ですか?」

「……聞こえぬなら、いい」

苦笑した奎真は翠蘭を岩に捕まらせると、背後から性急に翠蘭の薄い双丘《そうきゅう》を割った。

「…っ…」

固い楔がめり込むように入ってきて、翠蘭の声が一際乱れる。

「……う……く……すごい……ッ……」

遠慮なく翠蘭の秘所を暴き、襞を擦《こす》り上げる刀身の硬さに、翠蘭は恍惚《こうこつ》と息を吐いた。

「あ……あぁっ……」

もっと中を擦《こす》って欲しくて、翠蘭は短く喘ぎながら奎真を深奥へ導こうとする。

「私が欲しいですか」

確かめるように、奎真が問う。

「ほしい……」

押し殺したような声は掠れて無様なものになったが、翠蘭は懸命に訴えた。

「欲しい……おまえが…」

奎真だけだ。

翠蘭をこうしてねじ伏せ、雄の前に脚を開くような獣に変えていいのは。

「まだ、私を憎んでいますか?」

「そうだな……こんなふうにした、おまえが……憎くて……憎くて、いとしい……」

奎真でなければ、このようなことは許すものか。

「おまえを、愛している」

躰を捩《よじ》るようにして口にした翠蘭の告白を聞いた奎真が小さく息を呑み、突然、唇を塞いでくる。

苦しい体勢の接吻のあいだに、体内にいる奎真が膨れ上がっていく。

「大、きく……するな…っ…」

「煽るとは、ずるい真似をなさる」

お仕置きですよ、と奎真が背後から翠蘭の乳首をきゅっと摘《つま》み、同時に激しく突き上げてきた。

「あうっ!」

油断した隙《すき》に苛烈《かれつ》に穿《うが》たれて、翠蘭は思わず乱れた声を上げた。

そんなふうにされたら、おかしくなる。

そう訴えたいのに、声にならないまま、深々と抉《えぐ》られて、ろくに言葉が出てこなくなった。

「……奎…真…ッ」

そのうえ赤くなった乳首を抓《つね》られて、耳朶《じだ》を噛まれる。器用な責めは激流のように翠蘭の理性を押し流し、ひたすら翻弄された。

かと思えば顔を摑まれてくちづけられて、激しい抽送に腸《はらわた》まで掻き乱される。

「愛しています」

耳朶を嚙むように至近で囁かれて、翠蘭は思わず振り返る。思いがけず真剣な瞳の奎真と目が合い、心臓まで貫かれたような気分になった。

「そう言う以外に、思いつかない。私もあなたを愛している……」

くちづけを交わしながら小刻みに小さな絶頂を何度も迎えた翠蘭は、体内に奎真が放つのと同時に、甘い雫を迸《ほとばし》らせた。

「…………」

岩に捕まって息をついていると、奎真が躰を離す。その拍子に放たれたものがとろりと溢れ、翠蘭は小さく息をついた。つうっと腿を伝い落ちる感覚にも、ぞくりとしてしまう。

「大丈夫ですか?」

身を離した奎真に問われ、翠蘭は首を振って今度は岩に軽くもたれかかる。

「歩けないのですか」

問うた奎真の逞《たくま》しい躰を見ていると、もうだめだった。

「……まだ、戻れぬ」

「え?」

「前からは、してくれぬのか」

頰を染めた翠蘭が潤んだ瞳で奎真を見上げると、彼は翠蘭の肩を摑んで抱き寄せる。

「何度でもして差し上げます。あなたの望む体位で」

耳許で彼が囁き、楔を失って物欲しげに震える部分をそっと撫でた。

「ずっとあなたに注いでいたい」

鼓膜まで溶けそうな熱い囁きに、翠蘭は思わず頷く。奎真の体温で蕩けてしまうくらいに、何度でも抱いてほしい。

「注いでくれ……奎真」

何度でも、彼が望む限り。

四

馬車が悪路にさしかかるたびに、翠蘭《すいらん》は顔をしかめる。

離宮に滞在しているあいだ、互いの膚と膚が擦《こす》れ、溶けてなくなってしまうのではないかというくらいに、昼となく夜となく奎真と抱き合った。

箍《たが》が外れたように奎真《けいしん》を求めてしまった己が、恥ずかしくてならなかった。

奎真のせいで、翠蘭の肉体はますます色深くなったような気がする。

「結局、七日も政務を休んでしまったな……」

「それくらいは問題ないでしょう。このところ、翠蘭様は働きづめだったのですから」

「でも」

王が七日も不在では、確実に政務は滞《とどこお》る。大臣たちは困っていないかと思うと不安が押し寄せ、これまで過ごした日々すら色褪《いろあ》せてしまいそうだ。

「——翠蘭様」

奎真がいつになく厳しい声で言い、傍らに座る翠蘭の双眸《そうぼう》を見つめた。

「何だ」

真摯な声に驚きつつ、翠蘭は反射的に問い返す。

「あなたの選んだ大臣たちを、もっと信用なさってください。徒《いたずら》に側近に頼り、政を任せては、悪政を招くこともありましょう。しかし、任せられる仕事を臣下に委ねることは、責任を放棄したことにはなりません」

翠蘭の胸に沁み入るような言葉だった。

「家臣たちは、王の専横を止めるためだけにいるのではありません」

「だが……私はこの国を立て直さねばならぬ」

それこそが、翠蘭の償いだった。

「王が健やかであることこそ、民の幸福に繋がる。殊に、神獣に守られた国はそうできているのです」

「それはわかっている。しかし、それに甘えては、神獣に守られた国の王は、努力しなくていいことになってしまう。それではあまりにも不公平だ」

翠蘭は窓外《そうがい》を見やった。

馬車の外は荒れ果てた大地が広がり、この国の復興はまだ遠いことを如実に示している。

「天帝のご意向に反抗なさると？」

「そこまで大それたことではない」

そもそも、桃華山《とうかざん》の山頂、雲海《うんかい》に天帝が住むという言い伝えが嘘《うそ》か真《まこと》かさえ、翠蘭には今一つわからなかった。

「無論、天帝のなさることに異議はない。だが、一部だけが喜びを享受するのはおかしい。努力しなくては、ほかの国に申し訳が立たぬ」

「お優しいことを」

「優しいのではない。それは、王としての責務だ」

翠蘭はつんとそっぽを向いた。

「あなたにそういうところを見せられるたびに、私は……敵《かな》わないと感じてしまう」

「奎真……？」

ゆったりとした衫の袖の上から、奎真が翠蘭の手に己のそれを重ねる。

大きな掌《てのひら》だった。

「私はつくづく、王の器ではない。私が望むのは、いつもあなたのことだけだ」

唐突に聞かされたせつなげな告白に、翠蘭は目を見開く。

「どう、いう……」

「あなたが願うからこそ、国を富ませたい。あなたのことと比べれば、民など常に二の次だ」

「呆れた男だな」

「あなたがいる限り、私はどこへも進めないと申し上げたはずです」

奎真は熱っぽく告げた。

「身も心も、あなたに捧《ささ》げてしまった。憎悪も、嫉妬も、何もかも……私の思いのすべてもあなたのものだ」

これが、奎真の覚悟なのか。

ここまで深く思われることを、喜びと言わずして何と言えばいいのだろうか？

頬を染めた翠蘭を慈しむように、奎真が何度もくちづけてくる。

接吻の余韻に耽っていると、奎真は思い出したように懐を探った。

「――忘れておりました、翠蘭様。あの離宮を整えてくれていた者が、これをあなたへと」

奎真が差し出したのは、布包みだった。

広げてみると、沢山の色鮮やかな鳥の羽根が包まれている。

「よかった、たくさんある」

「わざわざ頼んでおいたのですか？」

「ああ。春妹《しゅんまい》が欲しがるのだ」

赤や青、黄といった色とりどりの羽根は、宮殿で拾うものとはまた違う。春妹はさぞや喜ぶに違いない。

「そういえば、普段あなたが身につけている装飾品……あれは春妹が作ったものなのですか」

「そうだ」

「女性が喜びそうですね」

「確かに」

何気なく相槌を打った翠蘭は、顔を上げた。

「これを売ることはできないだろうか」

たとえば磬《けい》の西の砂漠には、月都から運ばれてきたと思《おぼ》しき珍しい石の欠片が落ちている。そうしたものを集めさせ、装飾品を作ってはどうか。これならば、鉱物に乏しい磬にもできる。冬のあいだは雪に閉ざされる北方の民に、冬場の手仕事にさせることもできるだろう。

その程度の収入はささやかだとわかっているが、できることから国を立て直していきたい。

自分一人ではなく、民と共に。

「面白い考えですね」

「これは私ができるだけ身につけて、外国の賓客に会うことにしよう」

今あるものは普段しか使えないが、もう少し豪奢な飾りを作ってもらえばいい。

「翠蘭様が？」

「上手くできれば、諸国の賓客に贈ってもよい。口伝えに評判が伝わるかもしれぬ」

にわかに目を輝かせた翠蘭に、奎真は「そうしましょう」と微笑んだ。

「でも、少し妬けますね。着飾ったあなたは、さぞや美しいでしょうに」

それをほかの男に見せるとは、と奎真が忌々しそうに呟く。

唇を綻ばせた翠蘭は、改めて口を開いた。

「——ありがとう、奎真。そなたの贈り物……とても嬉しかった」

「どういたしまして」

「だが、何度も休暇を取って皆を困らせたくはない。そなたがそばにいて、私が健やかでいられるよう、手伝ってくれ」

臣下として、そして恋人として見守ってほしい。

「そなたが望んでくれるなら、私はいつでも……そなたの前ではただの翠蘭となろう」

「では、私もいつでも、ただの奎真となりましょう」

真摯《しんし》な顔で、奎真が頷いた。


「翠蘭様、お帰りなさいませ」

「うん」

城へ戻った翠蘭のもとへ、阿南《あなん》が真っ先にやってくる。

「だいぶ元気になられたようでほっとしました」

「心配をかけてすまなかった」

翠蘭の表情はやわらかく、彼の心が安らいでいることが見て取れ、一歩退いていた奎真は安堵する。阿南も奎真に感謝しているのか、目配せをしてから穏やかに笑んだ。

「客人がおいでです。お目にかかりますか？」

「客？」

意外なことに、絵師の月蛾《げつが》も楽《がく》から急ぎ戻ってきているのだという。

彼が翠蘭を熱心に描いていた絵師だと思うと、会わせるのはあまり嬉しいことではない。とはいえ、月蛾が他国の国情を教えてくれるとあっては、むげに反対はできなかった。

謁見の間へ向かうと、挨拶もそこそこに、月蛾が嬉しげに翠蘭に絵を差し出した。

「絵の一部が完成したので、持ってまいりました」

「そのためにわざわざ、か？」

翠蘭は不思議そうに問いながら、丸めたままの巻物を受け取る。

「いえ、それが、楽の裕福な商人からこの絵を買いたいという話をもらったのです。ただ、承諾を得ずに売るのはどうかと思い……ご相談を」

「そうなのか」

訝しげな翠蘭は、巻物を紐解《ひもと》いてぎょっとしたような顔になった。

「……これは」

主の反応が意外で、不躾《ぶしつけ》にも奎真が後ろから覗き込むと、そこには艶やかに着飾った翠蘭の絢爛《けんらん》たる様が描かれている。顔貌《がんぼう》は確かに翠蘭なのだが、どことなく中性的に描かれており、性別を判じ得ない。

思わず目を奪われてしまいそうなほどの麗しさで、奎真は内心で唸《うな》った。

「勿論、翠蘭様の名前は伏せて、美人画としてお見せしたのですが」

美人画と聞いて、翠蘭はぴくりと表情を動かした。

一国の王の絵を美人画とするとはあまりの剛胆さに奎真は呆れそうになったものの、月蛾には妙に憎めないところがある。

「勿論、売り上げの一部は磬にお納めするので、もう少し絵を描くことを許していただけないでしょうか」

苦笑した翠蘭は、意見を求めるようにちらりと奎真を見やるが、月蛾はたたみかけてきた。

「それから、その釵《かんざし》を欲しいという方もおられまして。お売りにならないのかと、何度も聞かれました」

「釵？」

先ほど話題に出た春妹が作った装飾品の一つで、なるほど翠蘭の美貌によく映える。珍しい代物だし、これは目の肥えた貴婦人が欲しがるのも頷けた。

やはり、商品化というのは名案だった。

「これから売り出す算段を整えているところだ。そうだろう、奎真」

「はい」

「そなたがもう少し絵を描くというのならば、せいぜい磬の特産品で身を飾ることにしよう」

翠蘭は唇を綻ばせた。

できることなら箱に翠蘭のことは閉じ込めて、誰の目にも触れぬようにしまっておきたい。

けれどもそれは叶わぬ望みだし、翠蘭自身の本意でもない。だから、自分にできることは、翠蘭の望みを叶え、彼を補佐することだけだ。

「有り難き幸せにございます！」

「暫くは政務が忙しいから、絵を描きたければもう少しあとにしてくれ」

「はい、何日でも待たせていただきます。今回は絵の具も持ってきたので、仕上げまでこちらでできますから」

鼻歌でも歌い出しそうな勢いで月蛾が退室したため、あとには翠蘭と奎真が残された。

「絵のことをそなたが反対しなくて、よかった」

玉座に腰かけた翠蘭は、ちらと奎真を見上げる。

国益もあるが、彼が月蛾を気に入っており、月蛾のために何かしたいと思っていることは窺《うかが》い知れた。だからこそ、翠蘭の願いを叶えてやりたかった。

「あなたのすることに何もかも反対するほど、狭量ではないつもりです」

そうか、と安堵《あんど》したように翠蘭は頷いた。

「いずれは画題が私だと知れるかもしれぬが、そうなれば、斯様に酔狂な男を婿に欲しがるものも現れまい。拓孫《たくそん》には悪いが、……これで角も立たぬはずだ」

奎真はそれはどうだろうかと、心中でこっそりと反論する。翠蘭の整った横顔は、以前よりも凄艶《せいえん》さを増した。これでは悪い虫を追い払うことに、相当の手間暇がかかりそうだった。

誰かに渡すくらいなら、この手で八つ裂きにしてやりたいくらいに、自分は翠蘭に囚われている。

だが、それは最早、憎悪だけから生まれ来る思いではなかった。

「……翠蘭様」

身を屈めた奎真は、そばに誰もいないのをいいことに、翠蘭の顎を持ち上げる。

艶《つや》やかな唇に触れると、彼が「不敬罪ものだな」と悠然と笑む。あの旅のおかげで、翠蘭はすっかり余裕を取り戻したようだ。

「あなたに罰されるのなら本望です」

彼を見下ろした奎真は、翠蘭があの佩玉《おびだま》を身につけていることに気づいて唇を綻ばせた。奎真もまた、かつて翠蘭に与えられた腕輪を佩玉の代わりにつけていたからだ。

大人には嵌《は》めることのできない、翡翠《ひすい》の細い腕輪は、時の流れの象徴のようだ。

時は必ず過ぎゆくもの。その流れに逆らい、過去に戻ることはできない。

けれども、時を戻すことができないのならば、新たな関係を作って先に進むことはできるはずだ。

どんな感情が根底にあろうと、関係ない。

自分は翠蘭を愛しているのだから。

それゆえに、いずれ憎悪を押さえ込めるはずだ。憎しみのみに囚われることもなくなり、いつか本当にそれを忘れられると信じている。そのための力をくれるのは、翠蘭そのひとなのだ。

たとえ翠蘭の心に憎悪が残っていたとしても、それよりも深い愛で彼を包みたい。憎しみでなく、愛で彼を満たしたい。そうすればいつか、彼もまた変わるかもしれないと信じて。

だからこそ、翠蘭自身が王であることを望む限りは、奎真はあらゆる努力を払い、彼をこの国の玉座に繋ぎ止めるだろう。

そして、翠蘭が愛するこの国を、翠蘭ごと守り続けるのだ。

そばにいられる日が、一日でも長く続くようにと。

あとがき

こんにちは、和泉です。

中華風無国籍ファンタジー『神獣異聞』シリーズ第二弾はいかがでしたか？　このシリーズは一話完結で毎回主人公が変わるため、どこからでもお読みいただけると思います。

今作では大好物の「身分差」「下克上」「調教」を思う存分追及させていただき、翠蘭《すいらん》と奎真《けいしん》の二人の関係の変化を書くのは大変楽しかったです。復讐のため成り上がり、高貴な人物を辱める男と、復讐されて貶《おとし》められ、身も心も搦《から》め捕《と》られる男。この関係性には心底萌えます。永遠のテーマかもしれません(笑)。しかし、本作は設定等では「あくまで中華風無国籍、かつファンタジーだから！」との例の免罪符でやり過ごせたのですが、心理描写等にかなり手こずり、頭を抱えることの連続でした。ものすごく思い悩んでこのかたちになりましたが、少しでも楽しんでいただけると嬉しいです。

作中に出てくる雪華《せっか》と戒焔《かいえん》は、前作『花を秘する龍』の主人公です。興味がおありでしたら、彼らの物語も読んでいただけると大変嬉しいです。また、スピンオフでルチル文庫より『宵待の戯れ～桃華《とうか》異聞～』も発売中です。『桃華異聞』シリーズは楽《がく》にある遊廓・桃華郷《とうかきょう》の物語ですが、世界観が同じで、キャラクターも少しだけリンクしております。

最後にお世話になった皆様に御礼を。

麗しいイラストを描いてくださった、佐々成美様。本作はクールな美人受を拝見したいと思って書いたので、想像よりも遥かに絢爛《けんらん》で色っぽい翠蘭と男前の奎真を描いていただき、ものすごく嬉しかったです！　二人の関係性が一目でわかるような艶《つや》やかなカラーや扉絵も、毎回堪能させていただきました。モノクロでは、とりわけ翠蘭の様々な姿を拝見でき、眼福です。本当にありがとうございました。次回もどうかよろしくお願いします。

延々と終わらない改稿作業にも忍耐強くつき合ってくださった、担当の内田様をはじめとした編集部の皆様。校正の某様、印刷所の皆様ほか関係者の方々と、支えてくれた友人たちにも心から御礼申し上げます。

何よりも、この本を手に取ってくださった皆様に、最大限の感謝の気持ちを捧げます。

次回のリンクスロマンスでは、久々に現代物でお目見えとなります。陽都《ようと》を舞台にした物語は、ルチル文庫の『桃華異聞』シリーズ第二弾となる予定です。いずれもお見かけの際には、よろしくお願いいたします。

それでは、また次の本でお目にかかれますように。

和泉　桂

http://www.k-izumi.jp/

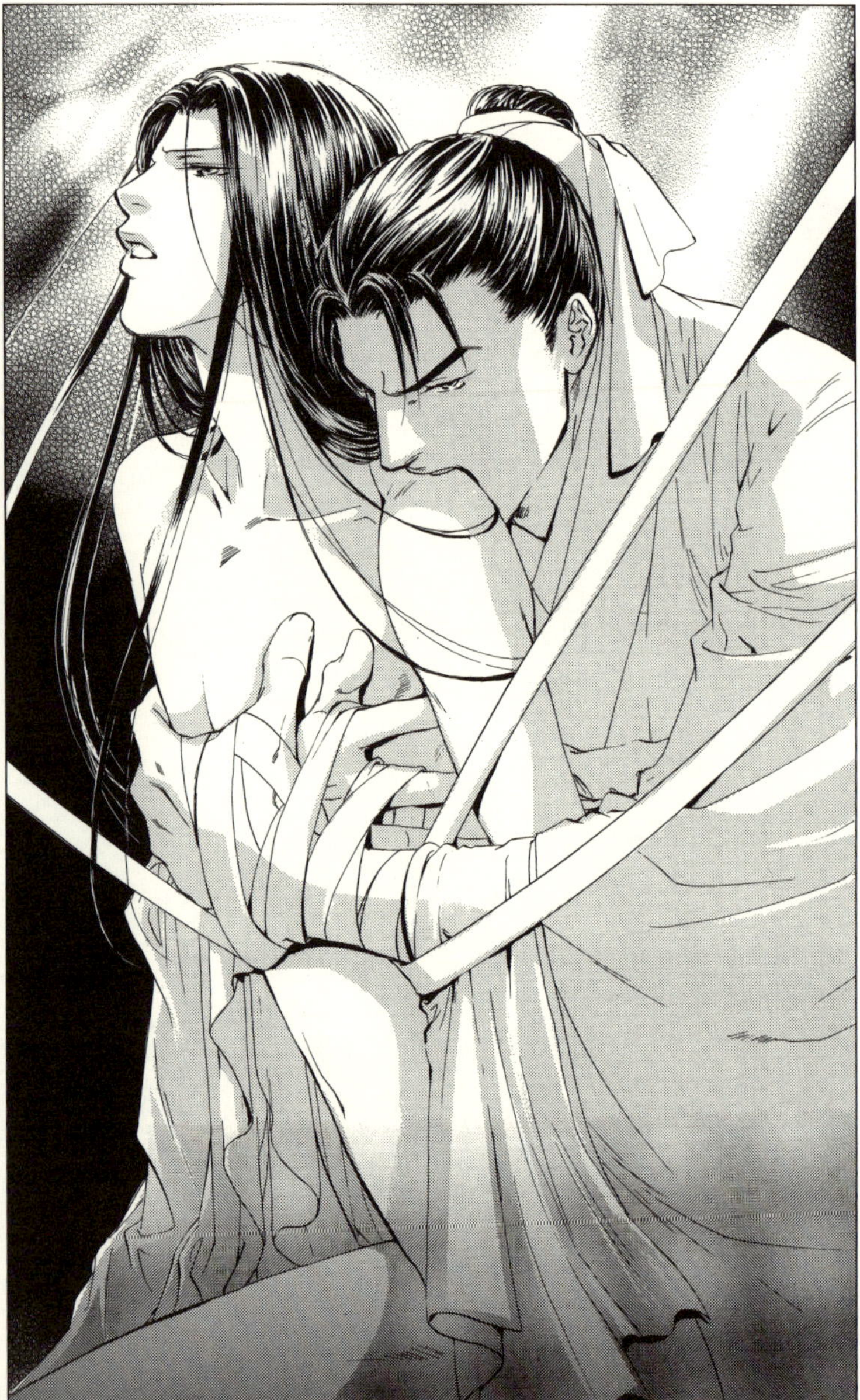

初出
月宮を乱す虎——2006年 小説リンクス12月号／2007年 小説リンクス2月号
掲載作品を大幅に改稿
白虎の求愛——書き下ろし

この本を読んでのご意見・ご感想をお寄せ下さい。

〒151-0051
東京都渋谷区千駄ヶ谷4-9-7
(株)幻冬舎コミックス　小説リンクス編集部
「和泉《いずみ》 桂《かつら》先生」係／「佐々成美《さっさなるみ》先生」係

リンクス ロマンス

月宮を乱す虎 ～神獣異聞～

2008年6月30日　第1刷発行

著者……………和泉《いずみ》 桂《かつら》
発行人…………伊藤嘉彦
発行元…………株式会社　幻冬舎コミックス
〒151-0051　東京都渋谷区千駄ヶ谷4-9-7
TEL 03-5411-6434（編集）
発売元…………株式会社　幻冬舎
〒151-0051　東京都渋谷区千駄ヶ谷4-9-7
TEL 03-5411-6222（営業）
振替00120-8-767643
印刷・製本所…共同印刷株式会社
検印廃止

ISBN978-4-344-81099-0　C0293
Printed in Japan

幻冬舎コミックスホームページ　http://www.gentosha-comics.net